U0035873

AQUARIUS

AQUARIUS

AQUARIUS

AQUARIUS

每個人心中都有一座島嶼，

藉文字呼息而靜謐，

Island，我們心靈的岸。

人工少女

龔萬輝

【出版緣起】

「馬華長篇小說創作發表專案」的第二部作品

◎國家文化藝術基金會董事長

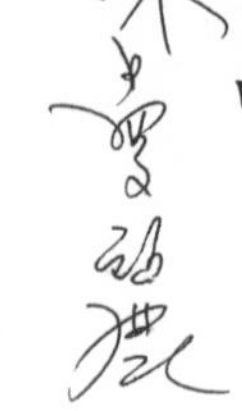

國家文化藝術基金會（簡稱：國藝會）長期關注台灣藝文生態發展，營造有利文化藝術工作者的展演環境，並致力推動台灣藝文國際交流。每年辦理常態補助，支持文學、視覺藝術等藝術領域創作、展演及國際交流，並推動具前瞻性、倡議性、符合時代發展的專案補助。

二〇〇三年，國藝會推動「長篇小說創作發表專案」，支持台灣原創作品，從創作、出版到推廣的「一條龍」補助概念，致力擴大作品影響力，並鼓勵企業參與藝文、挹注資源。長篇專案推動已十九年，補助六十九部原創計畫、出版四十三部著作，多部獲得國內外獎項並外譯發行國際版。植基長篇專案推動成效，經過專業諮詢、資源盤點、充分討論之後，二〇一六年推動「馬華長篇小說創作發表專案」。

馬華長篇專案是國藝會第一次以支持外國藝術創作者為主的專案補助，期待在華文書寫的語境脈絡中，鼓勵優秀華文作品，促進台、馬文學交流。感謝國藝會前任董事長施振榮先生的促成，邀請馬來西亞在台發展之企業家：潘健成董事長（群聯電子有限公司）、郭文德先生（前南山人壽董事長）專款贊助三年（二〇一六至二〇一八年），每年支持一位馬來西亞籍作家之華文創作，並協助作品出版及推廣。

本書作者龔萬輝，一九七六年生，現居馬來西亞雪蘭莪（Selangor），是跨足文學與視覺藝術的雙棲藝術家。他於吉隆坡美術學院習畫，後赴台灣師範大學美術系深造。目前在馬來西亞從事美術設計、插畫、教學和創作，曾參與多項水彩畫聯展、百本書籍封面設計，插畫作品經常見於台、馬的文藝副刊，曾獲得台灣的聯合報文學獎散文首獎、馬來西亞的花蹤文學獎小說首獎，二〇一五年獲頒「馬來西亞優秀青年作家獎」。本書《人工少女》是龔萬輝的第一本長篇小說作品，封面及內頁插畫皆出自他的手筆，也期待作品未來能有跨領域的發展。

馬來西亞的華文是我們共同珍視的資產，相信台灣開放、自由的出版環境，能給予馬來西亞華文作者，充分伸展舞台，成為在華文世界嶄露頭角的關鍵跳板。國藝會也將持續提供多元的助力，創造藝文價值及擴大作品影響力，與鄰近國家對話、交流。最後，要向參與本書編製的所有人員，表達誠摯謝意！

目錄

序章

一趟旅程

我記得，那天早晨特別明亮。

我從一場夢中醒來，恍恍忘記了所有細節。睜開眼，床邊的窗子已經亮了，還可以聽見鳥類在遠處的叫聲。今天的早晨，似乎和昨天沒有什麼不同。街上開始有車子駛過的聲音，陽光從窗簾透了進來，伸出手，可以把手影倒映在牆上。我從枕頭底下摸出我的電子雞，那其實只是一個蛋圓形的塑膠電子玩具，小小的黑白螢幕裡，有一隻像素粗糙的小雞伏著睡覺。我必須等牠醒來，然後再餵牠一點吃的。

房間的門這時喀噠一聲被打開了，父親從門口探進頭來，我趕緊把手縮回被子，閉著眼睛假裝還在睡，父親似乎看了一會，又輕輕把門關上了。

鬧鐘還沒響，但父親似乎很早就起床了。我可以從門底縫間，看見父親在客廳裡走來走去的影子。然後窄窄的影子停留在我的房間門口，站了許久。父親終於又打開了房門，走到我的床邊，伸手把我搖醒。

「快起床。」父親說：「不然就趕不及了。」

明明未到上學的時間，但父親卻說，今天不必去學校了。快點換衣服，跟爸爸出門。我心底歡呼，只要可以不去學校都算是好事。隨隨便便刷了牙，換著衣褲，聽見父親掏出鑰匙打開了大門。我急急忙忙跟了出去，套了拖鞋才想起什麼，說等一下，又跑回房間，把枕頭下的電子雞收進了褲袋。匆匆瞄了一眼，小雞仍然躺在那蛋圓形的容器裡面，不曾被任何躁動驚醒。

父親的車子已經老舊了，那是一台白色的 Nissan Sunny，扭開了引擎，像是喚醒沉睡的巨獸，發出巨大咆哮。車裡的收音機正播放一首流行歌曲，冷氣口呼呼作響，掩蓋了音樂的細節，讓一切聽起來都含含糊糊的。車子行駛著，我坐在父親旁邊，看著風景從眼前趨近而逝。望後鏡上掛著一串佛珠，和一個戴著竹蜻蜓的小叮噹。小叮噹是我掛上去的，原本是麥當勞兒童餐的贈品，我隨手掛在車上，竟然就一直掛著了。那玩偶的一身藍色已經被陽光晒到泛白。隨著車子行進，佛珠和小叮噹一路晃蕩。望後鏡裡有一雙父親的眼睛，直直望著前方。細細的皺紋纏繞著父親的眼睛，像是網住了一隻魚。父親一貫靜默不語。

車子開進了加油站，父親搖下玻璃窗，向加油的工人說了什麼，那個印度工人熟練地把油缸的蓋子打開，把油嘴伸進車子裡。父親下車到櫃檯還錢，讓我在車裡等他。趁父親不在，我把電子雞從口袋掏出來。小雞已經醒了，在螢幕裡來回踱步。我必須一直守著牠，如果放著不理，小雞會拉出一堆大便。如果忘記餵食，小雞就會靜默而孤獨地死去。那死亡是真實的。死亡是不可推翻的。螢幕上會出現一個小小的十字架，代表小雞已死，而你不管怎樣都無法把牠喚醒了。

許久父親才從加油站的販賣店裡出來。他捧著一大堆東西，把鼓鼓的塑膠袋丟到後車廂。我看了看，袋子裡有三支大瓶裝的礦泉水，一整條吐司，以及雜七雜八的罐頭、餅乾、啤酒和快熟麵，還有父親開長途車的時候，用來提神的喉糖。我曾經趁父親不注意，偷吃過一顆，被那極辣的薄荷味嗆出眼淚。

我看著這些東西，彷彿要去野餐或露營那樣，心想我們應該是要去很遠的地方。父親調整了一下望後鏡，踩了油門，車子噴出一陣暢快的黑煙，慢慢離開了我們的城鎮，開上了縣道。

當時的我恍恍未知，那其實是一次逃亡的旅程。

許多年後，親愛的莉莉卡，我總是一再想起，當時和父親一起在車裡，不斷在曲曲折折的公路上前進的那些光景。窗外的風景往後流逝，漸漸地看不見那些店屋和電線桿。車子背離了繁華的市鎮，穿過橡膠林和油棕園，路邊不時閃現一兩座馬來人的高腳屋，運氣好的話，可以看見那些放養的黃牛或山羊，在路邊低頭吃草。車子經過牠們的時候，牠們會抬起頭來看著我們，眼睛清澈而明亮，彷彿我們闖入了牠們浮泡的夢境。我總是趴在窗鏡前，想再看清楚一點，車子卻已經把風景拋遠了。

有時車廂冷氣不冷，父親會把車窗絞下，讓路上的風灌進來，把我和父親的頭髮都吹亂。有時父親也會停下，拿出一台富士牌的傻瓜相機，對著眼前的空景按下快門。我不知道父親到底在拍些什麼，但拍照的父親讓我有一種其實我們正在假日旅途中的錯覺。

車子在路上開了許久，父親把車子停在路邊，讓老舊的引擎冷卻一下。公路旁有一座巨大的電訊塔，紅白色的鐵條交錯，高高地伸向天空。天空飄著幾朵白色的雲，我必須用手遮住耀眼的陽光，才能看見塔的頂尖。父親下了車，走到電訊塔後面的草叢裡。我跟在他的身後，看著父親站立的背影。父親背對著整條公路，不顧其他經過的車子，扯開褲帶，拉下了拉鍊，就往草叢深處小便。

我在父親身後，隱約以為自己在草地上看見了父親伸出雞雞的影子。但其實我只看見父親胯間的水滴映著光，伴隨綿長的滋滋通通的撒尿聲。我覺得非常丟臉，總覺得路上疾駛而過的人們都在看著我們。在豔陽底下，父親仍然站在那裡似乎永遠都尿不完……

莉莉卡，請容我不斷向妳複述這些瑣碎的細節。

我們必須把這些細節都串起來，尋找回當年的那條路線，在摺痕破損的地圖上指認出我曾經到過的地方。莉莉卡，我必須帶著妳，依著這條無人知曉的逃亡路徑，離開這座被瘟疫漸漸侵蝕的城市。這座城市已經再不需要神的存在。然而我卻一直想不起來那趟旅程，我和父親最後抵達的目的之地。我只記得那些路上不斷重複的油棕園、椰子樹、馬來高腳屋，以及路經石子小路，跨過了那些不同名字的河溪。

我們離開了一座城鎮，又進入一座城鎮，那之間的路途幾乎都一模一樣，以致我不斷懷疑我們其實只是一直在鬼打牆，困鎖在一段重複回轉的片段，怎麼都走不到下一個場景。或許那更像是困在一個行走的鐘裡，以為過了十二就是十三，但不知怎麼地又回到了一的起點。

像父親曾經告訴過我的，我們的家族總是莫名其妙捲進時代的那些大遷徙之中。他小時候跟隨整村人遺棄了原本的老家，為了隔絕馬共而被英殖民政府強行集中在擁擠不已的「新村」裡。以為只是短暫生活，過幾天就可以回來住處，或許是大家為了搬遷忙成一團而終究忘記了，竟沒有人想過要把一隻名叫「多多」的老狗一起帶走。而幾個月後，終於領到英政府發下來的通行證，家人回到那無人的屋子看看，原有的木板隙縫竟鑽出了攀緣的植物。推開了門，看見門口一堆白骨和未及腐化的褐色毛髮，而木板門上皆是一道一道狗爪劃出來的凌亂交錯的爪痕……

又或者更早，父親尚未出生的年代，我的祖父其實只是被同鄉人哄騙，從遙遠的北方隻身渡海而來，抵達這座其實沒有傳說中那麼美好的南洋半島，而無法預想自己終將一生困頓於此，再也回不去出生之故土。

有時候，父親會在行進的旅程裡，或者我們停下來休息的那些破爛小旅館裡，告訴我這些失去了細節，而裡頭的人物皆面目模糊的關於逃亡和遷徙的故事。但總有太多破碎不已的情節，看不見一個時間的全貌。我們似乎只是站在那故事尚未完結的省略號上，從一個一個間隔的小圓點，跳到下一個圓點……

像那些我們短暫停留過的房間。那些房間都像是在時間河流突起的石頭。

我總會想起這些。九歲那時候，跟隨著父親身影的流浪時光。我們似乎總是在旅行。父親開著車，在半島南端不同的城鎮之間遊蕩，住進不同的小旅館裡。那之中有一種稍稍脫離了現實的虛浮感（或許是因為大家此刻都在學校裡而只有我不必去上課），以及像是偷來的時間，那麼不可告人。但不知為什麼，只是小學生的我，卻都是坐在父親旁邊的助手座。那輛車子就像是父親和我的容器。車上總是兩個人，非常奇怪，那是母親恆常缺席的印象。

這麼多年過去，我已經想不起我和父親到底去過了什麼地方，那些地名、路名皆不復記憶，但卻依稀記得那些我們住過的旅館房間。

那一律是小鎮上的老舊旅館，並不是現今那種燈光明亮而陳設現代感的星級旅店，或近年流行起來的那種個性獨特的民宿。那比較像是時差的結界，一切的事物皆已不合時宜。那種廉價的小旅館，都有一種陳設相仿的格局和氣味。灰濛濛的玻璃百葉窗、牆頭上幾何圖案的通氣孔、塞子用破布纏著的熱水壺，以及起了毛球、摸起來粗粗糙糙的涼被……而守住櫃檯的皆是穿著背心的禿頭男子，或者打瞌睡的老阿姨。往後我在王家衛的電影裡，看見梁朝偉和張曼玉，窒在小房間裡暗渡彼此情慾，突然覺得好熟悉，而憂傷地想起我也曾經置身在那樣光度幽暗的房間裡。

我記得和電影一樣，總要穿過一道小門，走上鋪滿了小方塊磁磚的樓梯，到二樓才會看見房間。而樓梯口總會有陌生的女人，不知從哪裡鑽身出來，要向父親招徠。她們皆是頹萎老去的女人，用厚重的眼影和口紅仍掩蓋不住衰老的痕跡，只有紋眉留下兩條灰灰藍藍的色彩，不曾因為歲月而褪色，如今卻顯得非常突兀。然而不知為什麼，她們現身而對父親注目許久，但只要一看到父親身後的我，她們就會黯然退卻，退到剛才她們原本隱身的隙縫之中。

每一次，父親在進入旅館的房間之前，一定都會先在門上敲兩下，才打開門。這樣恍若儀式的動作，彷彿是為了提前告知原本在房間裡的什麼，我們擅闖於此的歉意。我長大之後，不知不覺延續了這個習慣。有一次我帶著年輕的妻，為了慶祝某年的情人節而特地去訂了一晚的昂貴飯店，當我們微醺踉蹌，說著笑話來到預定的房間門口，少女妻看著我預先敲門而一臉不解：「你不覺得這樣很怪嗎？」

但那些房間本來就是借來的，時間的容器，莉莉卡。

我們倒數計時，而在預定的時刻之前櫃檯就會打電話來，提醒你時間到了。時間到了，請問要退房還是續鐘？那些被我們歡快弄濕的床單，滿地的零食屑，那些隨便丟在垃圾桶裡的安全套，在下一個住客入住之前，一切都會被抹除、消失，像杯子裡的水被倒掉，整個房間又會變回原來的樣子，彷彿什麼都不曾發生過一樣。

所以當我和父親走進了那些不同的房間之後，我都會偷偷地在最隱密的地方留下一個記號。比如說，在抽屜的最深處黏上一張卡通貼紙，在床和牆的隙縫間塞一根牙籤，或者，在窗框上用原子筆畫一個圖案……我祈望這些只有我一個人知道的細節，會逃過打掃阿姨的目光，會被所有住客遺忘而一直不被發現。彷彿這樣，便可以留下我們曾經停滯於此的證據。

這是連父親也不知道的事。

所以，莉莉卡，許多年以後，當我們終於回到這座被遺棄的旅館，當我們踩過那鬆落的小磁磚，而在腳底不斷響起咯啦咯啦如牙齒相碰的聲音，妳看著一切腐朽、頹敗，而疑惑不解的時候，我想告訴妳的是，它本來不是這個樣子的。

莉莉卡，我和妳走在灰暗而狹窄的走道，所有人早都離開了。那些旅館房間的門，有些仍然緊閉，有些半掩半開。再也沒有人去清理塵埃。床褥和枕頭被屋頂漏下來的水滴浸染，彷若肥沃而潮濕的土壤，長出茂密而色彩妖異的菌類。空氣裡似乎充滿著看不見的它們的孢子，被我們吸入鼻孔，吸入身體裡面。而我們猶如考古學者在古文明的遺址以柔軟的刷子輕撫那些神祕石雕那樣，伸手抹去房門上搖搖欲墜的門號。

「快到了。」我對妳說。

走了許久，整座空去的旅館只有我們的腳步聲。我推開了一扇門，看了看裡頭。沒錯，就是這裡。我帶妳走進那個房間，梳妝檯的鏡子已經破了，地上一堆玻璃，每一枚鏡片都倒映出我們的身影，彷彿千百的我們都被困鎖在這裡。

我伸手把厚厚的窗簾掀開，卻不小心連著整個鬆脫的窗簾架一起扯了下來，揚起一陣灰塵。妳掩著鼻子，揮手在鼻尖揚了幾下。我叫妳來看，窗簾後面露出一片灰白的粉牆，有人曾經在那隱蔽的角落裡，用原子筆畫了一棵歪歪斜斜的樹。樹上還開了幾朵花。

「妳看，我沒有騙妳。對不對？」

這個房間曾經是我和父親穴居的岩洞。

一九四〇年，法國多爾多涅省的幾個少年，帶著一隻名叫羅伯特（Robot）的小狗在森林裡玩。他們的狗因為追逐野兔而不小心掉進了一個洞穴裡。為了救出小狗，少年們扒開洞口的泥石，鑽身走入了那個岩洞，藉著微弱燈火，他們抬起頭卻愕然發現岩洞四壁皆是巨大的壁畫。

岩洞裡有人留下了萬年以前狩獵的壁畫。那在美術史謎團一樣的手跡，被視為人類藝術創造的開端。如何想像呢？在文字出現之前，甚至在語言出現之前，就有人類以礦石燒成紅色的顏料，而以木炭為黑，用了非常寫實、精確的線條，刻畫出了古老年代的那些野牛、長著犄角的巨鹿，以及馬群奔騰的情景。而那些動物皆在奔跑中定格，四肢的動作、拉伸的肌肉皆栩栩如生……

莉莉卡，我第一次聽到拉斯科洞窟壁畫的故事，是在中學的美術課室裡。老師關掉了課室的燈，僅留下幻燈機明亮的投影，一張一張切換那些翻拍的照片。老師的臉重疊在那遠古的壁畫之上，在那昏暗的課室裡，有一種恍若回到洞窟，祭司舉著火把的樣子。但班上的同學其實都只是在打瞌睡而已。而我那時想的卻是，那隻奇怪地被命名為「機器人」的小狗，到底最後有沒有被救出來？但似乎沒有人在乎這個，牠就這樣，無聲無息地消失在那個充滿了謎團的岩洞之中。

在祕密還沒有揭開之前，在這個世界還沒有崩塌之前，我和父親曾經躲藏在那個岩洞裡。

父親進了門，就轉身把房間上鍊鎖好。似乎只要這樣，就可以隔絕外面的世界，也讓所有人看不見我們。我們總是在房間裡不自覺就耗費了大半天的時光。父親把旅行袋丟在地上，打開電風扇，就拉了一張椅子坐。為了讓不斷踩離合器和油門而疲憊痠痛的腳歇一歇，他又拉了一張椅子，把雙腳擱在上面。父親從口袋掏出了香菸盒，叼了一支菸，打火機卻摳了幾下才點著。父親把自己的臉藏在煙霧底，有時他會浮現出來，抬頭喝一口啤酒。父親皺了眉，我想是因為那啤酒難喝。我們從加油站買來的東西，整個下午都在後車廂裡悶住，連礦泉水都變得溫熱了。

而我坐在房間裡唯一的床上，扭開了電視看新加坡電視台的卡通節目。只有這個時候可以一直看電視而不必理會時間。父親坐了一陣，把錢包掏出來看了一下，從裡頭抽了一張五塊錢的紙幣，要我下樓去幫他買打火機，找的零錢就歸我的。我當然願意。跑到樓下的雜貨店，為父親買了打火機，逛了幾圈，才決定給自己買一盒踢踏糖（Tic Tac）。回頭走上旅館的階梯，回到房間的時候，卻沒有看見父親。走到廁所看看也沒人，椅背上倒是擱了一件汗濕未乾的短袖襯衫，衣角隨著風扇吹拂而不斷擺動著。

我躺在床上，用拇指打開踢踏糖，模仿父親亮起打火機的手勢，卻一不小心把大半盒的糖果都撒在床上。幸好父親不在，要不然總會被他責罵。我坐在床上，把那些五顏六色的小糖果一枚一枚拈起來，有些裝回了盒子裡，有些放進口中。一口含著好幾顆糖，舌尖其實分不出那各種顏色代表的不同味道，嘴巴裡都是甜甜融融的。

父親不知去了哪裡，還沒有回來。為了看時間，我把電子雞從褲袋裡掏出來。液晶螢幕上那隻小雞因為太無聊而打盹了，呼出一個一個的Z字。我搖了搖想把牠喚醒。起來吃東西啊。我按了餵食的按鍵，小雞就醒來了，低頭啄食地上的食物。但從小螢幕裡看見的，那些所謂食物，其實也只是一些黑色的小方塊罷了。

那時的我非常沉迷在飼育一隻虛構的小雞這件事上，覺得沒有什麼比這件事更重要了。那蛋圓形的塑膠遊戲機，就是那隻小雞的容器。小雞只能活在那裡，或者，我想像小雞活在那黃色的塑膠蛋殼之中。

莉莉卡，有時候我也覺得，房間就是一種容器。

一座城市是容器。一座森林也是容器。故鄉是容器，異鄉亦是。有時記憶就是最大的容器，只要把自己裝進不同的容器裡面，也許慢慢就會有了不同的形狀。

也許父親在逃避的，就是這個——害怕自己變成一個固定的形狀。

所以父親總是帶著我旅行。我曾經跟隨著父親在一座一座城鎮之間落腳又離開。我們住進不同的房間，打開了一扇一扇不同的門。我們去了很多地方，又彷彿哪裡也沒去。父親的旅行目的，似乎只是為了住進不同的房間裡，而不是為了房間之外的景色。後來，像是可以預知每一次的遷徙，我們不買多餘的東西，保持行李的輕盈。父親丟棄也撿拾，像是一直在鋼索上保持著一種歪歪斜斜、搖搖晃晃的平衡感。那時候我才九歲而已，歷經不斷的出走彷彿讓我慢慢地長出了非常堅硬的外殼，就像養著電子雞的卵圓形的塑膠容器，如果把它拆開來看的話，除了那麼簡陋的電路板和螺絲釘，其實沒有人知道內裡真正隱藏的到底是什麼。

一如我第一次見到妳的樣子，莉莉卡。

那時的妳躺在一個堅固的玻璃艙之中。隔著那層玻璃，妳赤裸身體，因為皮膚不曾被日光灼晒，而瓷白接近透明。妳胸口平緩起伏，隨著每一次呼吸，就自淺黃色的液體裡呼出一長串的氣泡。

那時候大瘟疫還沒有結束，我卻必須提早將妳喚醒。而在此之前，我也想像過，妳出生之後，我和妳一起生活的各種細節——我將教會妳各種不同的知識和技藝，辨認植物和動物的名稱，或者在妳遭受委屈的時候任妳哭泣，但結果我也只能帶著妳不斷地在遷徙而已。

我重複了父親的步履，回到那些我小時候曾經短暫停留過的地方。這些地圖上突起的點，將漸漸串連成一條曲折的虛線。這是我們背離這座城市的逃亡路線圖。而我牽著妳，一路往南。許多車輛擠在對面的車道，只能一吋一吋地緩慢前行。那夜裡皆是一點一點閃爍不停的紅色的車尾燈光，一望而無際，以及煩躁不歇的車笛聲。

我們在和所有車子反方向的道路上疾駛，依著衛星導航躲過了警察和軍人的臨檢站，開下交流道，而轉進路燈稀疏的鄉野小路。那些小路皆彎彎曲曲，即使打直了車燈所見的只是道路兩旁的草叢和樹木，更遠仍然是無垠的黑暗。

我弓著背，打起精神看向前方。汽車輪胎輾著小石子，坑坑洞洞，讓車子一路震晃。轉了個彎，突然一群牛就站在路中。我急忙踩了煞車。車燈的光照之下，那些牛仍默默吃著草，皮膚底透出明顯的骨架形狀。有一隻紅褐色的小牛犢，怯生生跟在母牛身後，又一直好奇回頭望我。但路實在太狹小了，沒有後退和回轉的空間，我只能把車子停下來，停在牛群之中。

但牠們似乎不想讓開，一邊慢慢蹬著腳步，一邊往地上撇屎。有一頭牛停下來，就站在車子前面，轉過頭來看著我。牛的眼睛折射著燈光，幽深而亮，像是打磨之後閃爍的寶石。我轉頭看著坐在旁邊的妳。妳在顛簸不已的路途已經忍不住疲累而沉沉睡著。

莉莉卡，妳出生的時候就是一個少女。

在那個發亮的房間裡，妳亦如此閉著眼睛，但眼皮下的眼球仍然忙碌地滾動著，彷彿仍陷落在一個未完的夢中。但他們說，這只是意識開始蠢蠢欲動的表徵。彼時的妳還未曾擁有任何記憶，腦海摺紋之間皆如白紙。

「這急不來，記憶只能一點一點地累積起來啊。」

那個穿著白色長袍，而被我一直稱為醫生的男子，在妳置身的玻璃艙外，不斷按動、旋轉那些作用不明的按鈕。我發現他的口袋插著一枝原子筆，但筆尖的漏墨把口袋染得墨跡斑斑。如今回想起來，在那個房間裡的一切，都有一種先進又古老的違和感，像是七、八〇年代科幻電影裡因應未來而任意想像出來的各種虛假而繁複的道具。儀表板上有不同顏色的小燈泡不斷閃爍，以及一台老舊的打印機，發出尖銳的聲音，吐出一串長長的數據報表……

莉莉卡，妳即將誕生於此。我那時不能預見未來的災難與遷徙。妳即將目睹的都是人類文明最後的餘暉。所有至善至美的事物，也許都將變成廢墟的碎屑。但總有什麼會留下來吧，一如那布滿壁畫的岩洞，在一萬年以後又再次被掀開。妳如時間的容器，如一顆種籽，只有妳終會保存下記憶的一切。

妳最初的記憶是什麼？那個怪異的試驗室，或者夢境之末，抓不住的模糊枝節？那巨大的玻璃艙終於被打開了，伴隨著一股腥如羊水的液體流洩出來。朦朧中我看見妳睜開了眼睛，然而頭頂的日光燈似乎太刺眼，妳把頭側過一邊，軟軟的頭髮撒落在肩上。但我那時其實多麼心虛，手心都捏出了汗。當妳如嬰孩那樣，一雙眼睛毫無雜質和業力，側頭看著我的時候，我應該對妳說什麼呢？「妳醒了？」「呃，我是，我是妳的父親……」但我並沒有這麼說，我對妳說的第一句話是——

「莉莉卡，請妳記住，這是妳的名字。」

還是讓我們回到那個旅館的房間吧。

九歲的我仍躺在床上，看著頭頂的電風扇搖搖晃晃的，不由想像它會在某一個時刻掉落下來。也不知過了多久，也許剛剛不小心睡了一陣。這時聽見房門打開的聲音。父親回來了。父親走過我的身邊，飄過一陣奇怪刺鼻的香味，那是陌生而廉價的女人香水或香精的味道。我故意說：「你很臭。」父親也沒有回答，他脫掉了身上的衣服，脫掉了背心，轉身走進房間裡的廁所。我聽見門後傳來花灑的水聲。

我打開了窗，窗外的風吹了進來，把窗簾揚起。從二樓的房間剛好可以看見行道樹的樹梢。而此刻似乎來到花期，那一整排樹木皆瘋長了粉紅色的花，在風中搖晃，一朵一朵輕輕地掉落下來。滿樹的花朵，都遮住了樹葉，看起來一片粉色。我想叫父親來看，但父親還在洗澡。我偷偷拿了他的富士相機，對著窗外的花樹拍了一張照片。快門輕脆地咯噠一聲，然後是馬達拉動底片的聲音。我原本以為這是櫻花。「這裡怎麼可能會有櫻花。」父親這才告訴我說：「這是風鈴木。」那是我第一次聽到這個樹木的名字。回頭看父親，父親剛剛洗好澡，頭髮還濕濕的。他手撐著窗櫺，站在微風的窗口，身影暈暈散散的，似乎也變得更輕了。

隔日一早，我們便收拾東西，把散落在房間的衣服、毛巾重新塞回旅行袋中。我趁父親不注意的時候，在窗簾底下，偷偷用旅館的原子筆畫了一棵樹。樹葉上畫了幾朵花，然後用窗簾掩住，不讓任何人發現。父親說，不要把東西忘在這裡。像是我們永遠不會再回來了。然後我們走出了房間，我回頭把房門輕輕關上，最後的門縫間，所有光景皆收攏成窄窄一線。

那是一個如常晴朗而炎熱的下午，我們剛剛離開了旅館，原本應該往下一個目的地走，父親卻開錯了岔路。那時並沒有衛星導航，是的，連手機也沒有。車子漸漸離開地圖上標記的那個圓點愈來愈遠。我們重複走在蜿蜒的公路，路口如樹的枝椏，分叉了又分叉。

莉莉卡，如果依照本來的計畫，我們繼續往南走下去的話，我們會來到一處海岬。那是半島最南的地界，也是整個歐亞大陸最尾端的陸地。在地圖上，像一截無用的盲腸掛在整個身體外面，此後更遠便是海水和島嶼了。據說那裡還特地立了一個巨大的石碑，讓你知道你此刻站立的所在即是天涯海角，世界的盡頭。

但我和父親最後並沒有到達那個世界的盡頭。我們迷路在陌生的公路上，彷彿只是錯過了一個路口便永遠地迷失。我們倒退、回轉，仍然走不出那怪異的迴圈。父親開始煩躁，踩煞車也踩得很用力，車子停停頓頓的，我在座位上不住向前傾。我不敢讓父親知道，我其實已經開始暈車，額頭不斷冒汗，已抓不住眼前搖晃不已的景物。不知走了多久，父親終於在一個T字的岔路上停了下來，彷彿放棄了繼續前行。他看見前面有個褐色的指示牌，箭頭指著動物園的方向。

父親抽了一口菸，把半截菸蒂彈出車窗外，轉過頭對我說：「想不想去動物園？」我說好。那時的我，還沒去過動物園。作文課上寫的都是虛構的情節，風和日麗、人山人海、盡興而歸……但我其實沒有走進過真正的動物園。

然而到底誰會在這個偏遠的城鎮裡，建造一個動物園呢？

還真的有。許多年後，這座動物園因為一隻馬來虎從籠子裡逃走而上了全國新聞。那隻成年的馬來虎在某個暗夜裡，似乎因為餵食的管理員的疏失，在無人知曉的時刻，悄悄地鑽出了圍籬。新聞引起了城鎮居民的驚恐，持續了好一陣子，人人入夜皆不出戶。但那隻走失的老虎卻一直沒有被找回來。牠似乎就這樣消失了，或者走入了謎團、惡夢，和往後的都市傳說裡，一身斑紋的毛髮，猶如保護色，隱身入現實和虛構之間的隙縫，變成了一個看不見的影子。

當我和父親走進那座動物園，才發現園區並不大。圍籬之中的動物，在日光的曝晒底下，皆躲在陰涼的角落裡。有些低矮的籬笆，只是圈養著一些山羊、孔雀、鹿和野豬這些平凡的小動物。牠們慵懶地半瞇著眼睛，彷彿是我們闖進了這些動物的夢中。只有猴子浮躁地在樹幹之間蕩來蕩去，不斷地尖叫。

也許不是假日，動物園裡沒有什麼遊客，而且日頭也太晒了。但父親似乎興致很高，他仔細地閱讀牌子上動物的學名和簡介，不斷拿起相機，拍攝牠們各自的模樣。他且要我站在那些圍籬邊，為我拍下到此一遊的照片。但鏡頭底下的我，仍因為暈車不退而總是皺著眉頭。父親不斷叫我笑。你不是第一次來動物園嗎？來，開心一點嘛。他站在那端，舉著相機，不斷向我揮手。

後來我們來到駱駝的園區，那裡刻意鋪滿了土黃色的細砂，種植了棕櫚植物，彷彿只是為了營造出阿拉伯沙漠的背景。父親堅持要為我和駱駝拍一張合照。但那隻駝駱似乎以為我要餵牠吃東西，而把頭伸了過來。牠肥厚的嘴唇一直在來回地咀嚼什麼。牠靠得我很近，我甚至看見了駱駝的口涎從嘴縫間滴落下來，長長地牽成一道細絲。我非常害怕牠會突然伸出舌頭舔我，只好僵硬地站在那裡，縮著脖子，聳著肩膀，變成一副怪異可笑的姿勢。

「那不拍了，不拍了。」父親放下了相機，似乎生氣了。「沒有一件事做得好。」

我仍站在駱駝的旁邊，其實不知道他是在責罵我，或只是一貫地在生自己的氣。父親走了。我緊跟在他的身後，在石灰地上踩出拖鞋趴踏趴踏的回聲。但父親似乎愈走愈快，待我追上一處轉角，卻已經看不見他。而眼前是一處用水泥和石塊砌成的一個巨大的岩洞。我看見洞裡有一雙亮綠色的眼瞳。再看清楚一點，一隻巨大的老虎躺在幽暗之中，也同樣正在看著圍籬外面的我。

莉莉卡，我的時代的攝影術，和今天拍照如暴食的方式並不一樣。那時候拍照這回事，溫吞得多。按下快門之後，從鏡頭攝入的光，會以左右上下皆相反的影子，倒映在塗了銀鹽的底片上。底片必須經過藥劑沖洗才能顯影出來。從拍照到看到照片，其實是一段必經漫長等待的過程。

許多年後，我們走進過往的房間，那些久遠的照片從抽屜深處掉落出來，掉在髒亂的地上，揚起一陣塵埃。妳伸手拾起了其中一本相冊，翻開裡頭的照片都已經褪成紅褐色，皆是一個小男孩彆扭而不討喜的怪表情。而妳卻驚訝於照片裡那些如今已經絕種的動物們，原來以前皆那樣拘束而活生生地養在籠子裡面……

父親一直誤會了，以為相機可以留住時間，其實到最後也只是捕捉到破碎的光霧而已。而且，妳不覺得嗎？動物園本來也就是一個虛構的夢境。幾百年來，從第一座動物園開始，殖民地的統治者從世界各處把原本棲息在叢林、草原或沙漠的動物，一隻一隻捕捉到這裡來。他們把那些種類繁多的動物圈養起來，餵食牠們。許多動物至此一生都只能在牢籠生活，忘卻了覓食的本能。而我們圍觀那些原本只是圖鑑上的名字或是出現在電視裡的生物，皆恍恍像是夢遊一樣。

許多年後，我仍記得那一天，我和父親一起逛動物園的情景。

那是我第一次看見真實的大象、長頸鹿、貘，以及那隻馬來虎。沒錯。彼時沒有人會知道，那隻馬來虎將在多年以後展開牠的逃亡之旅，永遠逃離了人類的注目。而我那時候站在那裡，看著牠躺在岩洞之中，其實更像是一隻巨大的貓，正在悉心用舌頭舔理自己光潔發亮的毛髮。

也沒有人會知道，在大瘟疫來襲之時，再也沒有人光顧小鎮的這座動物園。所有人都遺忘了這裡。而整座園區裡的動物，困陷在上鎖的牢籠之中，忍受飢餓而紛紛死去。肉食的動物開始啃食同類的屍體。更多的動物，像那隻馬來虎那樣，用盡力氣掙開了枷鎖，躍過隔離的河道。一如電影《侏羅紀公園》裡的那些被遺棄的恐龍，動物們後來皆離開了那座動物園，走出了人類塑造的幻夢。牠們在城市的廢墟生存了下來，重新體現遺忘已久的叢林法則，並且在那些無人的公寓和房間裡棲身，在荒廢的公路上蹓躂。牠們占據了原本屬於人類的居所，慢慢繁衍出大瘟疫時期的後代……

而我仍坐在一張石灰椅子上等待父親。

眼前有幾頭大象，站在綠色池水的旁邊。像一個大象家庭，有成年的象，以及仍留著稀疏鬃毛的小象。為了在日光底降溫，牠們用長鼻像水管一樣把池水吸上來，鼻子繞成半圓，把水灑在自己的身上。牠們不斷揮動著鼻子，在空中噴灑出一朵一朵的水花。水滴從牠們皺紋密布的厚皮又流下來，在腳下積成水灘。

大象園區裡有幾棵高大的風鈴木。樹木的花瓣，飄落在大象的身上，也飄落在池水之中。我坐在那裡，看著風吹過樹葉，發出像是下雨的聲音。我已經一個人等了很久。父親並沒有折返回來。有一刻，我甚至以為父親已經把我忘記了。

莉莉卡，妳知道嗎？父親曾經告訴過我，大象從不遺忘。

據說大象是這顆星球上，記憶力最強的動物。牠會牢固地記得此生經歷的一切，鉅細靡遺地，存放在巨大的腦袋之中。或者，那更像是一種可以相互串連起來的記憶體。所以大象在臨死之前，會依照祖先鑿刻在大腦皺褶之間的一幅路線圖，脫離象群，隻身走進叢林深處。牠會找到那千萬頭象的骸骨，然後在那象牙交錯堆疊的巨塚裡，孤獨而安靜地躺下，等待死亡的最後一刻。

「那動物園裡的大象怎麼辦？」妳說：「牠們已經無法離開這裡了。」

這時有一群穿著校服的中學生走了過來。他們腋下夾著畫板，似乎是從學校來到動物園裡寫生。有幾個學生坐在樹蔭底下，把畫紙攤好，就畫了起來。他們三三兩兩地散落在不同的地方，比起剛才，動物園裡多了一些此起彼落的談笑聲。

有個女生坐在我旁邊的椅子上，瞇著一隻眼睛，手裡拿著鉛筆，伸向前方比劃著什麼。我偷偷瞄了一下，她的畫紙只有幾條鉛筆勾畫的線條，依稀就是大象的輪廓吧。她只畫了幾下，就從書包裡拿出一個粉紅色的電子雞出來玩。她那麼專注，盯著那小小的螢幕，手指不斷按動那些按鈕。

「我也有一個。」我把我的電子雞從褲袋裡掏出來，在那個女生面前晃了晃。她說，借我看。我把我的鵝黃色的電子雞讓給她看。她放在手心上，按了按，又側著頭說：「你的小雞已經死翹翹了。」

我不相信，明明上午看還活蹦亂跳的，怎麼現在給那女孩弄一弄就死了呢？我拿回了我的電子雞，螢幕上的小雞真的癱在地上一動也不動了。牠的頭頂浮出了一個十字架，任我按動每一個按鍵，也都無法把牠喚醒了。

我心底非常難過，但那個女生看著我一臉沮喪，快哭出來的樣子，卻在偷笑。她還問我：「你一個人在這裡幹麼？」

我沒有回答她，我並不想說我的父親生我的氣，拋下我走掉了。那女孩對我說：「哎，你別擔心啦。我知道讓小雞復活的方法。」

然後她把我的電子雞拿了過來，翻過來查看什麼。我看著她，從耳邊的髮間抽出了一枚黑色的髮夾。她捻著髮夾，用髮夾的尖端往那個卵圓形的容器背面，一個隱蔽的銀色小孔戳了幾秒。她甚至煞有其事地把電子雞捧在手心裡，吹了一口氣，像展現神蹟一樣，原本死寂的電子雞，突然就滴滴響了一下。

「好啦。」少女說。然後她用手指撥了撥頭髮，又別上了髮夾。

我拿回了我的電子雞，螢幕裡是一顆蛋，微顫著，裂開了一道隙縫。有一隻小雞從蛋殼之中孵化出來。先是冒出一個頭，然後身體也鑽了出來。牠看起來和之前死去的那隻小雞一模一樣。那個穿著中學校服的少女，彷彿只是在一刻間，就如神一樣翻轉了生和死。那是我第一次知道，原來死亡可以如此重置——把所有累積的記憶在一瞬間消抹，但可以換來重生。

原來只是這麼簡單。

那隻小雞在我的面前歡快地走來走去，拍動牠那小小的翅膀。牠嘟著嘴巴要我餵牠，那麼無辜而可愛，恍若一點都不知道，在這段漫長的旅程之中，自己到底剛剛經歷過了什麼。

第一個房間

黑色的房間

莉莉卡，在妳還未誕生的某一天早晨，我自一場怪異的夢中醒來，卻已記不得自己在夢中到底經歷過了什麼。

先聽見一陣聒噪的鳥叫聲，恍恍起了床，掀開床邊窗簾，看見一大群的烏鴉飛過。那些烏鴉掠過公寓的玻璃窗，飛遠了。我看著那些黑烏鳥的鳥類，鼓振著翅膀，像一個一個被拆散了部首的字，或聚或散的，聚攏成一朵蠕動的烏雲，又隨著風快速地變幻著不同的、妖異的形狀。

我不曾知道此刻目睹鴉群的寓意，心底有些煩躁。下午才是複診的時間，但心懸了一夜，在床上翻來覆去，天泛亮時才恍惚睡著，卻又被烏鴉吵醒。這座城市愈來愈多烏鴉。原本也沒察覺，不知從什麼時候開始就無處不在，啃食人類遺留的殘渣生存，繁衍成巨大的族類。

看去公寓外面，相對著另一幢公寓。一整面的玻璃窗口。有些窗口被布簾虛掩著，有些卻開敞、透明，看得見睡房、客廳的那些陳設。陽台上總是掛著未乾的衣服、內衣褲，可以由此大略推測屋子裡頭住了什麼人。這些窗口恍如平凡人生的展示，都是扁扁的，玻璃切片那樣的生活。有一次深夜我甚至看見過，某扇明亮的窗口，一對男女像日本AV演的那樣，裸身趴在落地窗前，而無懼周遭透明的窺視……

也許都是一樣的，莉莉卡。當我們開始數算，第一個房間。第二個房間。第三個房間……整座公寓，那一個一個房間，就像是玻璃箱裡的蟻穴，所有人都蝸居在這裡，那麼緊密卻又陌生。有時我會想像，也許對面的某一扇窗裡，布簾的背後，此刻也有人透過窗口這樣偷偷看著自己。

但不會有人知道我今天要到診所去。掩上了窗簾，我走進浴室，對著鏡子刷牙，然後換上出街的衣服，叩噠一聲，鎖上了房間的門。走在這座城市的影子底，就可以安好地隱身在人群之中。已過了繁忙的上班時間，坐上捷運，看著倒退流逝的城市風景，又回想起早晨那斷掉一半的夢。我在夢中似乎看見眼前城市變成了一座巨大的廢墟。原本高聳的公寓，被綠色的攀緣植物盤踞。夢中沒有任何人，而日光卻似乎格外清澈，抬頭看見一群一群鳥類聒噪飛過天空——

這是這座城市未來的景象嗎？像舊日那些科幻電影裡一再重現的終末場景。但夢總是徒留突兀的片段而沒有下文。捷運這時播放到站的播音，我想，今天又要在診所裡耗上漫長等待的時光。

總是要好久才會輪到我。

坐在診所的長椅上，我不斷抬頭看牆上跳閃的數字。診所裡播放著輕音樂，但似乎因為都經歷了太長的等待，所有人都沉陷在一樣木然、失焦的表情裡。有個孕婦從我的身邊站起來，我縮了縮腿讓路，看那女人扶著自己的腰，慢慢走向轉角。我低頭再看了看捏在手心裡的號碼薄紙，彷彿有什麼是需要一再確定的。但其實都已經不是第一次來這裡了。走進這間診所，總有一種一切都太過晃亮的虛浮感。冰冷的日光燈，將所有事物照得光影分明，但牆上卻貼滿了一整列可愛嬰孩的照片。不同膚色的小貝比，都開心笑著。我有時會想像，身處的婦產科診所，此刻像是一艘遠離地球的太空船，而所有人即將被送去遙遠的星球，身負繁衍人類、重建文明的重任。

而我坐在那些懷孕的女人、結伴而來的年輕夫婦之中，卻是孤身隻影的雄性。周遭景象裡，我恍若走錯了舞台場景，變成這裡唯一格格不入的人。那些孕婦彼此之間都會交換一種同伴那樣的會心之笑，但沒有人向我搭話。我已經坐在那裡許久，安靜地等待被叫號。時間彷彿以一種星群晃過窗前的方式流失，通常從診所出來，都已耗費了整個下午。

但今天不一樣。當那個年輕護士拿著幾張表格，當眾問我：「這三天之內有沒有射精？」我竟像是小學生那樣有些羞赧，耳根熱了起來，又覺得那些坐在長椅上的陌生人都在看我。彷彿所有人都知道了我的一切祕密。

我像課堂提問被老師點到那樣回答，沒、沒有。護士木然在表格上填寫了什麼，給了我一個小罐子，指著轉角，對我說，你待會就進去那個房間。我說好。那個鮮黃色蓋子的小塑料罐，上面貼著標籤，用潦草的原子筆寫著編號和我的名字。我把罐子握在手裡，總覺得有些彆扭，就把那小罐子塞進褲袋。但那個罐子卻像一個掩藏不住的祕密，在褲子布料底下，恍若從體內長出來的什麼一樣，仍浮出一個太過明顯的形狀。

「所以，我們會挑選出健康、高活躍的精子，像這樣，從針尖放入卵子裡面……」

當我聽著醫生說明整個過程，覺得非常不真實。那個年輕的醫生，戴著細框眼鏡，用一種機械而平緩的語調（他一天大概要講相同的話幾百次吧），告訴我這些，一連串的怪異的英文簡稱，AI、IVF、IUI……像一顆一顆尖銳的石頭逐一浮出水面。

但我當時完全無法理解那些科學字母背後的意義，又不敢多問，任由醫生繼續說著。我看著醫生掀翻手上那些圖解，想起的卻是中學生物實驗課觀察過的那些死去的細胞標本。從高倍數的顯微鏡看去，那些染成了藍色、紫色的細胞濾泡，隨著鏡頭的聚焦而忽隱忽現，其實非常絢麗魔幻，非常像是另一個星球的景象。

當我看見一個巨大的細胞體，像宇宙孤立的恆星那樣，恍如冒現著滾熱的岩漿和輻射光線，那位年輕醫生說，這就是人類之卵——「Egg」，那是少數我完全聽懂的英文名詞。

生命會由此開始，莉莉卡。從一個零開始。從虛無開始。那就是我們的卵生年代。一枚細胞突然甦醒過來，以一種亙古的方式自體分裂，一而二，二而四，四而十六……然後不斷增生、堆疊，依循著那看不見的指令，慢慢長成心臟、脊椎，伸出的突觸變成手和腳

——慢慢地變成一個人類。

——所以到了最後，我只能用這樣的方法，把妳召喚回來。

莉莉卡，我即將告訴妳的，是一個關於誕生的故事，也將是一個逃亡的故事。這裡也許就是妳將來一直追問的來處。我明白。因為我小時候也曾經追問過自己從哪裡來，卻被大人苛責阻止。他們如何用神話和謊言推託，用更多的故事來掩蓋故事。亞當與夏娃。人首

蛇身的女媧摶土造人。或者非常敷衍地告訴你，其實你是撿回來的啦（所以從一開始就是一個關於遺棄的故事？）。

而此刻，我們必須回溯到這座城市未被匆匆遺棄的時光。在我們展開逃亡的旅程之前，我們必須來到第一個房間，伸手調轉那生鏽的巨大的鐘，將指針撥回到一切尚未崩壞的時刻。然而，和所有關於新生的故事一樣，當宇宙恍如量子那樣的渺小，我們回到那大爆炸之前的史前時光，誕生和毀滅其實離得很近。

許多年後，莉莉卡，如妳所目睹的，這座城市在一瞬間變成了廢墟。那些從水泥之中袒露出來的鋼筋，被日光拉長影子。我們讀取那些報廢而到處被棄置的記憶晶片，而得以任意地打開了不同的房間。

在畫素粗劣而雜訊雪花紛飛的映像裡，妳可以看見，我還坐在那裡。在那間診所裡，我一個人還在等待著命運的叫號。我和那些孕婦排排坐在長椅上，變成了一排人形剪紙。我踩著自己的影子，那是一種薄薄的、不踏實的挫敗感。

有許多許多的人類之卵，此刻正被置放在這間診所的某處。我只能想像，那是冒著冷霧的急凍庫，還是一整排一整排的試管牆？或者像是電影《駭客任務》那樣，一整個黏濕、溫熱的培育艙，以及一條條輸送黏稠液體的管線……但這些都太科幻了。我總是無法更踏實地想像，那些攜帶著人類基因密碼的微物，那些看不見卻在顯微鏡底躁動的細胞體，似乎一直以來都是看不見的，一種虛構的存在。

然而在我記憶中浮現的畫面，卻一直是初三生物課本的最後一章，那些針筆手繪的人類胚胎圖，依成長的週期排列，從受精卵漸次長成人類嬰孩的形狀。但讓我不解的是，不知為什麼，那些胚胎卻怪異地還留著鰓和尾巴，以及半透明如膠質的皮膚，透出內裡微小的血管。比起人類的樣貌，它們更像是蛙或魚類的幼體，歷經了億萬年的演化，如今像一帖帖快轉的畫片，把漫長時光的進化濃縮到了課本的書頁之中……

但課本的最後一章，卻被生物老師刻意地跳過了。雖然每個同學都偷偷仔細翻過了那幾頁，男女生殖器官的解剖圖，透視到內裡的構造，標示成了一個一個的學名。如今回想起來，那些名字，其實更像是一個隱喻。一個十五歲的少年，要如何想像呢，女生裙襬看不見的內裡，掩藏著那些管線繁複又如齒輪精密咬合的構造……

但我的朋友直樹卻自有他另一套理解的方式。

十五歲那年，直樹是我的同班同學。那時候我和直樹都坐在課室的最後一排。上課的時候，直樹總是豎起課本，伏在桌上睡覺。直樹在班上的成績墊底，不討老師歡心，我常常在老師刻意點他起立做答的時候，要伸手把他自遙遠的夢中搖醒。直樹總是搔著一頭亂髮，惹大家笑。

不知從什麼時候開始，直樹把我當成了他的唯一好友。我還記得，總在下課時間，坐在隔壁的直樹會讓我看他新學的一些魔術。那陣子的電視綜藝節目突然流行起魔術表演，直樹似乎在那段日子沉迷在各種魔術戲法裡。有幾次，直樹還真的從他的皺爛的書包裡變出幾本香港色情雜誌，大方地讓我看。我們在下課時間伏在桌上假裝打盹，其實都在翻閱抽屜裡的那些肉色圖頁，被自己鼓脹的情慾掀翻得焦躁不已。

如今回想起來，那些雜誌上的封面女郎，舉手投足皆維持著一種老派的姿勢，還有如今只有老理髮廳的褪色型錄上才看得見的蓬鬆髮型。恍如時光定格的身體。那些布料欲掩未掩的豐乳肥臀，那些劣質印刷而走色的光影，比起課本的黑白插圖，其實更能激起男生對於生殖的想像。而女郎照片旁邊還會配上「失身時刻」、「喜愛招式」、「敏感部位」這些引人遐思的個人資料。然而令人掃興的是，那最關鍵的露點部分，卻永遠都被一隻突兀的蝴蝶遮住了。像被刻意塗去的謎底，沒有人看過蝶翼背後的真相。

但那都已是多久的事了。

許多年之後，當我搜尋手機的通訊名單，在中學同學的通訊群組裡發送結婚請帖，夾帶了一張俗氣的結婚照片。結婚照片裡是我和惠子。我穿著不合身的黑色西裝，而惠子被一襲長長蓬蓬的白色婚紗包裹著，像綻開的木槿花瓣底，柔柔軟軟的花蕊。惠子依靠著我的肩膀，對著鏡頭，把眼睛笑成彎。

訊息才送出去一刻，手機就一陣叮咚響起。

但我始終沒有等到直樹的回應。

那一場婚禮，如今像一個極其遙遠的夢。這麼多年過去，為了鞏固那團浮泡一樣的記憶，莉莉卡，我必須一再添補更多的細節，而不管它是真實的或是虛構。

但我確實還記得，那一晚的婚宴，所有人都沉陷在一種歡慶的、色彩斑斕卻又那麼簡陋的場景裡。酒樓的那些紅豔豔的燈光結彩，用保麗龍切割出來用螢光紅綠塗色的立體字，以及那永遠不會停止的卡拉ＯＫ歌聲。婚宴的晚上我不斷地被朋友灌酒，一輪敬酒過後，喉嚨底彷彿還一直有酒精要從體內湧出來。

我轉頭看惠子。惠子少見的濃妝，長長卷卷的假睫毛和髮片，其實一點都不似日常的樣子。惠子也因為喝了太多酒，潮紅從臉頰蔓延到脖子，裸露的胸口被晚裝緊緊裹住整晚，竟也紅紅的一整片。

按照喜宴的流程，我和惠子被拱上舞台，舉著高腳酒杯，對著所有人喊：「飲勝！飲勝！」[註] 但那光影流轉的高台上，我其實看不清楚每個人的臉。大妗姐很快就搶過了我手中的麥克風，開心過頭地高喊：「今年娶新抱，明年抱孫哦！」

回到公寓之後，嘔過一輪就清醒了許多。我疲倦地躺在床上，像是從高速旋轉的洗衣機裡被撈出來，看著轉動的電風扇，床頭鏡子貼著剪成雙喜的紅紙。我們才剛剛搬進這幢公寓，房間很新、很白，有一種粉刷過的氣味。我扶著頭側躺著，而惠子似乎仍處在一種高燒、亢奮的情緒之中，一邊脫去耳環、髮飾，一邊說著婚宴上的誰誰，以前初中時候是怎

註 廣東話，「乾杯」的意思。

樣欺負她，今天卻笑瞇瞇地什麼事也沒發生過一樣。我其實並沒有真正聽進去，嗯啊嗯啊隨口應她。

惠子站了起來，想把晚裝褪下，但手指搆不到背後的拉鍊，轉頭叫我幫忙。我伸手把拉鍊褪到她的腰際，才發現露背晚裝底下，被酒精浸染過的身體，一整片都是紅色，煮熟的蝦子一樣。我忍不住想要伸手試探那紅色的身體，是否如想像中那樣燙熱。手指經過的惠子的肌膚，一整片發光的汗毛，皆如蕨芽甦醒。

「不要停下來。」惠子說。

頭頂上的日光燈好刺眼，我躺在床上，扶著惠子腰際，但其實看不清楚惠子此刻的表情。惠子跨騎在我的身上，震顫著紅色的裸身，告訴我，不要停下來。但一切都來不及了，我此刻躺在床上張開雙手猶如鳥類完全拉開翅膀的姿勢，但是沒有用的，時間還是停不下來。誰能夠預知這座城市的崩壞？那些高大樓宇、那些方正毗鄰的公寓，最後卻像巨人推倒了骨牌那樣，一座一座連接地傾倒、崩塌了……

或許有什麼禁咒就在那一刻被解開。有時我仍會想起那一天晚上所經歷的一切。原本以為平常的人生，像一個發條時鐘，會永遠依循著固定的速度運行，但事實上是，上緊的發條會慢慢地鬆弛下來，一開始誰也不會察覺秒針慢了數拍，一直到有一天，時鐘突然叩嘎一聲停下，所有的事物，包括這座城市、房間裡頭那些原本擺放整齊的事物、我和惠子，此刻都會依著慣性力，一下子摔得東歪西倒。

但那時侯，我恍恍不知這些。

我在床上輕撫惠子裸露在棉被外面的肩，光滑若瓷。惠子已經安然睡著，剛才一整個身體的赤紅都消褪去了，胸口隨著深沉的呼吸如退潮海浪輕緩起伏。已經是凌晨時分，但此刻我反而睡不著，隔著一層夢，輕呼惠子的名字。她仍深深沉陷在自己睡夢中，而我獨自回想剛才情景，自己混濁了酒精的精液，像是看不見的隱喻，或者一泡白濁濁的浮夢，此刻深植在惠子的體內。我想像曾經在紀錄片頻道裡看過的情景，那顯微鏡放大千萬倍的鏡頭底，人體的深處恍如星際大戰一樣的宇宙幻景，此刻萬頭攢動的細胞體，正在攻堅著一枚巨大的死星……

莉莉卡，也許在妳的眼裡，那些生殖輪迴的雙人之舞，那些如快轉鏡頭的花開花落，皆像是啪嚓的火光一瞬。

或者像是脊椎動物尚未登場的混沌時代，那些彼此覆蓋、碰撞，恍無重力而互相彈開的單細胞生物，它們吞噬彼此的身體，依著本能繁衍、複製出許許多多的自己，而歷經萬年瞬間不曾間斷的生生滅滅、朝生夕死……但如果再靠近一點，再將鏡頭的倍數放大一點，我們會不會看見，所謂生命發出的微弱的光？那些妳於心不忍一揮手就毀滅的一絲溫熱，以及，愛？

我們還是要伸手調校時間，回到那最初的光景，那第一個房間。

惠子一個人坐在床上，望著公寓對面的一整面窗口。白色床單和棉被無人摺好，日光底下的皺褶如山麓影子分明。已經是結婚之後的第三年，我們還沒有小孩。原本一切都說順其自然，但有什麼就像溫泉泡沫那樣不斷冒現出來。像是原本依著地圖行駛的車子，不知怎地走進了岔路，離預定的目標愈來愈遠。

一開始是親戚長輩的探問：「我明白啦，年輕人都是要享受二人世界嘛……」，後來同輩朋友一個一個都有了小孩，不經意劃過社群網站都是那些晒小孩出遊、小孩睡覺、小孩吃東西吃得滿嘴都是的照片，原本都覺得好可愛好好笑，但如今看起來卻似乎總有一絲炫耀的意味。

又或者，以往閨蜜互相擁抱取暖的週末聚會，有人把小孩帶來，而之後所有的話題都會被媽媽們牽走，圍繞在小孩身上（她們熱烈地比較保母費用、奶粉品牌、學前才藝班那些……）。而那個幼獸一樣的小孩一整個下午都在鬧脾氣，在餐廳裡高叫奔跑，頑皮地拉扯桌布，弄翻咖啡杯，把惠子那件心愛的米白色裙子濺得都是斑斑點點的咖啡漬。而惠子仍笑著說沒關係啦沒關係，別這麼說，小朋友活潑才好……但我知道，惠子漸漸就不再赴約了。從什麼時候開始呢，惠子獨自陷入了一種沉默的自傷之中，彷彿她終於察覺了，只有自己一個人是不一樣的——像一顆慢慢偏離引力的行星，最後終要被整個星系除名在外。

「沒關係啦，惠，其實現在也沒有什麼不好啊。妳看現在世界這麼糟糕，地球都快毀滅了……」我笨拙地安慰惠子，但我其實心底知道，她是那麼迫切地想要一個小孩。

或者更準確一點地說，她是那麼迫切地想要一個女兒。

我會懷念起在這座城市傾倒之前的時光，我和惠子在那幢公寓裡度過的日常。日子一天一天重複，卻也一如自轉的陀螺穩定著直立的姿勢。我如常上下班，在固定的時間回到家，扭開電視看看新聞，看著公寓外的窗口一盞一盞澄黃燈火亮起。而惠子在家裡接一些服飾設計的案子。有時候下午她會打電話來，要我下班的時候順路打包一些菜餚回家。日常的晚上，我們一起吃晚飯，一起躺坐在沙發上看喧鬧但無聊的電視綜藝節目，那樣的寧靜時光，惠子偶爾會突然想到什麼，轉過頭對我說——如果我們女兒啊……

「如果我們女兒，像吳宗憲的女兒這樣一直跟你頂嘴，你會不會爆氣？」

「你看，如果是我們女兒穿上這件衣服，一定也那麼可愛對吧？」

我們在週末逛著百貨公司的櫥窗，我看著惠子在童裝部伸手輕撫著一件少女粉藍色洋裝的樣子，不忍去戳破那浮泡一樣的想像。似乎就從那時開始，我任由她虛構一個女兒——對，一切都是虛構的——但奇怪的是，雖然惠子說的是「我們」，但那似乎是我所無法進入的夢境結界。那是僅屬於惠子，而我無從參與的構圖和畫面。

——莉莉卡，我要如何想像妳的樣子？

許多年過去，我還記得我們的蜜月旅行，千里迢迢來到歐洲，打算漫遊那些只存在於美術史課本和童話故事的古城。我和惠子在佛羅倫斯百轉千迴的街巷裡走走看看了幾天，吃著那些油膩又分量太大的義大利小食。我們依著導覽的地圖，走進了各處的美術館。惠子說，她一定要看一看波提切利的那幅名作《維納斯的誕生》。因為她小時候玩過這幅名畫的拼圖，兩千片的拼圖呢，花了好幾個月才完成。她曾經那麼仔細地在那堆零散的碎片裡翻找正確的一片，像是從摔爛的鏡子裡拼湊回原有的鏡像。所以一直到今天，她還那麼清楚這幅畫的每一處細節，從海浪、樹葉而至維納斯一頭捲曲的紅髮絲……

後來我們走進了那座擁擠的美術館。館內正展出一系列中世紀閃閃金光的宗教畫和文藝復興時期的雕刻作品。但所有遊客都團團圍著米開朗基羅的大衛雕像，在那巨神一樣的大理石立雕底下不停地拍照（有一對情侶且在大衛的胯下耳語：你看那雞雞好小哦）。我回頭找惠子，卻看見只有惠子背對著所有人，孤單站在一尊純白的少女雕像前。那是被放置在整個展館的最角落，且連語音導覽都直接跳過的一尊不起眼的寧芙（Nymph）女神像。

少女神盤著古希臘的曲卷髮式，白色的石頭卻讓人錯覺了一種柔軟光滑的膚質。女神低垂著頭，一雙屬於少女的孱幼乳房在燈光下變成了非常柔和的光和影。她的右手輕輕地舉起來，左手擱在大腿上，手指卻不知曾經遭受過什麼而斷裂不見了。惠子一個人在那尊雕像前佇立許久，無視那些走過她身後的遊客。我有些疑惑，走近了，才看見惠子眼角泛著淚光。淚水汩汩流過臉頰，她伸手把眼淚擦去，紅著眼眶，回過頭向我說——

「怎麼辦，我覺得她就是我們女兒的樣子……」

莉莉卡，對不起。當妳誕生之時，這座城市已經滿目瘡痍。

如何向妳敘述一座看不見的城市？那些曾經盛極一時而今被時光塵土淹沒的帝國之都。羅馬、龐貝、佛羅倫斯……依著我和惠子原定的旅行計畫，那一個一個在地圖上恍若孤星的城市，會由火車軌道牽連成線，逐點而連成一個星座的形狀。冬日多雨的季節，我們穿著厚重的大衣，在那些古老的街巷裡晃走，卻一再訝異於那些間夾在現代都市的暗影底、在汽車喧囂的市街旁驟然乍現的千年的殘垣敗瓦。那些擎向天空的石柱，或者散落一地而被野草和青苔覆蓋的大理石塊，怎麼才隔一條街，就是名牌包包專賣店，普普藝術螢光色妝點的豔麗櫥窗。那非常像是，原本那副古老的軀體，被另一座更宏偉、現代的城市附身，占據了原有的靈魂和個性，但又隱隱地，透出史前時光的痕跡。

總是有標示牌說明，這裡留下的那些殘骸即是千年人類文明存在過的證據。隨處都能看見，那些華麗羅馬式的雕柱，那些巨神的雕像（如今卻斷手斷腳的，或者被狂熱的中世紀教徒敲掉了鼻子），那些失傳的技藝和語言，那些神話和故事……

莉莉卡，現在我們也只剩下這些了。這些零落的遺跡，原本都源自於一個已然不存在的帝國，一座古老的城市，如今卻因為遺失了太多的拼圖碎塊，再也拼湊不回它本來的樣子。

當我們走出了美術館，外面的光度驟然亮起來。我瞇著眼睛，遠遠看見一群黑色的鳥，群集飛過那塔頂尖聳的教堂。冬季的風把臉吹得麻麻的，惠子把自己縮在駝色的大衣裡，又像沒事一樣，想去看看公園景色。路上一整排的銀杏樹都抖落了葉子，黃色的碎葉堆疊一地，鞋底都是濕濕軟軟的觸感。

我看著惠子的背影，仍想起美術館裡的那尊少女神的雕像。然而要如何想像呢？那些文藝復興時期的畫家和雕刻家，都曾經相信可以用最細膩的技藝去描摹現實——只要捉住所有的細節，就可以將真實重現，甚至將神話重新召喚回來。然而眼前真實如霧，如同描摹海市蜃樓。戰爭和權謀把一座城市摧毀了又在原地重建一座城市，如此不斷重複。沒有人會知道，文明誕生之初的光，會穿過那些大理石雕像的眼睛，把瞳孔變成白色，而無人可以見證最繁華的城市，最後頹然消失的過程。

一如我們遭棄的城。

沒有人會知道，從遙遠的國度回來之後，冬日的溫度突然反轉到熱帶的炎熱和憂鬱，一如沒辦法一下子就調整回來的時差和睡眠，像被強大的離心力甩了出去，我和惠子一起陷入了一種非常怪異而荒謬的情境裡。

從那時候開始，惠子會嚴格計算自己的經期，每天用溫度計測量自己細微的體溫變化，確認排卵的時日。原本看到普通數字報表就頭痛的惠子，如今會在一個複雜的表格上打勾勾、做記號，用筆紙運算繁複的數學公式。像是占星術士計算著日月星辰的運轉，那體內看不見的極深處，如潮汐起落，自有一套神祕而堅定的自轉方式。

我們開始嚴格依循著紅筆打圈的日期做愛。但只有我憂傷地知道，新婚初始的那種即興和激情都已經不復存在了。像是兩具扯線木偶，依著重複的動作。我們匆匆開始，也匆匆結束。惠子拒絕了我在床上要求的各種奇技淫巧，而且她總是不讓我立刻拔出來，彷彿要確保每一滴精液都實實在在地留在自己身體裡面。然而，一次又一次，身體和身體的碰撞，皆若虛擲在湖中的圈圈漣漪，什麼也沒有浮現出來。

我漸漸覺得自己其實只是在配合著惠子。我進入她，卻由始至終都無法進入，她一個人塑造的那個巨大的幻夢之中。我緊緊抱著惠子的裸身，那麼熟悉這具身體，每一處幽微不同的柔軟、骨頭突起的位置，以及肌膚和手臂纖毛的觸感，但卻恍惚已經感覺不到熾紅燙手的溫度。

為了製造出一個女兒，惠子甚至吃下各種荷爾蒙藥丸而漸漸易怒和發胖，臉上冒現難癒的痘瘡（然而她以前是那麼在意自己的臉容和身材）。每月例行的生殖活動亦如召魂的儀式，漸漸讓我有一種出神的恍惚。有一瞬間我似乎錯覺了，自己的靈魂突然掙開身體，彷彿那些靈異電影，虛虛浮浮地飄在房間的天花板，低頭俯看著在床上，如機械那樣不斷抽動的自己。

為什麼會變成這樣呢？原本的一切不都是好好的嗎？

我有時覺得眼前現實如熱霧扭曲而漸漸傾斜，似乎所有的事物都將要傾倒。當惠子一個人躲在廁所裡痛哭的時候，我隱隱聽見她抽泣的聲音。我輕輕拍打著門，而無人回應。貼著門，我隔著那道厚重的門板說：「惠，妳先出來好嗎？我們再努力看看。」

我們再努力看看，把這座城市，或者，那已然消逝的帝國，一磚一瓦地，慢慢地再重建起來好嗎，莉莉卡？

許久之後，我才哀傷地知道，惠子其實瞞著我，把自己的卵子從身體深處抽取出來，冷藏在這間診所裡頭。像是把自己的身體切割成了最小的單位，把那僅屬於自己的DNA的通關密碼，深鎖在那浮泡一樣的微小容器之中。

我愕然在那個塞滿了內衣內褲的抽屜深處，找到了一大疊的體檢報告和診所的收據，上面都是惠子的名字。

似乎在很長的一段時間裡，惠子趁我上班不在，一個人到診所去做了各種各樣的身體檢查。我從來不知道這件事。我翻閱那些充滿英文學名的紙張，查了網路才看懂：貧血、多囊性卵巢、不孕之症……而那些婦科醫生們竟然像考試打成績一樣，依不同品質，把她的卵子標上了ABCD不同的級別。

紅色的D。不及格的人生啊。

我才想起，有一次我們吵了大架。惠子抱著膝，縮在牆角的影子底在哭。我想抱緊她，卻一次一次被推開。惠子號啕大哭著說——是，我知道，我一開始就是一個報廢品。

莉莉卡，那時候，我們並不知道惠子在十五歲那年所遭遇的一切。

叩叩叩，妳還在聽嗎？

叩叩叩，一陣敲著玻璃窗的聲音，似乎把我們又拉回了那間明亮的婦產科診所。回頭看，有一隻烏鴉站在診所的窗前，用喙一下一下啄著玻璃。牠不知道那是透明而不可穿越的嗎？我看著那隻烏鴉的眼睛，一圈鮮豔的紅色包圍著明亮的瞳孔，在日光底下閃閃爍爍的。任我注目許久，那隻烏鴉像是也看到了我，呀呀叫著不停，拍著翅膀，揮落了幾枚羽毛，飛走了。

我還坐在那裡，彷彿已經坐了一個世紀。紅色閃動的數字逐漸遞減，像是倒數什麼到來。終於有人叫到我的號碼。我跟在護士身後，走一段長廊，看見一整排相鄰而緊閉的房間。護士確認我的名字，為我打開了其中一扇房門，說：「你弄好了就自己出來哦。」我說好。護士轉身輕輕關上了房門，我才發現，那房門也隔開了外面的所有聲音，像是我被隔離在一個人的世界裡。

依照預定的程序，我必須在這裡把自己的精液搾取出來，盛裝在小罐子裡，然後把罐子放進一個透明保鮮袋，再交回給護士，就可以了。

我按下喇叭鎖，恍如擠身進入了時間刻度之間的狹縫。那個房間和診所外面的擺設、光度完全地不一樣。燈光刻意被調暗了，非常狹小的空間裡，擺了一個小桌，一張血紅色的沙發椅，以及一個洗手台、鏡子，旁邊掛著衛生紙卷。轉過身，我伸長了手臂就可以碰到兩邊的牆壁。牆上掛著一架電視機，畫面是一整片灰色的雪花，微微發出沙沙的噪音。

我這才發現，房間裡黑乎乎的，一扇窗都沒有。

那像是廁所但卻又不是的房間，讓我有一種脫離現實的違和感，如走進了超現實畫家達利的畫作裡——那個無人的曠野，看似遼闊但其實視野非常狹窄，時鐘於此柔軟地融化掉，列隊的螞蟻一隻一隻爬上桌子……

即使我曾經在腦海裡多般想像，仍不曾想過如此景象。我坐在沙發椅上，把藏在褲袋裡的那個塑膠罐子掏出來，放在小桌，這才發現原來桌下擺了好幾本歐美版的色情雜誌。這時牆上的電視一瞬亮了，把原本房間裡靜置的光線攪動起來。（所以像是去唱KTV那樣，其實有另一個人在控制著每個房間的螢光幕？）我抬頭看，螢光幕上開始播放一齣成人影片，那畫面也是一個陌生的房間，且沒有任何劇情地，有一個不知名的女優才一開始就躺在床上扭動著裸身，揉著自己的乳房，發出造作的呻吟……

「在這裡打飛機？」

「怕什麼啦幹，又不會有人看到。」直樹說。

有一瞬間，我錯覺了自己回到了中學的那間「密室」。

中學時的校園，有一處傳說中鬧鬼的所在，那其實是理科實驗室的隔壁，用來擺放生物標本的房間。那個房間也不大，平常其實不會有人打開，卻擺滿了各種各樣的動物標本。四腳蛇、猴子、巨蟒、雉雞、果子狸……那些原本應該住在山林之中的動物，此刻表皮下的肌肉、內臟皆已被掏空，只剩下皮毛。但牠們卻都被擺成活著的姿態，比如說蛇仍纏繞在樹枝上，公雞昂首提足，羽毛仍栩栩如生。牠們的眼眶嵌著玻璃彈珠，發出讓人疑惑的光芒。

除了這些標本，一排排的鐵架上，密密擺放著大大小小的玻璃罐。罐子裡皆注滿防腐的氯仿，而黃綠色混濁的液體之中，像泡藥酒一樣浸泡著各種哺乳類生物的胎兒。那些剛剛出生即夭折的貓、鼠、兔子，甚至一隻尚連接著胎盤的小狗，牠們皆半閉著眼睛，瞳孔變成灰色，失重地浮游在那泡液體之中，彷彿仍困陷在一場不會結束的夢裡。

據說這個房間深處，某個玻璃罐裡，偷偷藏著一個人類的嬰兒標本。

許多年前有個女學生躲在學校廁所裡產子，被發現的時候，那個嬰孩就卡在蹲式馬桶的坑洞裡，仍嚶嚶地發出微弱的哭聲。而後那嬰孩的哭聲，每晚在同一時刻都會出現……

直樹說得繪聲繪影。

似乎每個年代、每間學校都有那麼相似的鬼故事。但直樹卻百無禁忌，把那個標本室占為己有，當作了他的祕密基地。

我還記得那時，我們兩人不知為什麼被學校幾個結黨的高中生盯上。他們會在校門口堵那些落單的學生，明目張膽地伸手要保護費。更多的時候，他們會在無人的校園角落裡，惡意地戲耍那些他們看不順眼的人。

為了躲避那些高中生，我和直樹常常放了學也不馬上回家，躲在那標本室裡面虛耗著時光。小小的方形的空間，被直樹稱為「密室」。那個放滿標本的房間，似乎被直樹妄想成武俠小說那種，一按機括就嘎啦嘎啦打開的房間。像一個結界，只要扣上了鎖，就沒有人可以進來。

當少年的我第一次走進那間密室，覺得這真的是一個適合躲藏的地方，彷彿整個世界都遺忘了這裡，甚至連時間都似乎變得比外面緩慢。只要我們在這裡躲藏得夠久，就可以永遠藏身在這個時間的裂縫裡面，永遠都不會被人發現。

往後，我們兩人就占據了那個標本室。放學過後，校園裡也沒有什麼人，關上了門就十分安靜，隱約傳來遠處銅樂隊在練習步操的聲音。我們把門反鎖，躲在裡面抽菸、打屁，任由門外的時間緩緩流失而毫不吝惜。直樹坐在紙板箱上練習著他的蹩腳的魔術戲法，而我翻著色情雜誌，時不時驚嘆幾聲，揮手叫直樹來看。

「喂，過來看啦。夭壽哦，這個波霸也太誇張了。」

那安靜無人而幽暗的隔間，那些定格而扁平的動物標本和紙上的女體，彷彿都是昔日時光的贈禮。我們連燈都不敢打開，依著窗外日光，少年的我念著雜誌上那些廣東話拗口的字，想不明白「為冧老細口撚大雀」到底是什麼意思。直樹突然抬起頭來，一臉狡獪地問我：「喂，阿朔，你敢不敢在這裡打飛機？」

「在這裡打飛機？」

我一開始以為直樹在開玩笑，但直樹卻真的伸手要來拉開我的校褲拉鍊。我閃身躲開。「幹，走開啦。」我回了嘴，但我並不真的生氣，只是覺得有些彆扭。我的褲襠此刻確然因為那些雜誌上的妖嬈女體而鼓鼓脹著。直樹縮回了手，一刻間，就恢復了他一貫的嬉皮笑臉，嘲笑我，是不是因為雞雞太小不敢拿出來。我們靠著鐵櫃子，一陣無人說話。直樹隨手拿了一個玻璃罐子，指著發黃標籤上的日期，說：「靠，這裡的標本比我們都還老耶。」

——為什麼會想起這些？

許多年後，我早已離開了學校，不曾刻意想起十幾歲的那些事情，一切任由它愈來愈遠。中學的好友在畢業之後都四散了，每年新年的同學聚會也來不齊人。大家在手機裡互傳那些賀詞圖片，也就是無事相安了。也許這就是變成大人的過程，少年時經歷的一切，都是一場夢一樣。

這麼多年過去了，我一個人被護士小姐丟棄在那個診所的小房間裡，卻想起了過往的事。

當直樹伸手想要觸碰我的那一刻，似乎就如針尖抵著一顆吹脹的氣球，在戳破氣球的那一刻被喊停了。在那間密封起來的標本室裡，寂靜突然十分明顯而漫長，似乎為了化解那一刻的尷尬，直樹轉過頭對我說：

「阿朔，我來表演一個魔術給你看。」

我看著直樹把課本、作業簿從書包倒出來，清空了整個書包。那個年代，中學生都用青色或白色的帆布書包，上面一定會用原子筆和立可白塗鴉，寫一些「忍」、「追夢」那些意義不明的字。直樹的書包皺皺爛爛的，上面亂畫了幾隻黑色的鳥，也不知多久沒有洗過了。直樹此時還煞有其事地，刻意讓我檢查一下書包是不是空的。

「裡面什麼東西也沒有，對吧？」

直樹笑著說，似乎預知了他將在下一刻騙倒我而十分得意。然後直樹當著我的面前，把雙手伸進書包裡，掏弄了好一會。我努力想要看出魔術的破綻，牢牢地盯著書包，和那雙手的任何動作。直樹裝模作樣地往書包呼了一口氣，突然從書包裡掏出了一個烏黑黑的什麼。我再看了看，竟然是一隻烏鴉。

魔術表演不都應該變出白鴿嗎？怎麼會是一隻烏鴉呢？

直樹如何無中生有，我始終沒有答案，但那一瞬間，我確然被直樹的魔術嚇了一跳。那隻烏鴉在直樹的手中，一動也不動。我以為只是一個道具，或者是這間課室裡偷來的標本，想要更近一點看，突然烏鴉的眼睛就亮了起來。那雙眼睛是紅色的，瞳孔之中有一星微光。烏鴉慢慢扭動著牠的脖子，像是才剛剛從一場長夢甦醒過來，恍恍不知身在何處。牠站在直樹的手心，看著四周，看著直樹，也看著我，振動了幾下翅膀，一瞬間，就從直樹的手掌飛了起來。

那隻烏鴉在標本室裡頭亂飛，飛過那些已經死去卻凍結於此的動物們，但牠卻怎樣也飛不出那個小小的房間。因為時間於此是不一樣的。

有好幾次，烏鴉快要飛到我的頭上，我用手臂護著自己的臉，縮著肩膀，驚恐地看那隻烏鴉在天花板四處用力地亂撞。烏鴉的翅膀拍打著日光燈管，拍打著玻璃罐子和牆壁，發出啪啪的巨大的聲響，像是永遠不會停歇一樣。烏鴉的羽毛一枚一枚飄落下來，輕輕地，落在我的身上，又落在地上，像黑色的雪花，像一場永遠下不完的雪，慢慢地，把整個房間都敷上了一層濃密的黑色。

第二個房間

換取的孩子

他一個人躲在黑色的暗影之中，隔著薄薄絹紗，看出去的卻是一整個色彩斑斕的世界。那是印在長裙薄紗上的圖案，各種花瓣和綠葉，紅色的，綠色的。像眼睛貼著萬花筒，外面的景物矇矇朧朧，也像是印了花。男孩星仔抱著膝，蹲在一襲花裙底，長長的裙襬剛好掩藏他幼小的身軀。偶爾有人經過他，甚至在他面前停下了腳步，星仔屏著呼吸，一動也不敢動。

沒有人發現他躲在那尊假人模特兒的長裙裡面。沒有人看得見他。在那間百貨公司裡頭，星仔也不知道自己躲在那裡已經多久了。

都已是那麼遙遠的年代，那時鎮上唯一的百貨公司，如今像是一個永遠的回憶。小時候以為無比巨大的百貨公司，如今回想起來，也只有三層樓而已。一樓、二樓賣鮮果和日常用品，第三樓擺了男裝女裝的衣服，以及專屬兒童的玩具部。那時候，和母親一起到百貨公司買東西，是星仔最期盼的事。百貨公司開張之後，老街的雜貨店頓時就失色了。那些廉價小玩具，怎能比得過百貨公司裡閃亮華麗的進口貨？變形金剛、閃電貓、樂高版的星際大戰……都來自電視火熱播映的卡通影劇，如今像是從畫片走出來一樣，可以捉在手裡，那麼地真實。

每次到百貨公司，星仔就掙脫母親的手，一鼓作氣跑上三樓，在那擺滿了玩具盒的架子前來回巡視，伸手摸這摸那。把變形金剛的盒子捧在手裡，重甸甸的，隔著透明的包裝盒，想像它在自己手中，從重型卡車變化成機器人的模樣。星仔會學電視裡機器人變形時發出的怪聲，咕嘎嘎嘎，彷彿一句咒語，就可以重現電視裡雷射光亂射的打鬥場景。

好幾次和母親央求，但母親都不給買。太貴了，一個玩具的價錢竟可以抵五件新衣，這是母親心算的公式，比真理還真，無可推翻。

玩具部的旁邊就是擺賣衣服的地方。走進那層樓，掛滿色彩繽紛的新衣，以及一種從棉布纖維散發出來的微微刺鼻的化學味。三樓還擺放了很多假人模特兒，有男人、女人的模樣，也有兒童假人，和那時的星仔差不多身高。它們的手足關節皆可以扭動，模仿人類擺出不同的姿勢。在白晃燈光底，它們皆被穿上整齊的衣服，而塑膠的臉，恆常是一種僵硬而怪異的笑容。

母親此刻應該還在那裡，站在一尊一尊穿著展示套裝的假人旁邊，和女裝部的銷售員在聊天。她們實在聊得太久了，星仔樂得自己在玩具部那裡亂逛。和往日不同的是，聖誕節快到了，百貨公司煞有其事地布置了一番，天花板竟然掛了一整個聖誕老人駕著麋鹿雪橇的巨大保麗龍板，寫著英文的「Merry Christmas」。四處都貼了雪花、紅帽、襪子的圖案，紅色和白色，紅色和綠色，都是炫目的色彩。走進了百貨公司才知道，彷彿這麼多年來，小鎮才要第一次過聖誕節。

玩具部也不一樣了。原本擺放芭比娃娃的櫃子今天變成了聖誕禮物專櫃。一整排、大大小小的雪景玻璃球吸引了星仔的目光。

星仔沒有看過這些，圓圓的玻璃球裡頭有一間小屋和杉樹，屋瓦和樹木的細節都做得好精緻，連窗內的桌椅都看得那麼清楚，彷彿讓人錯覺了那就是真實的縮影。而最令星仔驚奇的是，只要把圓球拿起來搖晃一下，原本堆積在球底的白雪就會飄揚起來。玻璃球裡頭注滿了水，雪花飄落的時候，球裡的重力彷彿和外面的世界並不一樣。雪花像是真的，以一種緩慢的速度落下來，落在小屋頂上，落在聖誕樹梢，慢慢地鋪成一幅雪景。

星仔從來沒有看過真正的白雪。他雙手捧著玻璃球，重複地搖晃它，那雪花平靜了又被掀翻起來。玻璃球在星仔手中，激起了一場暴風，雪花飛揚、旋轉著，怎樣都停不下來。

到底是怎樣才能把屋子和樹木塞進那小小的玻璃球裡呢？星仔想不明白，把玻璃球舉高來看，想要找到那個祕密的封口。卻不小心，玻璃球從手心滑落下來，砰然一聲，跌在地上。那玻璃球一瞬間就碎裂成一片一片的，原本透明球體之中看不見的液體，此刻都漫漶出來。水流到星仔的腳邊，上面漂浮著原本是雪花的無數的白色顆粒。

——完蛋了。

不知道有沒有人聽見玻璃被砸碎的聲音，星仔看了看四周，似乎沒有人回過頭來。他望著一地的玻璃碎片，摻和在一灘水中，不知道應該怎麼辦。地上的水一直引向星仔這邊，沿著地板磁磚的邊線，曲曲折折的，彷彿有著自己的意志一樣。星仔踩過地上的水漬，牽出一個一個濕漉漉的鞋印，長長一串，像一道虛線，跟在他慌張逃走的身影後面。

沒有人知道闖禍的星仔，其實一直躲藏在百貨公司的三樓。

在假人模特兒長裙底的胯下，他一個人抱膝安靜地蹲在那裡。恍如回返到最初的胎盤時光，那裙紗像是一層半透明的薄膜那樣籠罩著星仔。

也沒有人知道，許多年後，這座三層樓的百貨公司也終將沒落，空置成廢樓，然後被更宏偉、更現代化的連鎖超市取代，最後變成了時間的泡影。

莉莉卡，我如今仍會偶爾想起那間百貨公司，以及它為小城的人所承載的關於「現代」這個字眼的想像。那裡的冷氣總是開得很大，巨大的溫差彷彿隔出另一個明亮的結界。我也曾經走進那明晃、乾淨的寬敞空間裡。或許我也曾經在某個無人記取的時刻，在琳瑯滿目的玩具部遇見過男孩星仔。或許我也曾經看見過他倉皇逃離的樣子。或者，看見他一個人躲在假人模特兒的長裙底，還不知道自己不小心露出了腳趾頭……

噓，不要說出來啦——

好吧，莉莉卡。

妳知道嗎？許多年後，我竟然在電視上看到那幢被棄置的百貨公司。

有一陣子，電視上非常流行一種實景拍攝的鬼屋探險節目。通常是兩個穿得很清涼的辣妹，拿著手電筒，走進那些淪為廢墟的地方探險。那鏡頭追著少女的背影，總是一整大段因為攝影師手持著搖晃而令人暈眩。而少女們在那些廢置的建築物裡亂闖，只因為一些很小的風吹草動就大聲尖叫。「你們有沒有看到？那邊有一個影子……」然後節目裡就會不斷重播那段畫面，慢速的鏡頭之中，原本少女的喊叫聲即放慢成一種怪異的粗嗓。然而那拍到鬼的畫面總是因為畫素太低，而呈現顆粒粗大，雪花紛飛、模糊不堪的景象——說真的，其實什麼都看不出來。

我總懷疑這樣的低成本而怪力亂神的綜藝節目其實根本就不是為了拍鬼，而只是為了滿足觀眾看著少女在鏡頭前被驚嚇、痛哭崩潰的低級趣味而一集一集拍攝不歇。且為了營造一種真實感，攝影機會打開夜視功能，原本黑暗的一切都會一瞬間變成綠色白晃的畫面。而人類的眼球在夜視鏡頭之中，不知為什麼會像貓的瞳孔那樣發出怪異的反光。當她們闖入那棄置的大樓裡，爬著階梯，在那些樓層之中亂走，我才愕然發現，那似曾相識的景物，原來就是小鎮的那間百貨公司。

但那已是一座鬧鬼的廢墟。

當我在電視上看見那荒廢之一切的時候，都已經離開了小鎮，到大城市工作多年。記憶中明亮而整齊的百貨公司此刻黯然無光，手電筒照晃過才驟然亮起一角。我只能從地磚的樣式、樓梯扶手那些微小的細節，而一再確認那是我曾經熟悉的地方。

電視畫面此刻正拍到三樓，原本整齊疊著衣服的貨架，如今東歪西倒的，什麼也沒留下了。那個節目裡有個名叫娜娜的女孩子，不斷強調自己擁有靈異體質，她在探險的途中總會不時皺著眉說：「我好冷，這裡讓我很不舒服……」她穿著細肩小可愛，露出單薄的背影，以及瘦削的肩膀。娜娜一個人走進黑暗之中，下一刻突然尖叫起來，指著看不見的某處，不斷哭喊，說看到了一個小孩子。打了燈光才看清楚，那是許多肉色的假人模特兒，一個一個一個一個筆直站立在黑暗之中。

在那畫面裡，站立著幾十個假人，擠滿了整個空間。

此刻它們身上毫無一件衣服，裸裎的身體卻仍保持著優雅的姿態。它們緊貼著彼此站在一起，彷彿擁擠的人潮，正要湧向哪裡，卻怪異地凝結在某一瞬間。在那恍惚的鏡頭底下，那些裸體的人形，不知已經這樣站著多久了。它們像是陵墓的人俑。它們的肉身過了這麼多年而不曾腐化，且臉上仍非常詭異地皆帶著一種僵硬、不自然的笑容。

不知為什麼，從電視中看去，我仍錯覺了那些假人是活著的。即使無人知曉，彷彿只有它們在廢墟和逝去的時光之中，筆直而堅定地存活了下來。

而那個叫娜娜的女孩子，小心翼翼地穿過那群假人，不斷乾嘔，仍在晃動的光裡，走到樓層的角落，一扇一扇的門前面。她手顫顫地，將那排列整齊的門，陸續地推開。像是在和看不見的什麼玩捉迷藏一樣，要把躲藏在之中的鬼找出來。

——直樹，你快點出來啦。

我在這時候，湊著螢光幕，才看清楚那一扇一扇的門，其實就是服裝部的試衣間。沒錯，我還記得，我曾經就坐在那試衣間的外面，等待直樹開門出來等了好久。

那是我十五歲的時候，十二月的某一天，天空沒有一朵白雲，我和直樹在百貨公司裡虛耗了整個下午。

莉莉卡，妳問我為什麼記得這麼清楚，因為那一天，恰好是美國太空梭失事的隔日。像一個時間的標記，報紙的頭版刊登了那艘原本預定飛向宇宙的太空梭，在藍天之中驟然爆炸、解體的照片。記者拍下了災難的那一刻（他們原本是為了拍下火箭成功升空的情景），從火箭燃料艙噴出來的白色煙霧，在空中纏繞成一個無比巨大的問號。而七名太空人在升空的爆炸之中，皆一瞬間氣化成了那個白色問號的一部分。

那時候學校已經考完了期末考，大家都在倒數放假。而我記得，班上的同學都正在忙著排練英語舞台劇。彼時學校有所謂的「同樂會」，每個班級都要上台呈獻一個節目。也不知是誰提議，我們班要表演一齣希臘神話的劇目，伊底帕斯的故事。但那故事的所有細節我如今早已忘了，因為我和直樹都沒有上台，我們如願地被分配到道具組，可以永遠都躲在聚光燈照不到的後台。

那一天下午，我們蹲在舞台的後面，用木棍和鋁箔紙做成一枝一枝士兵的長矛，而直樹一點都沒幫忙，他還把女神維納斯的戲服披在身上，搞笑地假扮女生，搔首弄姿。隔著一層厚厚的帷幕，同學們在舞台上排練著，重複高亢而深奧的英語台詞。沒有人想起我和直樹其實並不在那個故事裡面，我們如畏光而擠在一起的介殼蟲，都躲在故事的背後。

「實在太無聊了啊。」

直樹把那白色裙裝擱下，打了個呵欠，說：「而且熱死了。後台怎麼連風扇也沒有。」

我覺得直樹其實只是一直在假裝而已。那時直樹的母親剛剛過世，葬禮延綿了幾天，直樹缺席了整個期末大考。回來上課之後，他的校服袖子上被別上了一塊黑色的小布料，在白色的校服上十分顯眼，像是一個深邃的缺口。服喪之人。失去摯愛之人。那是死亡的戳印，怎樣都摘不掉，像是惟恐別人不知，直樹的母親剛剛死去了。

直樹提議去百貨公司吹冷氣，我說好。我們放下了那些沒做完的道具，抱了書包低著頭，就從舞台的後面溜走了，竟也沒有被任何人發現。其實也不一定真正要去哪裡，就只是希望離開那個所有人被分配好位置和角色的地方。我們很早就知道，離開所有人的注目，是一件令人開心的事。我和直樹溜出了學校，在校門口搭上了往市區的巴士。天氣熱得要命，車廂裡所有搭客都在冒汗，每個人的汗水烘出一股無處可避的熱氣，彷彿此刻全人類都正在慢慢融化掉的油膩刺鼻的氣味。

那時我們就只是想什麼事都不做，百無聊賴地待在百貨公司裡面吹冷氣而已。我們沒有可以逃跑的地方，也沒有比免費的冷氣更叫人享受的事了。我和直樹在巴士上聊起了電視上不斷播放的火箭爆炸的新聞。我問直樹，那些太空人離開地球，原本是要飛去什麼地方呢？

直樹聳聳肩說他哪知道啊，也許是要飛去尋找外星人吧。

莉莉卡，在妳誕生的世紀，相隔了這麼多年，另一支宇宙探險隊，終於又再一次乘坐巨大的火箭，噴著巨大的火焰，拖出一條筆直的白色煙霧，掙脫地心引力，逃離這個百孔千瘡的地球，航向了未知的遠方。

或許只有離開地球，才能躲藏到更深的地方，再也無人可以找到。

而我仍記得我和直樹坐在百貨公司的三樓，各自從自動販賣機買了一杯可樂。那可樂很稀、很淡，但我們無所謂，冰塊在紙杯裡輕輕碰撞，時間任由一顆一顆疙瘩那樣的水滴凝結在杯上。

此刻每一層樓都播放著聖誕歌曲，好像永遠都不會停止一樣。百貨公司真的很涼快，汗濕的校服不知什麼時候都乾透了。我們把衣角從褲頭抽出來，並肩坐在一條長凳上，相對著女裝部一整排的試衣間。

不時有不同的女人走過我們面前。午休的上班族、買了菜順道來看看摸摸衣服的主婦，或者穿著T恤牛仔褲的少女，她們皆捧著要試穿的衣服走進那試衣間的門後。但不知為什麼，那些三夾板的薄門其實並不是完全密封的，門的上下都留了三十公分左右的空隙，洩漏出試衣間裡頭的光。

從那隙縫間，其實可以清楚看見那些女人的腳踝。即使隔著一扇門，我們仍然可以從那三十公分的間隙，看見她們脫下了鞋，抬起腳、踮著腳尖的各種動作。有個女人正在脫下裙子，裙子褪到地上，她彎腰把裙子撿了起來——我看見她的手，指尖上紅豔豔的指甲油，如流星一瞬晃過。她們正在脫衣。每個人走進了試衣間，就會把一件一件衣服都脫下來。那試衣間之門幾乎遮住了女人的全身，那門底下的隙縫，卻默許了我們更多妄為的想像。想像那隔著一層薄薄門板的背後，此刻裸裎的女體……

她們如何注視鏡中的自己？如何把自己妝扮成理想的人？沒有人知道我和直樹其實坐在對面偷看，彷彿我們如此透明，並不存在一樣。而那些從門底縫間露出來的白色的腳踝，皆像是一隻一隻撲飛的粉蝶。

當她們試好了衣服，打開小門，已經穿回了原本的衣裙，變回了本來的模樣。她們整理衣領、裙襬，把皺褶撫平。而我望著她們的背影，腦海裡猶是剛剛想像翻飛的畫面。有一個少女，像是察覺了什麼，回過頭來看著我們。我和直樹都慌忙迴避了她的目光。

而此刻直樹轉過頭，指著女裝部的那些假人模特兒，告訴了我一個祕密：「阿朔，你知道嗎？那些假人模特兒其實是用真人做的。」

「屁啦。」

「是真的，你不相信。」

那些塑料模特兒都是用死人的身體做出來的。

我們如此覺得那些假人栩栩如生，因為都是用真人製模的。直樹說，要先把石膏塗抹在屍體上，留一個小孔，然後澆灌入熔化的塑料。那黏稠的液體高溫如岩漿，會一瞬間把人類肉體那些軟組織，那些髮膚、血管、內臟一下子就氣化消失。最後就只剩下最堅硬的骨架，而原本的皮膚被置換成了肉色的塑膠，待慢慢凝固之後，再打磨、雕塑細節，就變成了一個一個的假人模特兒。然後我們還為它們穿衣服，假裝它們活著的樣子。沒有人知道其實每一個假人模特兒的身軀底下，仍然留著一具完整的人類的骨骸。

直樹一臉認真地告訴我這些，以及各種細節，彷彿是真的一樣。

所以他從小就非常害怕這些假人模特兒。

每一次走到百貨公司的三樓，他都非常害怕那站立不動的假人。他總會想像，在某個無人知曉的時刻，它們會悄悄動起來，轉過頭來看他。百貨公司的服裝部對小時候的直樹來說，是一個恐怖的所在。他總是緊緊跟在父母身後，拉住母親的裙角不敢亂看。父親一開始只是笑他，後來就不耐煩了：「到底怕什麼？這些都是假的。」父親罵他，像個查某。但直樹就是忍不住會去想像，在百貨公司關門熄燈之後，那些塑膠模特兒就會一個一個活轉過來。它們因為白天僵直地站立太久，會伸懶腰，活絡一下筋骨。且它們會依各自不同的性別，兀自在黑暗中扮演父親、母親和孩子——那其實原本就是人類賦予它們的形象，以及身世。

「我發誓我小時候真的見過，其中一個假人對我眨了眨眼。」

即使到今天，十五歲的直樹仍相信那堅硬塑膠底下，其實是真人的屍體。「怎麼可能啦。」即使直樹說得煞有其事，我卻始終不能相信。而那時候，為了向直樹表示我比他勇敢，或者為了戳破他恐懼的背面，其實只是大人一時哄騙小孩的謊言，紙糊那樣的無稽之談，我們起身走到一個女人模特兒的前面，仔細端詳，想要找出那塑膠皮膚底下的破綻。直樹站在我的身後，彷彿刻意要離那個假人遠一點。我回頭看他，故意在他面前扭轉著模特兒的手腕關節，發出一種咯咯刺耳的聲音。

那個假人被我推得一晃一晃。它擁有一副西洋女人的臉孔，睫毛很長，嘴唇被塗上不自然的鮮紅色。它戴著金黃的假髮和一頂綴花的帽子，手挽著一個女裝提包，彷彿是一副正在出門逛街的樣子。那個女人模特兒身上穿著一襲長至腳踝的花裙子。裙子上有碎花繽紛的圖案，紅色的，綠色的，重重疊疊的花色。

「要不要打賭，裡面有沒有穿內褲？」

我笑著問直樹，沒等直樹回答，就伸手掀開了那件碎花長裙。我嚇了一跳，直樹逃得更遠。我們才發現，那裙底下，躲藏著一個五、六歲的小男孩，正驚恐地看著我和直樹兩人。

小男孩非常緊張，看到我們還往裡縮了縮。我看著他，又看了直樹。我們都沒想到裙底會有一個小孩——他什麼時候躲在這裡的？他是在和誰玩捉迷藏嗎？那小孩也不開口，什麼都不說。也許是裙底太悶熱了，小孩的額頭汗濕，細細的頭髮貼在額前、臉頰，他一副要哭出來的表情，一身是汗，好像才從水裡打撈起來，又像是初生的嬰兒，讓人錯覺了他才剛剛從假人的胯下生出來一樣。

那個小男孩把食指放在嘴唇上，就把世界噤了聲。沒有人開口說話，四周安靜得好像連不斷播放的聖誕歌都聽不見了。

噓——

許多年後，我已不再時常為了吹冷氣而跑去那間百貨公司。小鎮在九〇年代終於出現了第一家麥當勞，原本只是在電視廣告看到的漢堡，才知道原來是這個滋味。那時候，小鎮上的民眾會堂經常有一些奇怪的展覽。金縷玉衣、馬王堆那些從中國運來的稀奇古怪的事物，如今回想起來大概都是贗品。但有一次我無意間在一個展覽裡看到一組非常怪異的塑像，那其實是人類被剝去了皮膚的模樣。他們應用新科技，先剝除人的皮層，灌注一種奇異的液體，使得肌肉、血管皆塑化定形。他們一再強調這些人像是「真實」的——那原本真的是一具一具人類的屍體，但此刻卻擺出奔跑、丟鉛球或仰臥起坐那些活著的姿勢。以往看不見的，如今你可以清楚地看見人類在運動時，各組肌肉、韌帶互相牽扯的各種細節。

我想起了十五歲那年，直樹在百貨公司和我說過的話，也許也不全然是謊言。

那時我已升上高中了。期末考缺了席的直樹後來還是留了級，開學之後不再和我同班。像那些如風吹散的少年情誼，分班之後，我和直樹也很少相約出來玩了。有時下課時間，他路過我的班級，如果看到我的話，會故意站在玻璃百葉窗前，對我眨眨眼，然後手指擺在唇上，比一個「噓」的動作，彷彿我們之間仍擁有一個沒有人說出來的祕密。

對了，那個小男孩後來到底去了哪裡呢？

我記得後來百貨公司響起了尋人的廣播：「星野小朋友，星野小朋友，你的媽媽在找你。請到三樓收銀處這邊哦。」廣播重複播放了好幾次，我和直樹正站在那尊假人模特兒前面。然而，當我們再一次掀開模特兒的裙子，卻發現原本蹲在那裡的小孩已經不見了。

明明剛剛還在的，如今那花裙子底卻空蕩蕩的，什麼都沒有了。

記憶總是不牢靠的，莉莉卡。這麼多年過去，我明明記得那個小孩就這樣消失了。但直樹卻說，小孩後來其實找回來了。

高中分班之後不久，直樹就搬家了，跟著他的父親離開小鎮。臨走之前，直樹約了我在百貨公司見面，似乎就是話別。我們躲在百貨公司的後門口抽菸，一面高高的牆，掛滿了冷氣機的壓縮器，一個一個鐵箱子呼呼地發出熱氣和馬達運轉的噪音。直樹呼出了長長的一縷煙，我聞到樹葉焦灼的氣味。我們靠在那面潮濕又骯髒的牆上，任由一陣熱風把直樹吐出來的煙霧都吹散。

但你都忘記了哦？直樹說。

直樹把只抽到一半的菸隨手丟在地上，用腳尖踩熄了星火。直樹說，你真的忘記了，那一次我們在這裡遇見那個小孩的事。我說我記得，那小孩不是消失了嗎？然而直樹卻說，你記錯了，那個小孩後來被找到了啦。

小男孩在百貨公司裡失蹤的事鬧得很大，還上了地方版的新聞。人們早已報了警，連續兩天，在百貨公司的樓層之間不斷尋找，搜索著每一處惟恐遺漏的角落。找了很久，幾乎快要放棄的時候，有人打開了三樓的其中一間試衣間，終於找到了那個小孩。那個男孩原來只是因為摔破了百貨公司的東西，就害怕地躲了起來。他一再躲避尋找他的大人，夜裡就從藏身之處走出來，偷百貨公司裡頭的包裝食物吃。

小孩終於找到了，每個人都鬆了一口氣。孩子的媽媽淚眼汪汪地摟著他，後來又氣上來，當眾斥罵他，揪著小孩的肩膀，搧他耳光。小孩在圍觀的人群之中放聲大哭。每個人都在勸那個母親，哎喲，不要這樣啦，小孩子不懂事，找回來就好了啦……

「為什麼我完全沒有印象了？」我說：「我記得報紙只報導了失蹤的事，我一直以為那個小孩就這樣不見了。」

「哎。」直樹說：「有時我們就是會不小心忘記一些重要的細節。但是，阿朔，你有沒有想過，其實這之中有什麼可能已經偷龍轉鳳那樣被換掉了。像一個沒有破綻的魔術，好像只有我一個人知道，那個小孩其實已經並不是原本的小孩了。」

「直樹，你在說什麼啦？」

你知道嗎？從試衣間走出來的那個小孩也許是假的。

或者說，那些站立不動的展示模特兒之中，有一個男孩模樣的塑膠假人，就在那場混亂而無人察覺的時刻，偷偷冒充了那個小孩。沒有人發現小孩已經被換掉了。那個兒童假人替換了失蹤的孩子，跟著那個母親走出了服裝部，走出了那間百貨公司。那是他第一次晒到真正的陽光，而不是光度永恆卻沒有溫度的日光燈。原來外面的世界是這樣的。他瞇著眼睛，感受著街道上不一樣的喧嚷和氣味。他擁有了一個名字。他終於真的變成了一個人類的孩子。

——一定有什麼弄錯了吧。

男孩星仔其實自己也想不起來，到底什麼時候從藏身的地方走了出來。

他只知道，他不小心打破了一顆聖誕玻璃球，闖了禍。他逃離現場，跑到女裝部找母親，母親卻已經不在那裡了。他聽見有人走來，一時著急，就鑽進了假人模特兒的裙子底下。

但那似乎是一個和現實隔開的結界，星星逆行，時間於此消失，或者被扭曲成快轉、倒退的方向；又或者像是薛丁格的貓，莉莉卡，那其實是一個哲學和科學的悖論——如果沒有人將掩藏著真相的布幕掀開，就沒有人知道貓到底是死了還是活著的。

不知過了多久，隔著裙襬薄紗，男孩星仔看見了兩個穿校服的少年就站在假人前面，他們開始討論模特兒的真假，伸手亂碰那尊女人形狀的假人。星仔緊緊抿著嘴，深怕發出一丁點聲響就會被發現。他無望地抱著塑膠假人的雙腿，抬起頭看，那光滑的雙腿交會的彼端，有一個幽深的小孔，像是唯一的出口。星仔不知道，那是在假人製造過程中，脫模、灌漿時必然存在的孔洞。星仔祈望自己可以消失。他想了想，伸出了手，手指伸進那個小洞，卻沒有想過，那竟然是一種濕濕滑滑的、恍若真人肌膚那樣的觸感。

星仔的手指伸進了假人胯下的那個小洞，先是食指，然後一下子整個手掌就滑了進去。星仔有些驚訝，假人雙腿之間的那個洞，似乎有一股吸力，把星仔的整個臂膀都帶了進去。星仔才發現，雖然手伸進那麼深的地方，他仍碰觸不到洞的盡頭。但是那個洞裡面整個暖呼呼的，很舒服，彷彿手伸進了一漥溫暖的池水，又彷彿那無垠的池水之中還可以容納更多。星仔心想，他可以試試看把整個身體都鑽進去。

當星仔完全擠身在那個假人模特兒裡面的時候，像是他重新回到了初生之處。不曾想像過，那假人模特兒的裡面是一個溫熱、潮濕的所在。有一種怪異而踏實的安全感，如厚厚的腔，緊實而溫柔地包覆著他的全部。他此刻才放了心，這裡如此隱密，他再也不會被人找到了。

莉莉卡，我後來才知道，我的朋友直樹也曾經那麼想要躲在一個沒有人可以找到的地方。我們曾經躲在百貨公司的角落、我們躲在舞台之後無人看見如躲在月亮的背面。長大之後，我們繼續躲在公寓的房間裡，以及，那一扇一扇的門後面，但怎麼都想不起來，什麼時候我們都走了出來？

但直樹最後卻把我拒於那扇門外，把自己藏得更深了。

當班上同學在表演著舞台劇的時候，已經完全沒有我和直樹的事了。我們躲在帷幕的後面，從隙縫間看著同學們在聚光燈之下扮演著希臘神話的神祇。舞台劇一開始，有人高喊著：「瘟疫降臨了！」他們兒戲地搬演一個流傳千年的故事，念著生硬的英文對白，隨著情節和走位晃動著背影。

只有我和直樹知道，眼前一切其實都是那麼粗糙而虛假。那燈光下的華麗的希臘神殿布景，其實都只是我們用廉價的厚卡紙做的。當表演結束之後，只有我和直樹留下來拆布景，我們近乎暴虐地徒手把那些布景紙板撕下來，恣意地捏皺、踩爛它們。我們滿身大汗卻哈哈大笑。毀滅讓我們快樂。彷彿摧毀一件完好的事物，有一種源自本能和原始的快感。我們繼續亂撕亂踩。我們累了就坐在一團糟的舞台上，看去原本坐滿了學生，此刻卻空無一人的禮堂，徒留一張張排列整齊的塑膠椅。

彷彿我和直樹預先看見了這座城市未來的景象。在一場瘟疫過後，一整座城市如卡紙做的那樣，輕易地就被毀掉了。

對了，別忘了星仔還在那裡。

當星仔不知自己躲了多久，從那溫熱的小洞裡鑽身出來，離開了假人的胯間，卻愕然發現，原本明亮而巨大的百貨公司，此刻卻一片黑暗。

地上皆是破碎、脫落的磁磚，踩在上面，彷彿整個世界像是冰封的湖水一樣在腳底下碎裂了。星仔隱隱約約看見，原本白色的牆，不知是誰用噴漆罐噴上了張揚的塗鴉。他不明白眼前現實何以至此。不是才過了一個下午嗎，為什麼百貨公司就變成了這個模樣？這裡一個人都沒有，像是已經被棄置多年。星仔心底慌張，努力地忍住眼淚。過了很久，他終於看見樓層彼方有晃動的一線光，有個穿著細肩帶背心的女孩子正拿著手電筒在尋找什麼，當那柱燈光晃過星仔，女孩似乎也發現了星仔，卻不知為何嚇得哭喊起來，甚至暈倒過去。

「喂，我在這裡，我在這裡啊。」

星仔向那群提著攝影機和燈光的陌生人揮著手，卻發現從口中發出的聲音都變成了悶悶的低音，像一枚一枚枯葉，輕輕掉落在無垠的黑暗之中，好像漣漪都沒有。沒有人聽見他呼喊的聲音。

他一個人走向那些闖入了廢墟的人，卻似乎沒有人看得見他。他在每個人的面前揮動著手，都這麼近了，他們的目光似乎都穿過了他的手、他的身體，而看向更遠的地方。彷彿他已經被遺忘在這座巨大的廢墟裡，沒有人再想起來了。

——啊，直樹。我終於想起了。

我想起了，我還站在那試衣間的外面，等待著你出來。

從學校逃走的那天下午，我們在那間百貨公司到底待了多久呢？為了把那個小男孩找出來，我和直樹走遍了整個服裝部。我們掀開一個一個假人模特兒的裙底，而引來陌生人的側目，以為我們是變態。後來直樹說：「我知道有一個地方可以躲起來。」我跟在直樹身後，走到那排試衣間的前面。我們依序推開了一扇一扇的門。每一個小小的隔間都是一樣的，長方體的形狀，有一面全身鏡，以及衣服的掛鉤，此外什麼都沒有了，那麼一目了然。

直樹走進了最後一間試衣間，卻在我面前把門關上，咯噠一聲上了鎖。我敲著門，問他在裡面幹麼啦？直樹說他只是想把校服換下來而已。我知道，直樹一直對他母親的死亡耿耿於懷。也許直樹只是不想再讓任何人看見他的校服袖子上，那個黑色的臂章，那個關於死亡的戳記。

但直樹在裡面也太久了。

我一個人站在試衣間外面等直樹換衣，看看手錶都過了好長時間。我敲了敲門，他隔著門板說：「等一下。」我甚至伏下了身，想從那門下面的空隙看他在幹麼。我看見直樹髒兮兮的一雙帆布鞋，從那個狹窄的縫間，卻怎樣都看不見直樹的全身。

「直樹，你好了沒有啦？」我在門的外面喊他。

「再等一下啦。」

直樹從門縫間探出頭來，手指在唇上，向我輕輕地「噓——」了一聲。

然而像是有什麼被搞錯了，或者被偷偷置換了什麼。我在試衣間的門外站了多久了呢？那些陸續走過來試衣服的女人們，皆以狐疑和警戒的眼神瞄我，讓我覺得十分不好意思。我等得不耐煩，又再拍了拍試衣間的門，不知道為什麼，門卻輕易地被我推開了。

我才驚異地發現，直樹早已經不在裡頭了。那狹小的試衣間裡，仍吊掛著直樹的白色校服，然而牆上的全身鏡映照出來的，卻只有我一個人的身影。

第三個房間

貓語術

屋子裡只有我一個人。那時我才發現，貓會用全身來做夢。

那隻灰棕色的虎斑貓，放鬆而舒服地躺在沙發上，露出淺色毛茸的腹部。明明在沉睡，四肢卻微微地划動著。像是沉陷在一場奔跑的夢中，貓的眼睛在薄薄的眼瞼底下快速地轉動，嘴巴發出咂吧咂吧的細聲。貓正在做夢。我站在那裡，小心翼翼地避免發出任何聲響。看著那隻全身微微顫動著的貓，不想在此刻把貓吵醒。

沉睡的貓，尾巴也在揮舞著。或者確切一點地說，只剩下一小截的尾巴，變成像人類的拇指一樣的形狀，恍如有著自己的意志那樣，一左一右地擺動。

貓本來擁有一條非常美麗的尾巴，一節一節深淺相間的棕色，虎斑的條紋一直延伸到末端。那人類歷經演化而失去的部分，在貓的身上，優雅而表情豐富，像是一個問號，有時生氣或受到驚嚇，就會變成筆直的驚嘆號。

貓會用尾巴來表露自己的情緒，也許連貓也不自覺這點。

惠子曾經教我辨認貓尾表達情緒的方法，彷彿貓也和人類一樣會說話。比如說，可以從尾巴晃動的方式，來猜測貓是開心或者不開心。輕輕順毛撫摸，貓會緩慢地左右甩動著尾巴，表示十分愜意。尾巴立起如蕨類的幼芽是好奇，垂下來則是心情不太好；懶得回應你的時候，只會動動尾巴末端。坐著把尾巴盤在前腳，那是戒備。有時生氣或者玩過頭，尾巴一整個炸毛起來，這時最好就不要太靠近牠。

惠子說得那麼認真，像是諳懂貓語的人。

但她並不知道，後來貓卻失去了牠的尾巴。

那是惠子離家之後的某一天，我趕著去公司上班，匆匆關上公寓的門，卻忘了鎖上窗口。不想貓竟然懂得推開沉重的玻璃窗，從公寓的窗口逃走了。回到家，沒有聽見往常貓的叫聲，就覺得不太對。找了整個家裡，掀看那些幽暗的角落，都沒有貓的蹤影。窗口留下一道隙縫，風緩緩地吹動著窗簾。我打開了窗往下看，十多層樓的高度，樓下是鄰居的冷氣壓縮機，以及放在窗台上，一排枯萎的盆栽植物。

這麼高，不會真的跳下去了吧？我想。

走到樓下的小公園，我呼叫著貓的名字，拿著開好的貓罐頭，想用香味把貓引誘出來。在公園玩耍的小孩都看著我，不知道這個大人在尋找什麼。我仔細查看底樓的洋灰地，有沒有血的痕跡。我其實非常害怕看見貓的屍體，但我什麼也沒有看見。

過了三天，貓自己出現在公寓的門口，蜷縮在門口的腳墊上，見到我下班回來，只是微微地抬起頭。公寓的每一層樓似乎都長得一模一樣，也不知道貓是怎樣找回自己的家。但貓看起來非常疲憊，瘦了一圈，原本光亮的毛色似乎也黯淡了。貓拖著尾巴，回到自己熟悉的枕頭上躺下。尾巴一動也不動，似乎再也不說話了。

貓帶著一條受傷的尾巴回來。

尾巴上有幾枚也許是其他流浪貓或野狗咬過的齒孔，發了膿，不斷流出黃白的液體。看起來很痛，但貓仍不住轉過頭，想要舔那傷口。隔日我把貓抱去看獸醫，醫生搖頭說，怎麼這麼晚才送來。傷口生膿不太好處理。原以為清洗了傷口，打過抗生素就沒事。結果下午醫生打電話來，說，感染得太厲害，貓一直在發燒，只能截切掉受傷的尾巴。

我在電話那端也不知道該說什麼，彷彿並沒有同意或不同意的選擇。把貓抱回來的時候，貓已經沒有了尾巴，在麻醉藥的浸染中仍迷迷糊糊的，套著巨大的頭套，走路如喝醉一樣東歪西倒，恍恍惚惚不知道自己失去了什麼。

來來回回複診了幾次，手術的傷口一個多月後才完全癒合，貓的尾巴剩下一小截，像是一枚從草叢間冒出頭來的菇菌。當我為貓脫下頭套的時候，貓像逃獄一樣掙脫了我的懷抱，在客廳裡、房間裡箭那般來回暴衝，彷彿為了報復什麼，把桌上的咖啡杯都撞倒，跌在地上碎成一片片。

沒有尾巴的貓像是失語的貓。

從此我再也不能從那一小截尾巴的動作，看出貓到底在想些什麼，到底開心還是不開心。

有時貓因為得不到原本應有的回應，對著我生氣地大聲喵叫。我覺得非常氣餒。如果惠子在的話，也許就懂得貓到底在向我控訴什麼。

但奇怪的是，貓似乎並不知道自己的尾巴已經不在了。牠仍會不斷擺動只剩下根部的那截尾巴，且牠會像以往那樣，扭過頭仔細地梳理下半身的毛髮，以一種瑜伽動作那樣的扭曲姿勢，從背脊到尾巴，不斷地舔著自己——然而我卻驚異地發現，像默劇演員摸著一堵看不見的牆，貓其實只是在不斷吞吐著舌頭，梳理著自己的身後，那什麼都沒有的空氣而已。

也許貓仍然以為自己的尾巴還在，像惠子以為女兒還在一樣。

惠子懷孕的時候，我曾經想過要不要把貓拋棄。

為了迎接新生，屋子裡的那間小房，被布置成了嬰兒的房間。原本的白牆換成了粉色花紋的牆紙，掛上百貨公司擺賣的那種外國小貝比的照片。我從家具店扛回了一張白色的嬰兒床，蹲在房間裡滿頭大汗地組裝起來。貓對這些都好奇。我在房間裡忙進忙出的時候，貓也跟進跟出，貼在我的腿邊，不斷揮動長長的尾巴向我撒嬌。我卻把貓噓走，不讓貓再進來。

但那個房間其實原本是屬於貓的房間。如今貓砂盆、食物盤子和貓睡覺的大枕頭，全都被移到廚房的角落。貓跑過來嗅了嗅，不解地回頭看我。牠似乎不知道，為什麼要搬家，睡覺的地方被換成了陌生的地方。而自己原本的房間，從此關上了門不能進去。

那時候，即使每天都努力地清掃著屋子，但屋子總是有清掃不完的貓毛，依附在屋子的每一處看得見和看不見的地方，依附在我和惠子的衣服上，拍一拍，就掀翻在空氣中。我甚至為此買了昂貴的空氣過濾機。打開過濾機，貓從睡夢中一瞬驚醒，夾著尾巴逃走。貓最怕那機器馬達發出的高分貝的噪音，躲在櫃子底下大半天不敢出來。餵飯的時候，惠子叫喚貓，貓卻藏得更深。她說：「你幹麼把貓嚇成這樣。」

好像都在為了這樣的事爭吵起來。

「醫生不是說，貓毛對孕婦和嬰兒的呼吸都不好嗎……」我對惠子說。

那時惠子已經懷孕三個月。外表看起來好像沒什麼改變，仍穿著日常的衣服，只有我知道，她身體內裡包裹著另一個微小的生命。

那時候，惠子總會在臨睡前，躺在床上跟肚子裡的貝比講話。她會變成小女孩玩洋娃娃那樣的腔調，用很多疊字，對著自己的肚臍說：「妹妹今天過得好不好？有沒有好好睡覺覺？」惠子會鉅細靡遺地告訴那個看不見的女兒，日間所經過的那些瑣事。或者她會翻開繪本童書，輕柔地念幾頁故事。

我躺在惠子的身邊，看著她說：「小貝比哪裡聽得到啦。」而惠子非常堅持胎兒可以透過羊水、子宮而至腹部的肌膚，感受到任何聲音傳來的鼓動。聲音甚至就是人類最初的記憶。所以她必須一直說話，必須指向那未來，一一為女兒尚未看見的那些事物命名。

我貼近惠子的身體，側耳靠在她的肚子上，隔著柔軟的小腹，想要聽聽那內裡的動靜。但其實我什麼也沒有聽見，像是潛艇沉入海溝深處，隨著她的呼吸，只有一種沉沉悶悶的，像耳膜在水底的回聲。

我還收著那張從診所拿回來的超音波掃描圖。灰濛濛的一片，竟是惠子的身體深處。像是銀河繁星那樣的雪花噪點，照片的中央，有一枚看起來比較深色的輪廓，浮在那片灰色之中，像是一艘迷航宇宙之中的太空船。

醫生說一切都很好。胎兒心跳比較快但不是什麼問題。那時我聽著那些，有些恍恍惚惚。想起多年來惠子一直想要有一個小孩，嘗試了太多的方法，如今總算有了結果。然而螢光幕裡的超音波圖，卻又那麼地不真實。然後醫生推了推眼鏡，抬起頭，問我們家裡有沒有養寵物？惠子說家裡有一隻貓。醫生說，那要注意家裡的整潔哦，寵物的毛髮、弓漿蟲、塵蟎啦，有時也會影響到孕婦和胎兒。

回到家裡，貓像往常那樣坐在門口等著我們。惠子放下包包，摸了摸貓，一手把貓撈起來抱在懷裡，像抱著嬰孩一樣親貓的臉。回來的路上我都沒說話，走到房間才對惠子說：「也許先把貓給別人寄養一陣子吧？」惠子卻生氣了：「怎麼可以這樣？貓貓跟我們一起六年了，怎麼可以這樣丟下牠？」

我不再提起關於貓的事了。

原來已經六年了啊。我並不若惠子那樣善於記住時間，有時會恍惚地在時間之河中迷失，要從河底打撈起那些記憶的卵石做為時光的標記。

如我記得第一次遇見惠子的情景，是傾盆雨天。那時我才剛搬來這座公寓不久，如常從公司下班，在樓下等電梯的時候，聽見不知哪裡傳來幼小動物的微弱叫聲，嚶嚶不絕。我循聲去找，先看見一隻三花色的母貓躺在逃生梯下面，然後才看見幾隻毛茸茸的、不同花色的幼貓，互相疊著，匍匐在石灰地板上。那些幼貓大概還沒長到一個月，眼睛都是灰藍色的，圍繞在母貓的身邊，尋找著母親的乳房。

然而雨水不斷從牆外灑進樓梯間，已經累積成一窪水漬。我向那隻母貓伸出手，母貓卻防備地張口哈氣。我左右尋找什麼東西可以為貓遮雨，突然覺得身後雨水停了，轉過頭去，有個女孩站在後面為我撐著傘。傘遮著我和貓，但傘沿的水滴卻把女孩自己淋濕了。女孩撩過臉上濕透的黑髮，亮起一彎微微的笑。

那天開始，我每天都到樓梯間，帶一些便利店買的貓食來餵貓。女孩有時也會在那邊，和我一起蹲著看貓吃東西。我們並肩在那狹窄的樓梯底下聊天。女孩說她剛剛念完時裝設計，正在到處投履歷。我說挺巧的，我念的是西畫，算是半個同行吧。有時我來了而沒看見女孩，就刻意在那裡待久一點，看那些小貓互相嬉鬧、打架。

有一天，我如常來餵貓，卻發現母貓不在了，那幾隻小貓也不知去了哪裡。原本的貓窩只留下了唯一的一隻虎斑貓，看起來十分孱弱，眼睛被凝結的眼屎糊住，辨認不了方向卻不斷亂爬。牠被自己的排泄物弄得一身髒汙，趴在石灰地上，茫然地用最高的聲量哭叫，恍如不知母貓已經離去，不知自己為何被遺棄於此。

女孩說：「我們養牠吧。」

我抬起頭，看著女孩無懼骯髒，抱起了那隻小貓，輕柔地撫著貓的身體。小貓很瘦，透過薄薄的皮膚，可以摸到底下纖細而明顯的骨架。貓在女孩的手中微微顫抖，肚子如風箱起伏。女孩低聲溫柔地安慰牠，彷彿自己就是母親一樣。

那隻虎斑貓後來住進了我的公寓，女孩也經常到我家裡看貓。有時我想把她留下一起吃飯，女孩總說不行，她要在固定的時間回家。她那時在照顧著生病的父親，這是我許久之後才知道的事。

後來，貓慢慢長大了，女孩變成了妻。

如今那隻貓坐在窗口看著對面的公寓。誰會知道呢，瘟疫突然來臨，整座城市像是被誰按下了暫停鍵，隨後是遙遙無盡的禁制期。我和貓一起被困在公寓之中，已經兩個多月不能外出。從窗口望出去，天氣真好，天空是明亮的藍色，但街上卻一個人也沒有。貓端坐在沙發的椅背上，看著窗外一動也不動。

窗外的景色不是都一樣嗎？我始終不明白，貓到底在看什麼？有時窗口飛過鳥類，貓遠遠就好像聽見，一箭衝到窗口邊，望著鳥群撲著翅膀飛走。偶爾有些鳥，比如麻雀或烏鴉，停歇在陽台上，貓一動也不動地盯著牠，聳動著尾巴，好像已經瞄準獵物，下一刻就要撲上去。或者松鼠。隔著一道透明的玻璃，松鼠總把貓撩弄得焦躁不安。我不明白松鼠到底怎樣爬上這麼高的公寓，也許這些飛禽走獸都是從遠處的叢林跑過來的。

但貓其實擁有精確的時間感，如時鐘重複著一日作息。牠每天午睡醒來，一定會準時坐在那裡看風景，像是對每日不斷重播的劇情不厭其煩。貓有沒有記憶呢？如果一隻金魚只有十六秒的記憶的話，那麼和人類相比，貓會有多長久的記憶？牠會不會記得幼年時候曾遭棄無依？牠會不會記得惠子的樣子和氣味？

連我自己好像都有些模糊了。

孕期第四個月，我陪惠子回到那間婦科診所複診。那時我還特地下載了一套計算孕期的手機APP，可愛卡通風格的畫面，倒數著預產期。現在惠子體內的胎兒已經有一顆檸檬那樣大小了。手機APP上畫了一顆澄黃檸檬，和一個可愛的卡通小胎兒，短短的手腳，快樂地漂浮在羊水之中。

在那幽暗的診所小房間裡，惠子一如往常躺在單人床上，掀開腰際的衣服，任由醫生塗上一種透明、涼涼的凝膠，然後做超音波掃描。我把位置讓給了醫生，自己站在房間角落裡。醫生盯著那灰色的螢光幕，看了許久，轉身打電話和誰討論什麼。然後我和惠子就被獨自留在那冰冷和無光的暗室，等待了很久，第二個醫生才推了門進來。原本惠子還帶著微笑，後來開始覺得似乎所有人的表情都太凝重了。那個比較年長的醫生轉過頭對惠子說，嗯，目前看不見胎兒的心跳。

醫生指著螢幕那個據說是胎兒心臟的部分，但其實螢幕只有一片模模糊糊的雪花，什麼都看不清楚。

「從胎兒裡的血液循環來看，只是剛剛不久的事。」

那一刻，我覺得那個房間像時光停頓，像海嘯來臨之前浪潮都往後退去的寧靜，而下一瞬間，所有的事物皆然失重，不斷往深不見底的井底掉落下去。或許那只是我的心在一時沉下來的感覺而已。惠子仍躺在那張白色的床上，露出肚臍那截小腹，沒有人為她把衣服蓋上。在那狹窄的小房間裡，沒有人說話。

「不是說三個月之後就穩定了嗎？」許久，我才開了口。

醫生聳聳肩，低頭在表格上潦草地寫著什麼，說，什麼原因都有可能，基因、體質、各種外來因素，也許，更多是因為生物自身的優勝劣汰……

只是這樣而已。

嗯，真的只是這樣而已。

莉莉卡，如果妳能繼續活在地球上，活得夠久，妳會不會看見生物演化之洪流，像夜空銀河那樣，記錄著百萬年的生生滅滅？

或者，那繁茂樹狀一樣的演化圖，不斷從枝椏延伸出去的各種物種，以單細胞為最初的起點，從卵生進化到胎生，從生命之海划著笨拙的鰭，走上荒蕪的陸地。而那些不斷在時間洪流之中被汰換掉的生命，那些拓印在化石之上的鸚鵡螺和三葉蟲，或者，那些巨大的長毛象、劍齒虎和渡渡鳥……妳會不會看見？那個在演化之樹上，像一個壞掉的果實一樣頹然掉落在地上，無法變成真正的人類，而終究腐化消失的尼安德塔人。

妳會不會看見我？或者那個沒有成形的女兒？

妳會不會因為不忍，而伸手將那原本必須淘汰掉的生命，從演化之河中打撈起來？

「怎麼可以說得那麼輕鬆？什麼優勝劣汰……」走出診所之後，在回家的車裡，收音機兀自播放著流行歌曲，一直沉默流淚的惠子才說——

「那是我的女兒。」

手術必須盡快安排，要把死去的胎兒從子宮裡拿出來。我記得，等候手術日期到來的那兩天，我請了假在家裡陪惠子。但惠子卻什麼話都不說，在安靜的屋子裡面，像是把自己關在一個失去語言的箱子。為了隔天的手術，惠子去醫院之前堅持要先洗澡。我待在浴室外面，聽著花灑水聲落下，卻無法想像，此刻她的裸身裡面，臍帶相連著一團沒有生命的死物，那種絕望而無奈的心情。

引胎手術原來只是在病房的單人床上直接進行，連全身麻醉都不必。對醫生來說，似乎只是一天之中一單很小的手術。惠子穿著單薄的病人服，躺在床上，被撐開了雙腿，晃亮的燈光照著她的下身。我在床邊陪著惠子，惠子的手緊緊地握著我，因為太過用力，指節都泛白。

我曾經在腦海中搬演過多次類似的情景，或許更多是從電視劇看來的情節，惠子會在床上大聲哭號，滿頭大汗，一番折騰之後，一個初生的嬰孩會從那胯下被掏出來，濕淋淋地，全身皺巴巴地來到這個喧嚷又明亮的世界，音樂下，大家都笑著鬆了一口氣……

但原來並不是這樣的。

此刻什麼聲音也沒有，那個醫生弓身埋頭在惠子的腿間，有一個護士遞給他各種不同的工具。他用一個怪異的金屬圈撐開了惠子的洞口，然後用一支鑷子往深處探索。而惠子其實清醒著，緊鎖著眉頭。醫生從那濡濕的洞裡夾出了什麼，啊，那是一隻小手——像是從玩具人偶掉出來的零件，那是半截的腿，以及一團一團，看不出是什麼的支離破碎的肉塊。

那個檸檬大小的雛形人類，此刻正在被金屬鑷子的尖端「噗」一下捏爆，漂浮在染紅的羊水之中……

那非常相似，多年以後，我一個人在公寓裡，癱在沙發上重看日本動畫《新世紀福音戰士》，在燈光幽暗的客廳裡，那電視的強光不斷閃過我的臉。我不曾察覺時間過去，任由聲光充滿自己的感官——使徒來襲。人類補完計畫。懦弱的少年。那染成紅色的海水之中，載浮載沉的支離的綾波零……有一瞬間我才明白了，年少時我一點都看不懂的，那個故事背面的寓意。

我一個人摀著臉，在沙發上卻好像怎樣也沒辦法哭出來。

貓安靜地坐在旁邊看我。

從那時開始，我偶爾會夢見許多年前，雨一直下不停的情景。我一再變回年輕的模樣，一再回到了那座公寓的逃生梯那邊。那光度在夢裡似乎更明亮但也更朦朧一些，恍如柔光鏡底不斷重播的畫面。我還蹲在那裡，看著那隻三花色的母貓。我靜默看著，那隻母貓口中啣著一隻幼貓，哦不，那隻母貓其實正在啃食著自己的孩子——因為出生就畸形而終究活不下去的幼貓。

我清楚聽見，骨頭被咬碎的聲音，咯嘞咯嘞，咯嘞咯嘞，先是頭，而至尾巴，那隻死去的幼貓慢慢地被母貓吞食殆盡。那些掉落下來的血肉碎屑都被一一舔食乾淨。

我從來沒有告訴過惠子。那時候我剛找到那窩貓的時候，走近才看見母貓正在吃掉自己早夭的孩子。我非常訝異。但那母貓一臉木然，似乎是不帶著任何情感的，緩慢而堅定地把幼貓吃掉。恍如那只是在履行著生物的本能，或者世界運轉的方式。對，優勝劣汰，萬物芻狗。

那時候，惠子並沒有看到這一幕。她撐著傘向我走來的時候，一切都已經結束了。

我也曾經想過，這一切的發生，會不會都是貓的緣故？

手術之後的惠子陷入了悠長的沉默。原來小產也一樣得坐月子，不能洗頭吹風，更像是被判延長的徒刑。我在網上訂購了月子餐，每天送來，皆是黑烏烏的湯食或者麻油酒味濃郁的食物。惠子沒有胃口，也吃不慣，大部分剩下來的湯湯水水，還是由我自己吃掉了。

而惠子總是坐在沙發上看電視，看一整天。更多時候只是任由那些聲光流過，也不再理會時間。窗外天色恍惚又從明亮變成昏暗。我打開了客廳小燈，才發現她的雙眼流光閃閃，木然著臉卻都是淚水。從此我更小心翼翼，必須跳過電視上那些角色懷孕的劇情，也要迴避任何墮胎、入院的情節，往後甚至連嬰兒的鏡頭出現，都似乎會觸動她的心緒。我這才發現，幹，那些狗血又沒完沒了的電視劇，十之八九都脫不開這些戲碼。好像任何故事，都非得要有出生和死亡，怎麼躲都躲不過。於是我只好乾脆把電視鎖定在日本動畫頻道，從此每天螢幕上都是那些娃娃音說著日語的卡通美少女，或者重播又重播的《哆啦A夢》、

《蠟筆小新》和《魯邦三世》。我默默把電視遙控器收了起來。

惠子也沒有說好，或不好。她什麼也沒說。

從惠子體內被拿走的，似乎還包括了語言和文字。好像從那時候開始，惠子就不再說話，不再和我交換任何的字詞。她似乎把某種和人類溝通的能力關掉了。我覺得非常氣餒。雖然日常生活似乎還是一樣，叫她吃飯，她也會走來餐桌；提問一些什麼，她也會點頭或搖頭，但就是不再開口說話了。說話和不說話之間，那似乎是一道看不見又確實存在的障壁。我總覺得自己被拒在透明的牆外，再也沒有辦法走近惠子。

直到有一天，惠子開始和貓說話。

那天我偶然聽見惠子在低聲說著什麼，以為她在和誰說電話，走近才知道她正在和貓對話——「什麼？妳想出去走走？」惠子對著貓說，像跟一個小孩子說話一樣：「不可以哦，要乖乖，外面很危險啦。」

而我非常驚訝，那隻虎斑貓抬頭看著惠子，雖然不曾開口喵叫，卻不斷有節奏地揮動尾巴。那尾巴妖嬈起舞，彷彿以一種類似人類手語的方式回應著惠子。而惠子竟能從搖晃的貓尾，精確地知道貓在回答什麼。她們之間有時會聊上好久：妳餓了哦？對啊。今天的天氣好好。沒有啦，我沒有在傷心。我只是還有一點疲倦……

這樣就好。開口說話了就好，我想。即使惠子只是對貓說話，但總好過把自己閉鎖在失語的狀態裡。

後來，在瘟疫蔓延的大禁制期間，每個人都被困鎖在這座公寓裡，看去對面明亮的寓所，隔著玻璃窗皆像是一幕幕的啞劇，那時，我才稍微體會了那種失去語言的感覺。

那段無法外出的時間，我有時會擔憂，不知惠子此刻身在何處。有時亦不由得想起末日。想起在新世紀交接的時刻，不知為什麼，總一再盛傳那就是世界末日的來臨。那時好萊塢開拍了好多末日災難片，彗星撞地球，外星人來襲，甚至太陽將要把地球燒毀……那時我還是學生，在台北的大學念書。公元二千年到來的那一刻，我擠在人群之中倒數新的世紀來臨，廣場上空放起了美麗的煙火，久久不息。我也想像過，若現在即是末日，我最想做的事是什麼？好好地回去宿舍躺好？還是應該馬上和身邊不認識的女孩擁吻？倒數五四三二一，沒有隕石墜落，沒有惡魔出現在天空，人群歡呼又散去了。

後來預言者又說，其實二〇〇一年才是末日之年。又有人說，古老的馬雅人曆法結束在二〇一二年，那一年才是世界終結的時刻。然而末日不斷地延後，又不斷地跳票。像是牧童高喊狼來了，彷彿千禧年之後，每一年都是世界末日。我那時還跟惠子開玩笑說：「要不然我們每年都來慶祝世界末日好了。」

卻沒想到真正的末日之時，第一件消失的事物是衛生紙。

惠子若知道這樣，也會覺得無奈又好笑吧？

為什麼人類們要在危急的時候囤積這麼多的衛生紙呢？我一點都不明白。

沒想到全國禁制期後來延長又延長。從窗外看去，原本擁擠的街道如今空無一人，像是末世電影的景象。我一個人在公寓裡無法出門，煩躁地刷手機裡的新聞，讀到一則標題，在瘟疫期間成人網站的瀏覽量直線暴增。所以這段日子，像是末日激發了生物本能的生殖慾望，所有人都被困陷在房間裡，無日無夜地看A片？我這才知道，為什麼整座城市的衛生紙都消失了。

此刻對面公寓，一排排燈光亮起。屋子裡只剩下最後半卷的衛生紙，而瘟疫漫漫仍未結束。

整個世界只留下了我和一隻斷了尾巴的虎斑貓。禁閉在家裡而無法外出的日子，像是為了避免被頓然失去引力的失重感拋開，我仍努力地維持一日作息的時間。在固定的時刻起床，做些室內的簡單運動，打開電腦工作，吃飯、餵貓，晚上看電視一直到累了睡覺……一日一日過去，愕然發現，其實絕大部分的時間，我並不需要開口說話。對著屋子和貓，有時一整天都沒有說上一句。

而貓必須花費很長的時間睡覺。有時我覺得屋子真的太安靜了，就看看貓在哪裡，又見到牠爬進了小房的嬰兒床上睡覺。那個嬰兒床原本是留給未來的女兒的，上面還掛著會搖晃、旋轉的閃亮玩意，但如今貓已經把它占為己有。貓在柔軟的小床上睡著，伸展著腿，好似這張床就是為牠訂造一樣，隨著呼吸，肚腹平緩地起伏。貓為什麼可以睡得如此毫無防備呢？貓深睡了就會做夢。有時在夢中仍晃動著那只剩下一截的斷尾。但我從來不知道貓會夢見什麼。

一如我始終沒有像惠子那樣，看懂貓尾揮動出來的各個語彙。而那隻虎斑貓，似乎也不曾知道自己的尾巴已經消失，卻依舊搖晃著一條看不見的長尾，不斷地想告訴我什麼。

我不時回想起，好幾年前，我在潮濕的樓梯間把貓撿回來的情景。誰想過呢，原本被母貓遺棄的小虎斑，如今也已經變成了四公斤多的大貓了。如果那時候沒有把幼貓帶走，在命運的歧路上，或許貓就會擁有另一段截然不同的一生，也或許，牠就不會失去了牠的尾巴。

那失去的部分，變成了貓的幻肢——

據說，那些因為各種原因或意外失去了某部分肢體的人，即使傷口已經癒合了，卻仍會產生一種幻覺，以為那消失的肢體還依附在身上。他們會無意識地揮動那想像出來的手或腳，並且可以非常真實地感受到那傳來的觸感和疼痛。那想像中的不存在的肢體，就是「幻肢」。

而貓仍以為自己的尾巴還在。我已經不止一次發現，貓在睡前都努力地清理看不見的那條尾巴。我看不出貓臉的表情，但那截根植在脊椎末端的斷尾，左右地擺動著，其實一直叨叨絮絮在向我說著什麼。一如惠子，總是在向肚子裡的女兒話說。甚至在手術之後，坐在那燈光幽暗的屋子裡，或許也在努力地想像著，她仍然可以像之前臨睡的絮語一樣，隔著巨大的虛空，對著想像的女兒說話。

——而不是開口向我道別。

那天我下班回來，屋子暗暗的，電視兀自播放著日本動畫，閃動的光映照在牆壁上。惠子卻不在家。奇怪的是，屋子仍留著一切日常生活的痕跡，彷彿惠子僅是去附近的購物商場買點東西就會回來。過了許久，當我發現屋子終究只剩下我一個人的時候，我才想起，惠子曾經不止一次說起，想要再去一次義大利的佛羅倫斯。那是我們曾經蜜月之旅的地方，想要一個人再去看看，那時來不及看完的風景，那些掛在幽深宮殿之中古老的油畫以及巨大的雕像。

「為什麼想要一個人去？」我故意問。

「你跟著來，那誰餵貓啊？」惠子笑著說：「而且你會害我都沒有豔遇啊。」

我也笑了。但我其實知道，惠子懷孕之後，有看不見的什麼，已經相隔在我和她之間。沒有人再提起過旅行的事。而我們全心為新生的女兒準備一切，也早已忘記了這些。

惠子想要去很遠的地方吧。

沒想到後來就是漫長而沒有休止的禁制期。瘟疫如毛蟲啃著葉子，慢慢地蠶食著地圖上那些國界，終於也蔓延到了這座城市。大禁制期間，國境封閉，我沒辦法去哪裡尋找惠子，我甚至連這座公寓都踏不出去。和我相依為命的只有那隻貓。有時貓會跳上沙發和我依偎在一起，輕輕撫過貓背，貓會從身體的深處，發出一種低沉而延綿不絕的，呼嚕呼嚕的聲音，像是一種電波的低頻。像是一種腹語。

像是貓已經忘記了我曾經對牠所做過的事。

——對不起，我曾經在惠子懷著女兒的時候，擅自想要把貓丟棄。

那時候惠子正在體內孕育著一個新生命。孕期來到第二個月。她不斷地孕吐，大部分時間都躺在床上。那是一個悶熱的深夜，雨一直下不出來。從公寓的窗望出去，城市的光害把厚厚的積層雲暈染成一種怪異的粉紅色。惠子早已沉沉睡著。我搖晃著盛了貓糧的盤子，輕輕叫喚貓。貓從門後探出頭來，又到了吃飯的時間，以為和日常一樣。而我趁著貓在低頭啃著貓餅乾的時候，捉著貓的後頸，把貓裝進了提籠裡。貓還來不及轉過身，我就關上了籠子的柵門。

貓在塑膠籠子裡頭不斷地喵叫。惱怒的貓，不明白為什麼此刻自己要被關起來。我怕惠子被吵醒，提著貓籃，拿了鑰匙，輕輕地旋開屋子的門，走出了公寓。

公寓外面停放著兩排車子，長長相連到很遠處。公寓裡的停車位永遠都不夠，住戶都違規把車子停在路邊。我這才發現自己忘了拿車鑰匙，手裡提著貓籠子，打消了再走回家的念頭。沿著排列的路燈往下走，澄黃色的燈光把柏油路映照成金色，我踩著自己的身影，在光底下影子拉長了忽又縮短。

貓的重量很沉。貓已經停止了叫聲，但手提著籠子，仍可以清楚感覺到貓的動靜，似乎正隨著我步行的搖晃，而在提籠裡不安地重複來回走動又伏下。我不時還可以聽見貓用爪子在抓著柵門的聲音，發出咯咯的微響。

迎面走來了一個陌生人，手裡拎著宵夜的塑膠袋，在路燈下看著我和手裡那個巨大的貓籠。我有些心虛。但那個人走過了，也沒有再回過頭來。

嗯，不會有人知道吧。

不會有人知道我要去丟貓。

回過頭看去，公寓已經在身後愈來愈遠，路邊停著的車子也稀稀落落的。厚厚的雲層閃過一些光，大概離得太遠了，很久才聽見悶悶的雷聲。我把提籠從右手換去左手，但貓籠好像愈來愈沉重了。我乾脆把貓籠捧在懷裡，從塑膠籠子的隙縫間，看見貓伏在籠子最深處，此刻也在抬頭看著我。在闇夜裡，貓的瞳孔變成了圓形，發出一種灼人的綠光。

再往下走，就會是一處荒棄的草坪，再更遠，就是幽深的樹林。我沒有數算自己已經走了多久，這裡再沒有路燈，芒草長得很高，伸出長長的穗子。原本公寓的所在也是園丘，是誰把樹木推倒，建起一座一座高聳的公寓。但猴子和松鼠似乎仍一再回到那裡，世代記憶之中的棲息地，闖進人類的公寓之中。這裡就是這座城市的邊緣了。芒草叢裡堆了很多垃圾，那些塑料袋被動物咬破，掀翻。還有人類丟下的巨大的家具，破損的櫥櫃、塑膠凳子，甚至有一整組壞掉的沙發，累積雨水，綻出了坐墊的海棉……這些廢棄物堆疊起來的，在草叢之中，像是一座巨大的人類文明的墳場。

這裡應該夠遠了吧。

汗水不知什麼時候濕透了我的T恤。我只穿著短褲，小腿被草葉劃過，刺刺癢癢的。

我站在無人的草叢裡，可以聽見各種不同的聲音，分不清是蟲鳴還是什麼動物的叫聲。我想像草之深處此刻有許多複眼正在看著我。我打開了手機的光，銀白色的光照亮那些草葉，卻也不能看見更深的地方。我把貓籠放在草地上，看了看四周，仍是無垠黑暗。我伸手把籠子的門打開了。

以往豢養在公寓裡的貓，曾經三番兩次都想從門縫和窗子逃走，然而當此刻我打開了柵門，貓卻瑟縮在提籠裡，縮成一團，長長的尾巴摟著自己，卻不敢出來。

我往籠子伸出手，貓卻退得更深。我想把貓掏出來，不注意就被貓抓了一下。在手機的燈光底，我看見手腕上一道很細的傷痕，下一秒血珠就從那道隙縫冒現出來。

那乾脆連貓籠就一起放在這裡好了。反正沒有貓的話，籠子帶回去也沒有用途啊。

我站起身，那一刻，卻聽見籠子裡發出了人類嬰孩的哭聲。我以為我聽錯了，但籠子裡的貓正在以全身的力氣，脹著肚腹，發出不間斷的號叫。號叫的聲音和初生嬰兒的哭聲一模一樣，彷彿我此刻要丟棄的，其實是一個人類的孩子。貓的哭聲一直都沒停，好像愈來愈急促，也好像愈來愈大聲了。哭聲把四周瑣細的蟲鳴都掩蓋了，變成了此刻闇夜裡我唯一聽見的聲音。

好像第一次，我聽懂了，貓想要說的是什麼。

豆大的雨滴這時落下來。一開始是一滴，兩滴，然後就是雨聲如交響瘋狂的齊奏。雨水落在草葉的聲音，和打在石灰地上的聲音是不一樣的，彷彿是無處不在的絮語。雨下得很大。雨水一下子就濕透了我的全身。夾著風，吹亂了雨水，把草葉吹低了頭。我仍蹲在那裡，緊緊抱著貓的籠子，感覺到貓在懷中的重量。

那場雨似乎怎樣都下不完，彷彿終要積成預言中的洪水，將會把所有的事物沖走、淘洗一空。

第四個房間

阿櫻表姐

在一切終將淘洗一空之前，莉莉卡，妳跟隨著我，走進了那座宏偉的廢墟。

我們走在長長的走廊，伸手推開了一扇一扇房門。有的房間還完好地保留著人類匆匆離去之前的樣子，但仔細看，灰塵日積月累覆蓋在玻璃窗上，牆的裂縫冒出了植物交錯的根。是誰把一個卡通圖案的馬克杯擱在餐桌，一隻蟑螂從杯口探出頭來，揮動牠的長長的觸鬚，又快速地跑過桌面，逃去無蹤了。

「是這裡嗎？」妳問。

妳望著那靜止的光景，伸手撫摸的事物都一一頹然枯萎，一碰就碎去。

我們仍在逃亡的路途。我們在破爛的地圖上打了很多紅色的叉叉。但眼前的那些房間，卻像底片膠卷被剪散了那樣零碎，無法接續起來。我喃喃自語：「我記得……」於是我們一再穿越了這些陌生的房間，但莉莉卡，我沒有告訴妳的是，我其實並沒有把握找到光亮的出口，而且記憶中的座標似乎已經愈來愈不牢靠了。

從我們那個年代開始，人類把原屬於自己的記憶複製在固體之上。那似乎是一種不斷躍進的技術，才不到五十年，就從一大塊的磁碟片縮小成指甲大小的記憶體。又如何去想像呢？如今所有記憶的碎片（那些互傳的短訊、那些刺傷彼此的字，或者那些手機任意拍下的影像……），化身成零與一的序列，它們如幽魂依附在那些微小的晶元和電路板上，那麼牢固卻又脆弱，以為可以永遠存在，卻又那麼輕易就被修改、抹除了。

若我們繼續深入那座廢墟，那些門號零落的房間，就可以看見更多人類遺留的景象。客廳裡的沙發，雖然被時間敷上了一層灰塵，但軟墊凹陷一個淺淺的印子，彷彿才剛剛有人坐過，卻不知那人去了哪裡。時間在這裡是停滯的。我們如同登陸了一座文明腐朽的星球，眼前一切皆那麼陌生而又熟悉。

「啊！」

妳被一個坐在椅子上的身影嚇了一跳。

打開了其中一扇房門，就看到一個長髮的女孩子，端坐在一張白色的椅子上。怎麼可能還有人住在這裡呢？那個少女穿著一身白紗的小洋裝，垂著肩，手安放在膝蓋，一動也不動。走近她，才看得出是一個真人大小的人偶。但她實在太真實了，臉上甚至還有雀斑和痣。她仍張開著眼睛，望著一片荒蕪、磁磚爆綻的地板若有所思。雙眼的睫毛很長、很翹。長髮筆直掛在胸前，髮絲如瀑。要伸手去碰觸才會知道，肉色表皮的矽膠，和人類的皮膚其實還是有一種觸感上的差距。也許是缺乏了溫度，也許是太柔軟了，少了一種肌肉幽微的彈性。

她一個人坐在那個褪色的房間裡面，不知已經坐了多久。

但她不是真實的，我知道。

這是一比一仿真的少女人偶。二十一世紀用以製造性愛人偶的技術，早就已經不再是那種廉價又虛假的充氣娃娃。她們是時代精緻的產品，慾望映照的極致。她們集體在國外的工廠裡被複製出來。從模具脫出的一個一個身體，非常魔幻意象地，由流水線上的工人打磨她們的矽膠皮膚，塗上嘴唇和乳暈的顏色，並且小心翼翼地在胯下剪開了陰道的開口。

她們的臉孔被精心地雕造，裝上了玻璃的眼珠子，都是手工的，還用美術噴槍噴上了逼真的膚色。而且在矽膠的膚質底下，有著模仿人類構造的骨架，手指、肩膀，而至腳踝的每一個關節皆可以轉動，能夠被擺布出各種不同的擬真的姿勢。有人會為她們穿上女僕裝、泳衣或動漫女神的衣服，悉心地化妝、打扮，拍下產品型錄的沙龍照。在精心營造的光影底，她們栩栩如生，瞳孔流光，彷彿閃耀著生命的光彩一樣。

但是莉莉卡，她們看起來那麼真實，卻都不是真的。

妳站在那裡，看著那具靜止不動的人偶，看了好久，彷彿是在看著鏡中自己。妳伸手觸摸那具人偶的頭髮，掀起了微塵，飄揚在光裡。妳回頭看了看我，眼睛裡充滿了疑惑。

妳或許會想，她為什麼會被製造出來呢？為什麼要經過那麼繁瑣的工序，以及花費那麼多的時間以仿擬人類的模樣？在這座城市的崩壞時刻還未來到之前，妳要如何想像，一個真人大小的少女外形的人偶，被人類所賦予的意義？

也許是因為那個少女和妳一樣，看起來都是一個十幾歲的女孩子。但妳是不同的，莉莉卡。妳是自由的，不受任何人的操弄和擺布。妳會感到哀傷和快樂，也會思考。

——並且，最重要的是，妳擁有著記憶，不是嗎？

我們在那個少女的房間裡滯留許久。那房間的牆壁被髹成粉紅色，牆上掛著一個心形的鏡子。有一張白色的單人床，床上擺著玩具小熊和繡花邊的枕頭。雖然時間過去了這麼久，那房間看起來仍有一種甜膩和稚氣的感覺。但是我要如何告訴妳，其實這些都是虛構的。這些是虛構的，一如我們那個時代流行一時的VR體感遊戲、日本AV，或是那種微縮版模型屋……所有陳設的講究和事物的細節，其實都只是為了自虛無而模仿成一個少女的房間。

若我們將時間再倒退一點，再退後一點，妳或許會看見一個陌生的男人，走進這個精心布置的房間裡。他伸出手，將那個少女身上的衣服一件一件褪去。像是捧著一顆柔軟多汁的果實，一點一點地，把果皮剝開。一開始是裙子上的蝴蝶結，輕輕一拉就拉開了，接著是洋裝的拉鍊，拉下來之後就可以看見穿在裡面的，那種好可愛鑲了蕾絲花邊的內衣和小褲褲……

而那個少女人偶，仍然睜著她一雙美麗清澈的眼睛，彷彿自己和眼前的現實毫無關聯。她微啟著唇，臉上永恆守持著一種不笑也不哭的表情。

或許我們可以恣意地想像，那個男人會滿頭大汗地趴跪在那張擺滿了可愛布偶的床上，壓住那矽膠的裸體，變態如食蟻獸伸出舌頭，貪婪地亂舔少女的全身。或者他會把一具在他眼中無生命的人偶，折成怪異、扭曲的姿勢，暴打她，粗魯而無愛地進入她……

（救我——）

即使隔了這麼長的時間，妳彷彿還可以聽見呼救的聲音，像是裂縫滴水，從那微微噘起的嘴唇，慢速鏡頭一樣，依著音節幽微的轉折，緩慢地開闔，一點一點地流出來——

滴答滴答，重複不止。

如同瘟疫在這座城市散開之時，電視上轉播的畫面。那些被封印起來的禁區裡，那些被困在公寓之中無法出來的人們，隔著玻璃，我們聽不見任何呼喊的聲音，於是他們用麥克筆寫了求救的大字貼在玻璃窗上——H，E，L，P。但因為距離真的太遠了，鏡頭拉近了也看不清楚他們的面目。他們都戴著口罩，只露出一雙疲倦、惶恐的眼睛。隔著一道透明的窗口，他們仍然對著攝影鏡頭無助而徒然地大力揮手。

如同那時候坐在床榻上，那個穿著大號T恤卻掩蓋不了瘦削身軀的少女，她空洞和茫然的眼神。

——我想起來了。是妳，阿櫻表姐。

請容我再努力地想一想，離這片廢墟更遠的地方，如今那裡恐怕已經一片荒蕪，什麼也沒有了。雖然已經是那麼久遠的事，但我卻還記得，小學畢業的那個長假，我曾經跟隨著母親，搭了很久的巴士，從市區到鄉下，去探望阿櫻表姐。

那是一次晃蕩不止的旅程。那時的巴士還有跟車的剪票員，手裡有一把怪異的打洞器，要在每一張小小的票根上啃出一個小洞。巴士上沒有冷氣，鐵框的車窗開著，就一路隨著巴士搖晃哐啷亂響。藍白色的海口巴士從市區總站出發，經過市街，循著路牌轉彎，就開上鄉間的小路。

巴士駛過的地方，揚起一片砂土和灰黑的煙塵。車廂裡都是柴油的氣味。通常這時，車裡只有零星的乘客了——帶著菜籃的馬來阿嬤，或者穿著校服、一臉疲累的中學生。母親也總是在車子的搖晃中就忍不住睡著，失重的額頭，一直往虛空甩去。這個時候，我會悄悄地從母親身邊走開，自己占有巴士最後一排的座位，伸手把玻璃窗拉下來，任由風灌進車廂，把頭髮吹亂，把臉頰都吹得麻麻的。

那年往返的旅程，一路顛簸不已，而景物皆搖晃如幻夢。

那條鄉間小路其實並沒有真正的巴士站牌，只要路邊有人招手，或者車裡有人拉鈴，小巴士就會停靠下來。就這樣停停走走，花了一個多小時。離開城鎮，巴士抵達的鄉下，就是母親的老家。那時外公早已經過世了，而外婆和大姨、姨丈仍留守在那間老舊的木屋裡。

我從來沒有見過外公。一張嚴肅的老人的臉，扁平成了一張黑白的照片，高高掛在木屋的牆板上。那間獨自建立在路邊的老木屋，屋前有一條長滿野生荷花和浮萍的大水溝，以及一棵被牽牛花纏繞的老樹。在我的印象中，老屋的空氣總有一種稀薄卻無處不在的雞糞味。有一隻大冠公雞從屋子門口探出頭來，猶悠閒地踱著步，側頭打量著我。我總是怕那隻公雞來啄，而緊緊跟在母親身後。

母親每次來都大包小包，那天一早還先在家裡燉了什麼藥材湯，盛在不鏽鋼的保溫壺裡，一路叮叮噹噹地扛進木屋。外婆從廚房走出來，把公雞噓走，見了我，也老是同樣那句：「阿朔這陣較大漢哦。」

那幅老舊腐朽之景，那從窗櫺間灑下來的條狀之光，窗外面各種不同深淺、指認不出名字的繁雜綠色，以及聚在一起說話好像一定就要貼身耳語的大人們，一直是我對「鄉下」這個名詞最初也是最後的印象。

老木屋據說是外公自己一塊塊木板搭建出來的，三代人下來，竟這樣就捱過了風風雨雨幾十年。如今天花板卻不知什麼時候破掉了一整片，也無人修補，從那方洞可以看見屋頂鋪著鏽成紅棕色的鋅板，以及屋子的梁木。而一片一片的木板豎立成牆，經過歲月洗禮，摸上去會有一種紋理柔滑、溫順的感覺。有時木板縫間破損了一個小洞，湊著眼睛看過去，就可以看見牆的光亮的另一邊。

木板牆的那一邊，是阿櫻表姐的房間。

我跟隨在母親的身後，掀開碎花的布簾就看見阿櫻表姐躺在床上。阿櫻表姐是醒著的，側著身在看書。她聽見有人進來，轉過頭，手撐著坐起身，叫了一聲：「阿姨。」又看見躲在母親身後的我，對我調皮地眨了一下單眼。

母親說：「阿櫻啊，阿姨從家裡帶來了一些補湯，等一下喝。」

阿櫻表姐說好。她笑起來會露出一雙虎牙，在她蒼白的臉上，特別的顯眼。齊頸的短髮，髮梢有些亂了，讓表姐看起來仍有一種屬於小女孩的稚氣模樣。

那個房間有些悶熱，但表姐竟然還蓋著薄薄的毛巾被，一雙腳藏在被子裡。房間裡有一種淡淡的中藥氣味，灰塵在光中飛揚。這裡本來是外公的房間。外公過世之後就沒有人睡在裡面，慢慢被堆積了零零碎碎的雜物和紙箱。但床鋪還在，如今變成了阿櫻表姐棲身的所在。

表哥曾經嚇唬過我，這房間裡有鬼啊。晚上阿公會回來，連阿嬤都不敢進去睡了。不知道阿櫻表姐有沒有聽過這件事，但我知道，表姐和我一樣，原本就不屬於這裡。這終究只是一個借來的房間。況且打開了窗，也是亮晃晃的，沒想像中那麼可怕。我看見床頭上堆著一疊日本漫畫書，想是表姐用來打發時間的，還想多看一眼，母親要我走開，別吵阿櫻表姐休息。

回想那一年的長假，阿櫻表姐大概也才大我幾歲，而我還是六年級的小學生，有太多不能明白的事。阿櫻表姐並不是大姨的女兒，而是更遠一點的親戚，原本也並不住在老屋裡的。那阿櫻表姐為什麼現在會在這裡呢？而且為什麼都躲在房間裡不出來呢？好幾次，我問母親關於表姐的事，不知道為什麼，母親都故意不答。想再說的話，母親就要我住嘴。

鄉下的一切彷彿都有著一種新奇和神祕，伸手觸碰的事物都和小城裡的不一樣，一種指尖粗粗糙糙的觸感。老舊的電掣是黑色圓圓的形狀，還有蹲式的廁所，以及裡頭的鎢絲燈泡發出澄黃色的溫暖的光——彷彿這裡的時間比較慢一些，讓我稍稍看見了視覺暫留的細節。但彼時我並不知道這是老屋最後的餘光。再過幾年，外婆過世之後，這間木屋連著土地，就像其他老舊的東西一樣，很快就被變賣了。原本以為永遠不會隨著時間改變的事物，鏟泥機的怪手才輕輕一碰，就脆弱如骨牌那樣應聲倒下了。

而在那之前，我隨著母親來到這裡的時候，一切都還是時光凝固的樣子。

鄉下的孩子們會在下午時刻聚在大樹下抓「豹虎」。那是一種善鬥的蜘蛛，躲在牽牛花叢之中，要辨別哪裡藏身著蜘蛛，就要眼尖看哪些葉子被蛛絲黏在一起而蜷縮起來。下午的時候，我踉踉蹌蹌地跟隨在那群表哥表弟身後，但我其實和他們並不熟，原本也就只是過年過節會見上一面而已。孩子們圍了一個圈，把各自抓到的銀藍色蜘蛛從懷裡掏出來，讓牠們在一個火柴盒裡面相鬥。小小的盒子就是擂台，日光底下，兩隻蜘蛛身上都閃著藍綠的光彩，高舉著一雙前腳，蹦跳、閃躲、撕咬，兇猛得很。

我總是站在圈子的最外圍，伸長脖子，想看那火柴盒之中的廝殺，卻又好像被有意無意地推開。回想起來，鄉下的表哥表弟似乎對我總有著孩童之間的那種故意為之的排擠，相隔著一種「你跟我們不同一國」那樣的看不見的壁壘。孩子們赤著腳在紅泥地上奔跑，無懼地上的石塊和泥濘，轉過頭嘲笑我，老是穿著球鞋，裝模作樣。

那時的我也不知道怎樣回嘴，心底有一絲難過。午後日光傾斜，表哥們拋下了我，跑去河邊釣魚了。我一個人蹲在老樹下，自己翻找著一片一片葉子。「豹虎」真不容易找，像是藏在綠葉背後的寶石一樣。我也想捉一隻，可以帶回學校向同學炫耀。那叢牽牛花纏繞著大樹的樹身，莖葉如蛇，攀緣到更高的枝椏去了。

我伸手搭著粗糙的樹幹，想要爬上更高的地方，鞋子踩在葉子上卻滑了一下。一鬆手，就從樹上摔了下來。雖然也不高，但手肘刮傷了，刮掉了一層皮膚，透出一道一道鮮肉色的傷痕。一開始也不怎麼疼，我反著手臂看那傷口，吹了一吹，血就像是被喚醒一樣，一絲一絲地冒現出來。

幸好沒有人看到。

如果母親知道的話大概又會苛責。我扶著手肘，忍住膝蓋疼痛，一拐一拐地走進木屋。炎熱而叫人慵懶的下午，姨丈在懶人椅上睡著了，報紙還握在手中欲墜不墜的。電視機開著也沒有人看，大概又是什麼綜藝節目，不斷發出意義不明的笑聲。我走向廚房，看見外婆和母親坐在餐桌邊剝江魚仔，一邊剝著，一邊壓著聲量在聊些什麼。

「阿櫻啥咪都不說啊。」

「夭壽哦。這款代誌，吃虧嘛是查某人啦……」

我知道，她們在說阿櫻表姐。

我不想讓母親看到自己摔傷的樣子，轉身走去阿櫻表姐的房門口，悄悄把門簾掀起來一角，想看表姐是不是在睡覺。阿櫻表姐卻看到了我，放下手裡的漫畫書，揮手叫我進來。我走進房裡，掩著手肘。但阿櫻表姐卻把我輕輕拉過來，見到衣服上有一些血跡，就盯著我問：「是不是阿超他們欺負你？」我低著頭說不是，是自己不小心跌傷的。表姐說：「你流了這麼多血。」

表姐從床上坐了起來，起身打開房裡的櫥櫃，往抽屜裡翻找什麼。她穿著一件過大的哈囉凱蒂T恤，領口都洗成荷葉邊。從那件陳舊的T恤下襬露出了那種中學女生都穿的體育短褲。表姐招了招手，要我坐在床角。她拈著棉花棒，沾了一些黃藥水，小心翼翼地為我把傷口上的砂礫洗乾淨。藥水碰到傷口有一些刺痛，我忍不住把手縮了一下。表姐問我，很痛哦？我搖頭。表姐靠得很近，扶著我的手臂，她的手指涼涼的。

阿櫻表姐抬起頭看著我，笑說：「我的頭髮是不是很臭？」

「沒有啦。」

「一定有啦。我都快一個月沒有洗頭了。」阿櫻表姐搔著頭髮說：「癢死了。」

表姐的頭髮近看似乎真的都糾結在一起了。在那個房間裡，被單皺如沙丘的床上，日光彷彿串住了兩人的影子。

不知為什麼，在那個傳說鬧鬼的房間裡，我覺得阿櫻表姐有著和我一樣的寂寞。表姐為我貼上一條創可貼，要我伸展一下手臂，然後說：「好啦。」我仍坐在床角，指著床鋪上那幾本攤開的漫畫說：「可不可以借看？」阿櫻表姐就笑了，一雙虎牙又開在嘴角上。

那是好多年以前的某一個下午，我和阿櫻表姐在那個悶熱但光亮的房間裡，翻過一本一本的書頁，直到窗簾後的日光都傾斜。我還記得，我們一起躺在床上追看日本漫畫家安達充的《TOUCH》，盜版的中文譯本不知為什麼被翻成了《鄰家女孩》。那其實是一個哥哥替代了死去的弟弟，背負起另一段人生、命運和愛情，繼續活下去的故事。然而有些遺憾的是，我和表姐始終都沒有看到故事的結尾，因為那個時候，漫畫的最後一集不知是還沒出刊還是被人借走了，一個故事的結局，就這樣懸吊在半空。

許多年後，因為相隔了太久，我幾乎都要淡忘了那套漫畫的劇情。然而在那穿過了窗簾的日光裡，還是小學生的我，想起了什麼，抬起頭，問阿櫻表姐：「這個房間裡有鬼啊妳知道嗎……」

阿櫻表姐說，她知道啊。

有幾次晚上，她總是翻來覆去睡不好，想乾脆起身開燈，突然一瞬間就全身都動不了，想喊出來卻也只是嗯嗯咽咽被悶住的喉音。然後在房間裡，她就看見一個女孩子的稀薄的淡影，慢慢地走過來，握住她的手，像是要帶她到哪裡去。那不知是夢還是現實的情境裡，其實並不是真的可怕，但阿櫻表姐卻堅決地覺得，不可以啊，自己不能就這樣離開這個房間。也不知過了多久，那拉扯的感覺才消失。昏昏沉沉睡著，隔天早上醒來，手腕那裡翻過來看，有一道一道紅色的細痕，好像才剛剛被什麼很用力地捏過一樣。

「所以那個鬼不是外公哦？」

「不是啊。也看不是很清楚，一個模模糊糊的女孩子的樣子。」

我又問：「那妳為什麼要一直在房間裡不出來？」

阿櫻表姐聳聳肩說，沒辦法啊，因為她不能吹到外面的風。這是大姨一再告誡的——是的，絕對不可以吹到風。

我搔了搔頭不明白。表姐說：「你坐過來。」表姐盤著腿坐在床鋪上，紅色的體育褲之下，折著一雙瘦瘦長長、白瓷顏色那樣的女孩子的腿。我有點不好意思，怯怯坐到表姐身邊。表姐微笑著對我說：「給你看。」她低頭掀開了腰際的T恤，露出了肚臍。我才第一次看見，原本永遠都掩藏在衣服的後面，那隱密而接近透明的肉色的地方。

但非常怪異，和我想像中全然不同的是，那並不是屬於少女的身體。

阿櫻表姐的小腹像是一個漏了氣的乾癟氣球，皮膚鬆垮掉而有著一線一線的摺痕，且上面都是密密麻麻交錯的皺紋。像是大象那粗糙的皮膚，又像是有人偷偷把原本屬於老人的那種缺水如乾土龜裂的皮肉，不知為什麼，卻醜陋地移植到了少女的身體上。

「你可以摸摸看。」

我有點猶豫，表姐卻輕輕握著我的手，伸向自己的肚子。我的指尖觸碰到表姐的腹部，像蝸牛觸角縮回了一下，又繼續順著那些細紋撫摸過去。阿櫻表姐身上那些深刻而交錯的皺紋，我始終都無法忘記，那是一種柔軟但又粗糙的說不出來的怪異觸感。

而所有起伏的皺紋，那些線條，都指向腹部正中凹陷的肚臍。彷彿那就是漩渦之眼，彷彿整個崩塌世界的中心，所有的事物都被吸進了這個凹洞裡面。

「阿朔，你相信嗎？這裡面本來有一個小貝比……」

許多年以後，每當我回想起那次和母親在鄉下小住的那些情景，總是會想起那橘皮滿布的少女之腹，以及表姐讓我輕撫過的恍如河水乾涸龜裂的肌膚。許多年以後，我仍記得阿櫻表姐袒露著自己的肚子，對我說過的那句話——

這裡面本來有一個小貝比。

短暫的假期過後，我又回到了小城，以及原屬於自己的生活之中。再過幾年，聽說老屋就被拆掉了。所有關於鄉下的記憶，原本就虛虛浮浮，如今更像是走入了一個沒有座標指引，而只能依靠依稀印象去辨認方向的叢林。如何在那些繁複交錯的蔓藤和羊齒植物之中，找尋那被遺失的細節？

——或者讓我們再回到那個夢中，莉莉卡。

那個充滿了蟲鳴聲響的晚上，十二歲的我蜷縮著身體，睡在阿櫻表姐的房間裡。那天我千百不願意再和那些表哥們擠在一起睡了，央求母親許久，讓我睡在表姐房間。母親拗不過，問了表姐，表姐點了頭。我拉了一張薄薄的床墊，鋪在地板，就躺在阿櫻表姐的床邊。在那個鬧鬼的房間裡，我和表姐湊著澄黃的燈光看漫畫，直到深夜，阿櫻表姐打了一個呵欠，說要睡了，要我把燈關掉。側躺在床上的阿櫻表姐，手枕著頭，問我：「你會不會怕？」

我聳聳肩，說：「不怕。」

房間的燈光熄掉之後，濃重的黑就湧了上來，有一瞬間我什麼都看不見。待眼睛慢慢適應了黑暗，卻非常奇怪地，眼前恍恍出現的輪廓，卻不是原本的房間，而是一座陌生而巨大的廢墟。

此刻我踩著一地凌亂的木條和鋅板，抬起頭可以看見一整片遼闊的夜空，滿滿繁星。然而殘垣敗瓦之上卻怪異地仍筆直矗立著一扇一扇的門，整齊地排列在那片荒蕪之地，以一種圖學透視法延伸到看不見的遠方。

我恍恍看見，有一個少女的身影站在遠遠的盡頭。

——莉莉卡，在那個夢中，即是我們相遇的最初嗎？

為了找回我們迷失的方向，妳一次一次把電纜插上後腦勺的接口，駭進了一個一個久遠幻夢之中。妳站在那些虛線相連的門扉之間，牽起了年幼的我的手。

「你必須選擇一道門。」妳說。

我在那夢中恍恍不知自己身在何處。眼前的每一扇門卻都長得一模一樣，我疑惑而不知道應該選哪一扇門才對。

走了許久，我才停了腳步，猶豫了一下，慢慢伸手打開了其中一道門，才驚訝地發現，原來每一扇門的後面，都通往了一個原本看不見的空間。滿滿的光從門縫溢出來，照得我一臉晃白。

但那一瞬間，不知為什麼，我馬上就直覺自己選錯了。

打開門看進去，那是一個為嬰孩精心布置的房間。莉莉卡，妳點了點頭，讓我走進了那個房間裡。和外頭破敗的景物全然不一樣，眼前的一切都非常整齊、光潔而明亮。彷彿於此的時空是不一樣的。男孩的我赤腳踩在厚實柔軟的地毯上，房間正中有一張精緻的嬰兒床，走近了，才看見床裡擺放了好小巧好可愛的枕頭和被子，以及頂上有一串卡通小鳥的吊飾，緩慢地旋轉著。

然而令我更訝異的，卻是擠滿房間的各種各樣、大大小小的玩具娃娃。有手工縫製的布偶，用鈕釦做成眼睛；也有陶瓷臉孔、掛著凝固而詭異笑容的古董娃娃、木頭雕刻的小木偶，以及那種會眨眼睛、按一下機關就會用尖銳的娃娃音說「媽媽我愛妳」的塑料玩具嬰孩……

「這房間裡面，本來應該有一個小貝比。」

我那時才終於聽清楚了，莉莉卡，妳一直想對我說的是什麼。然後周遭的一切突然開始慢慢地軟化、脫落。那些娃娃像受到高熱灼燒一樣，木頭化成灰燼，塑膠的部分如蠟滴淚。一顆玻璃眼球從融化的娃娃的臉掉了出來，掉在地上，滾去好遠……

那場夢就驟然停下了。我在深夜裡朦朧醒來，揉著眼睛，好一陣子才確認了自己仍身在老舊的房間裡面。轉過頭，阿櫻表姐仍沉沉睡著。在窗簾之間透進來的微光裡，表姐緊閉著眼睛，皺著眉頭，嘴巴卻很用力地不斷咬合，牙齒間發出咯咯咯摩擦的聲音，在那夜闇裡聽起來非常地響亮。我輕輕呼喚表姐，她沒有回應，彷彿仍然困陷在自己的還未完結的夢中。

許多年過去，我來到了和阿櫻表姐那時相仿的歲數，擁有自己的青春和煩惱，已不時常想起關於鄉下的事了。有一天，家裡突然接到大姨打來的電話，換了母親來聽，母親卻一臉凝重不語。我問怎麼了？母親掩著話筒，對我說：「阿櫻表姐啦……」

他們說，阿櫻表姐在某個晴朗的晚上，一個人站在公寓的陽台上，跨過了欄杆，從那高處躍下。

莉莉卡，如妳後來知道，木屋被拆毀之後，鄉下的老家變成了一個近乎虛構的詞。我那時候已經上了高中，放學過後如常經過一家漫畫出租店，卻發現那間店竟然要收了，門口貼了漫畫清倉大拋售的卡紙。我走了進去，看見那些書架皆已空置，地上堆滿了一疊一疊的成套漫畫書，凌亂地散落一地。

我在書堆中翻找了一陣，無意間看見全套的安達充的《TOUCH》，且找到了曾經遺失而未解的最終篇。我抽出那本最後一集的漫畫，蹲在書架邊，弓著背翻看著。彷彿時間隨著書頁翻開而倒退，原本以為早已忘記的情節，突然全都洶湧如潮地浮現出來。一直翻到最後一頁，才終於看到，上杉達也站在一處迎風之草坪，面對著淺倉南，向女孩說出了心中的話。我看得淚眼迷濛，一個人縮在那裡，拚命忍住不讓其他人看見我流著眼淚。

彷彿一下子不小心掀翻了多年以前的記憶，書店外面明明晃亮的光，恍惚暗了一下。從來不曾察覺時間原來已經過去了這麼久。我想起阿櫻表姐，依然是那個稚氣的少女模樣。我其實還記得，我和阿櫻表姐躺在床上看漫畫的時光，以及那時看到最後一本，表姐掩上了書頁而未知結局的一聲長長嘆息。

不知道阿櫻表姐到最後有沒有看到那個延宕多年、懸而未決的漫畫結局呢？

莉莉卡，如果我們可以更早一步就掀開時間的底牌的話，妳會不會忍不住去窺看那最後一張牌面的謎底？又或者，反悔、耍賴地，把抽出來的壞牌再塞回去。

好嘛。可不可以讓我們再重來一次——

但是，即使一再回到那個房間裡，時間卻無法伸手阻擋。一個無人知曉的開端，只要一開始就沒有辦法阻止了。莉莉卡，妳曾經在那個房間裡看見這一切，伸手拉扯房間裡的人卻也無法改變什麼。往後瘟疫將要漸漸在這座城市蔓延開來，如一滴墨汁滴在水杯裡，妖嬈地暈開，而至整杯水最後變成了一片無明的灰色。

瘟疫的病毒把人慢慢地吞噬掉，讓記憶變得破碎。

初期的症狀和流感也沒有什麼不一樣，發燒、咳嗽，身體覺得疲累，但你漸漸覺得自己想不起什麼，漏掉這個，漏掉那個的。慢慢地，一大片一大片的記憶會自腦海剝落，剩下零散的碎片，失去了彼此的連結，無法被串連起來。而原本深藏在大腦皺褶之中，那些任何儀器也看不見的記憶，早已經一點一點地被侵蝕掉了。在那巨大的掃描儀之中，各種斷面的X光片裡，看起來原無任何異狀的人類之腦，其實已經被抹除了所有的記憶，變成了一片荒蕪的廢墟。

於是城市頒布了管制令，要求市民待在房間裡不要出來，以免疫病傳染。原本熱鬧的街道、購物商場和餐廳，此刻都空無一人。在那停頓而漫長的時光裡，我不斷複習自己的記憶，依照防疫手冊做各種的自我檢測，以防任何些許細微的遺忘。在所有人都把自己禁錮起來，緊緊抓住回憶不放的日子，公寓外面的陽光依然猛烈，下午窗簾篩過了光，我有時仍會憂傷地一再想起阿櫻表姐。

在那段大禁制時期，我彷彿可以體會阿櫻表姐被困鎖在房間裡的那種心情了。然而表姐似乎背負了更多的無人看見的傷害，而我小時候卻恍恍不知。往後才慢慢知道，為了避開那些流言蜚語，以及灼人的目光，十五歲的阿櫻表姐從學校休學，自現實把自己隔離起來，一個人躲在陌生親戚的鄉下老屋裡。彷彿一隻被關在玻璃盅裡頭的蝶，在那老舊悶熱的房間裡，仍不斷撲拍著自己鱗粉脫落的翅膀。而我曾經不小心闖入那個蛛網封印的結界，看見阿櫻表姐掀開衣服之後的傷痕。

少女之腹上的那些皺紋會否隨著時間而消褪？又或者像抹不去的痂那樣，永遠烙印在身體之上？

我永遠都不知道，如果那個時候，在那個廢墟之夢中，我打開的是另一扇房門的話，那麼眼前的這一切，如今這無由修改而漸漸崩壞的現實，會不會有什麼不一樣？

——如果可以再一次選擇的話，你會打開哪一扇門呢？

莉莉卡，妳知道嗎？在疫情剛剛蔓延的那時候，因為無法走出房間，為了打發漫長而無聊的時光，我曾經沉迷在一種叫做「線上直播間」的玩意。

那其實就是二十一世紀藉由智能手機和快速的網路才發展起來的，一種個人秀場。你可以對著鏡頭說話、唱歌，或做任何事情，想像在看不見的某處，千百人正在圍觀著你。只要打開手機鏡頭，便是向世界打開了門，雖然你無從知道門外到底是誰在窺視。其實鏡頭之中永遠只是你一個人。你只是一直在凝視著自己的鏡像而已。

然而那種直播間的網路現場，太像是一個一個隔著玻璃的房間了。

雖然從螢幕之外無法伸手觸及，但那些房間裡頭的細節卻那麼清晰可辨。我躺在房間裡，快速地滑過手機螢幕上的那些少女們。每個女孩的臉都鑲嵌在一塊一塊的方格之中，像是郵票，或者像是什麼產品目錄。但我知道，只要伸手按進去其中一張照片，就可以看見一個女孩直播的樣子。那些年輕女孩子在鏡頭前面，會跟看不見的粉絲們說笑、聊天、玩遊戲，或者秀一段歌藝。圍觀的人可以送禮物給那些女孩（雖然是虛擬的但還是要花錢），然後她們會花枝亂顫地跟你說謝謝，手指比一個流行的韓式愛心。

從什麼時候開始呢，我下班回到房間的晚上，都會打開那直播APP，去看那些我在現實中其實並不認識的少女們。

我還特地用了一個假名，貼上怪醫黑傑克的頭像，這樣就沒有人會知道我是誰，但其實也沒有人會在乎這些。女孩子的名字也都是假的。夢夢、瑪兒、安潔莉娜……那些女孩們會央求在直播間的觀眾打賞。她們深諳各種吸引目光的方式，比如穿平口粉色的洋裝，只露出鎖骨和肩頭，而不讓身體顯得那麼廉價；有時也就只是無聊地撒撒嬌，請大家多給一些愛心光波。

我在那些直播間裡通常不說話，也不送禮，像是深潛在水底的魚，只望著光影時間如水波流動。我會固定追蹤幾個看得順眼、口條不那麼令人討厭的女孩，只要女孩一上線手機就會叮咚作響。我可以清楚看見螢幕上的少女，她們身上或表情的各種細節，但我卻總是分心去端詳女孩身後的背景。通常都是睡房，床鋪上堆著小熊娃娃、還沒洗的衣服，牆上或許會貼著明星海報，而櫃子上則擺滿了我所不能理解的一大堆化妝品和保養品。

有時我會感到一絲疑惑。那曾經像是祕密一樣的少女房間，沒想過如今卻可以那麼輕易地進入。像是一個一個相接依偎的玻璃之門，隨手點擊螢幕就可以打開來。沒有人會在意，沒有人會阻止任何的注目。

我記得，我那時追蹤了一個叫做「夏美」的女孩。在手機螢幕的彼端，少女夏美笑起來就露出一雙明顯的虎牙。除了那一綹長髮之外，有一瞬間，我以為看見阿櫻表姐。

——是妳。

——真的是妳嗎？

後來我就發現了，和其他直播少女不一樣的是，夏美從不央求觀眾打賞送禮，不譁眾取寵，甚至因為她不太說話，所以粉絲人數少得可憐。直播之中的夏美，總是不曾刻意打扮，一身寬鬆T恤，慵慵懶懶的模樣。她似乎不打算和任何人交流，只是逕自對著虛空播映她一個人在房間裡的日常生活——她躺著玩手機。她泡了一杯熱可可慢慢地喝。她皺著鼻頭打呵欠。她甚至在鏡頭前面抬起了膝蓋，悉心地剪腳趾甲（因為我在螢幕那端聽見的的的的聲音）。

夏美的直播，有點像是我們那時代一部叫做《楚門的世界》的電影，有一種像夢一樣的疏離和透明感，彷彿她不曾察覺鏡頭，以及房間之外的所有存在。

但我一直注視著夏美，從狹小的手機螢幕裡看去女孩的一舉一動，都已經好幾個月了。

一開始也只是對這個女孩好奇，後來總是定時等待夏美的開播時間。有時直播到深夜，我一個人在餐桌上吃宵夜，也把手機擺在面前，彷彿夏美就坐在我的對面一樣。兩人隔著時空，相對而無視，卻似乎被我擅自想像成了一種陪伴。

——我們的記憶，是否也有虛擬與真實的疊影？

莉莉卡，妳還記得嗎？大禁制的前一天，整座城市突然如鍋裡煮開的水那樣沸騰起來。百貨公司、便利超商裡頭一瞬間都擠滿了慌張的人。城裡的人們湧進商店裡搶購米糧、泡麵，甚至不明所以地買下大量的衛生紙。他們在收銀櫃檯排成長長的隊伍，手推車裡的物品堆疊得高高的。或者把鏡頭拉遠，人縮小成點，彷彿原本埋藏在基因之中的什麼，一被觸動就不由自主變成蟻群，水患求生那樣擁擠地團抱成一個巨大的、球狀的共同體。

那天我下班之後開著車，在公路上塞了很久。傍晚的天空竟下起小雨，雨刷在車鏡上定時地掃過，每三秒鐘就把濕垮的城市又刷新一遍。漫漫無際的紅色車尾燈，在雨水之中牽成一道一道很長的虛線，望眼而無盡頭。而車子裡的電台反覆播放著最新新聞，ＤＪ以一種亢奮的語氣，報告著衛生局剛剛頒布的一長串防疫措施和新的管制令。我覺得有些厭煩，伸手把車裡的收音機關掉了。

回到家的時間比平常晚了許多，我把車子停在公寓樓下，想到便利店裡也買一些生活用品。踏進便利店，自動門響起熟悉的電子鈴聲，卻奇怪地沒有聽見店員喊「歡迎光臨」。

我往櫃檯看了看，店員還在，卻靠著牆壁，以一種疲憊、空洞的眼神回望著我。我這才發現，店裡一如往常燈光明晃耀眼，但此刻貨架上的東西卻全都被買走了。地上凌亂地散落一些小物品，被踩過了，也沒人收拾起來。像是店裡才經歷一場震災，那些原本放在架子上琳瑯滿目的微波義大利麵、罐頭、御飯糰，那些百種品牌的飲料、啤酒，甚至平時都不會用上的蠟燭和五金用具……全部都不見了。貨架上只留下了一個一個價格標籤，指向虛無。我茫然地置身在一排一排空蕩蕩的鐵架之中，非常怪異的，有一種不太現實但又好似曾經見過的荒涼之感。

結果還是來晚了啊。我想。

我只好要了一包菸——不管買什麼都好，彷彿必須這樣而得以心安。還好，香菸還沒被搶光。想了想，我又讓店員多拿一包。正在從錢包裡掏著零錢的時候，隔著自動玻璃門，抬起頭，看見一個戴著棒球帽的女孩子站在便利店的門口避雨。少女穿著T恤和牛仔短褲，肩膀很小，瘦瘦弱弱的。她低頭揮掃自己頭髮和衣服上的水滴。我看了一會，便利店的自動門在前面開開關關了好幾次，電子鈴聲一直叮咚作響。

我想確定自己有沒有看錯人，玻璃門又再次打開的時候，我對著女孩的背影喊了一聲：

「阿櫻表姐！」

那女孩轉過頭來了。我看著那張從現實浮現出來的正面臉孔，以及那張臉上彷彿時間凝固而放大的各種細節。然而我此刻卻非常疑惑，分不出眼前女孩的疊影，到底是虛擬的夏美，還是真實的阿櫻表姐。

女孩站在便利店門外亦怔怔地望著我。我遲疑了一下，想再開口說些什麼，那道玻璃門相隔在我們之間，卻又緩緩地關上了。

第五個房間

模擬城市的暫停時間

我看了看手機，沒錯，今天是二〇一五年六月二十二日，星期一。

因為前一日晚睡了，今早醒來仍有一種不甚踏實的虛浮感。我如常在鬧鐘聲中起床，準備上班，刷牙的時候，看著濃稠的泡沫隨著流水旋轉流失，心底卻恍恍浮起什麼。星期一不免讓人沮喪。手機裡的月曆並沒有標記特別的日子，但我還是想起了多年前的一則預言，經過漫長歲月洗禮，像是潮水退去之後才露出的一枚突起的石塊——

西曆二〇一五年，使徒來襲。

啊，是今天啊。

我想起了，我和少年好友直樹曾經許下的約定，要一起見證使徒把城市毀滅的情景。

那是我們曾經親眼預見的末日。延綿不絕的警報響起，眼前的城市竟若積木一般脆弱，輕易就傾倒了。那些原本高聳的樓宇、高架橋和電線桿，皆還不到機甲巨人膝蓋的高度。巨人在市街上奔跑，與使徒打鬥而摔倒彼此，一倒地就壓爛了一整片房屋和公寓，揚起一陣風沙煙霧。再看清楚，在激光亂射的光照底，那些聳立在這座城市之上的鋼骨水泥建築物，竟然一下全都被摧毀了。

十五歲的我和直樹，抱著膝坐在狹小的屋子裡，對著螢光幕目瞪口呆。我們睜大雙眼，一眨也不眨，卻一點都捕捉不住那畫片快速串連起來的動作。我們的瞳孔充滿著光，以及視覺暫留的影子，像是核爆的強光烙印，以致許多年後我們仍記得在看動畫片《新世紀福音戰士》的那刻，巨大的機器人把敵人徒手撕裂、捏爆的暴力，毀滅之硝煙以及鮮豔之色彩的奇異組合，讓我們深深地著了魔。

那一天，我和直樹在看完了動畫之後，仍按捺不住心底的躁動，必須走出屋子外透一透氣。我們用力地踩著腳踏車，騎了很遠，在滑速愈來愈快的斜坡上，城鎮的街景變成了流動的河。我們張開口毫無意義地亂喊，任風灌進嘴巴裡……

庵野秀明監督的動畫《新世紀福音戰士》，在我的青春裡，像天空綻開的紅十字，變成了一個巨大的戳記。或許是片中的那些少年們，和我們年紀相仿，總讓我們以為看見了某部分的自己——怯懦而想逃避現實的碇真嗣，以傲嬌掩飾自己脆弱的明日香，對了，當然還有綾波零。她擁有一雙紅色的瞳孔，漠然而堅決，卻和整個世界那麼疏離，讓人無法走近。

——而我們要許久之後才知道，她其實是一個人造的女兒。

在充滿科幻意象的培育槽裡，她如一個嬰兒的姿態那樣，蜷縮在紅色液體之中，載浮載沉著。和同伴碇真嗣以及明日香不一樣，綾波零沒有任何可以回溯的童年回憶，從誕生之始，她就是一個少女。

但我和直樹一開始並不知道這些，猶自沉迷在聲光爆破的情景之中。身穿緊身戰鬥服的少年們，操縱著裝甲巨人，每一集都不斷和造型不同的使徒戰鬥。但我和直樹漸漸就察覺了，和以往那些日本機器人卡通不同的是，不管有沒有戰勝敵人，那些少年總帶著一種瀕臨末日、其實一切毀滅了都無所謂吧，那樣的絕望感。

然而為什麼，莉莉卡，當我們目睹整座城市毀滅的同時，其實也有一種不可告人的痛快？像是一張一張疊起來的撲克牌金字塔，或者相鄰站立的一萬個骨牌，花費了這麼多時日堆砌起來，原來只是為了推倒它的那一刻，心底浮現的無以名狀的快感？

又或者，我想起少年時沉迷一個叫做「模擬城市2000」的電腦遊戲，建造與毀滅如兩面對照的鏡子，相對而無盡地折射出我們的影子。

我總是站在這座城市繁華喧鬧的光景底，而想起這些。

直樹被他暴躁的父親怒打之前的一刻，我正在他家的客廳裡，埋頭玩著模擬城市。那時已快到了遊戲的終末，原本貧瘠空無一物的荒原，經過那麼多時日，如今已經是摩天大樓林立，十分未來感的城市之景。我推著滑鼠，以四十五度俯角一覽都市的全景，那些高架公路、公寓聚落、霓虹招牌和公園……雖然在低畫素的螢幕上那麼粗糙，眼前一切皆鋸齒分明，但對於那時不曾離開過小鎮的我來說，卻是對「城市」這個字眼最初的想像。

我曾經耗費了那麼漫長的時光，在直樹的家裡，點擊著滑鼠，一磚一瓦地建造一座虛構的城市。一直到直樹站在我的身後叫我，對我說：「喂，阿朔，你看我。」

我轉過頭去，愕然看著直樹。

眼前的直樹卻已經完全變成了另一個人。

一如許多年後，大瘟疫開始在這座城市蔓延時，我一個人待在困鎖的公寓裡，百無聊賴地看著電視正在播放一個過期的偶像選秀節目。那些素人歌手翻唱著曾經風靡一時的流行歌曲，像是為了召喚一個看似比現在更輝煌、更值得回憶一些的年代。他們站在舞台上，總是因為回顧了自己的成長經歷而輕易落淚。而我只能從其中一個唱歌的選手，額頭那掩飾不了的一道傷痕，而以為螢幕裡那個人或許就是我的少年友人。

十五歲那時，我常常放了學之後都跑去直樹的家裡玩。總是明亮而悶熱的下午，我騎著腳踏車跟在直樹身後，用力踩著日光下分明的我們的影子。直樹把校服從褲頭抽出來，衣角任風掀翻亂晃。我們經過老舊的街，兩邊皆是戰前的店屋。鋪口瑟縮在竹簾的暗影底。竹簾上的廣告早已褪色，有一種沉默而老舊的疲態，彷彿最燦爛的時代已經過去，但那時的我們卻太過年輕，而恍恍不知。

直樹家是開雜貨店的，店門口堆滿了餅乾鐵桶、罐頭和麻包米袋。直樹的父親永遠都坐在光照不到的暗處，穿著破爛不堪仍不換的背心，戴著一副厚厚的眼鏡，敲打著計算機。直樹的父親是一個沉默而嚴肅的大人。我總不確定他到底是在生氣還是表情本來如此。我隨便叫了他一聲「阿魯叔叔」，就低頭跟著直樹的腳步走進店裡深處。雜貨店充滿著鹹魚乾貨混雜著潮濕黴味的氣味，而我們必須要矮身穿過那些吊掛著的小報雜誌、廉價塑膠玩具和零食，彷彿穿過一座密林，上去二樓的木梯，才能進到直樹的家。

直樹順手從店裡偷拿了兩罐可樂，豪爽地拋了一罐給我。他脫了校服，只穿著白色汗衫。而我就待在他的家裡，和他一起看動畫片、玩電腦遊戲，常常如此虛耗一個下午。

許多年後，莉莉卡，妳已經看見，這幢老舊的店屋會隨著時間愈縮愈小，變成一個實質意義的繭。而那時直樹早已經和他的父親離開了這裡，搬到另一幢陳舊的公寓。直樹搬走那時，我們約了在小鎮的百貨公司見面。卻不知這次告別之後，我從此沒有再見到他。而至瘟疫爆發，漫長無光的禁制期間裡，所有人都只能蝸居在自己的屋子裡，足不出戶。

我們那時並不能預知這些。

但我仍記得當時第一次走進那幢老舊屋子裡，看見直樹的母親躺在那裡，而時間好像頓然停下，秒針震顫而跳不過去下一秒。

那時直樹家剛買了一台新的電腦，而我央求了直樹好幾次，去他家打遊戲。「586耶，那打遊戲就不會卡卡了啊。」但不想直樹卻拒絕了。他搬出了各種十分牽強的理由，不讓我去他家，而我們幾乎為了這件事吵了起來。「你不懂啦。」直樹負氣地把腳邊的一個空罐子踢得老遠。

直樹終於才說，因為他的母親生病，在家裡休養。

一如直樹所說，我那時候真的不懂。

一直到我終於跟著直樹來到了他的家，直樹伸手掀開布簾，我才明白直樹一再拒絕我的原因。直樹的母親此刻躺在幽暗的客廳裡，靠著牆的床上，像是被凝固在時間之格的一具標本。

我一進門就看見一個瘦削的女人躺在那裡，身體接著很多管子。她很瘦，臉頰凹陷下去，而嘴巴似乎無力闔起來，口涎牽成一絲，慢慢地滴到身上，在被單上漫漶成一灘漬印。

我一時錯覺了，接引到直樹母親的那些透明的管子，其實是正在緩慢地把那個身體一點一點地吮吸掉。所以她才那麼瘦。而且涼被下露出來的雙腿，似乎因為太久沒有運動，只剩下了枯柴一樣的骨頭，包覆在蒼白接近透明的皮膚底。直樹的母親把頭髮理得很短，而看起來她的頭和瘦削的身體變成了一種不合理的比例。那時我只聯想到，畫報上看到的，那個躺在床上等待被解剖的灰紫色外星人。她好像被禁錮在某一個時刻裡。她閉著眼睛，恍恍不知眼前現實。

那張病床占據了客廳裡最顯眼的位置，而讓人無法迴避。直樹說，因為房間太狹窄了，在客廳裡也可以讓媽媽聽聽電視的聲音啊。我才知道，直樹每天都必須為他母親翻身、按摩、換洗床單那些。「所以你幫你媽洗澡哦？」「是啦。」直樹聳聳肩說。

那張病床恍如只是客廳裡的其中一個家具。但那老屋的客廳其實也是一片凌亂。牆角放了一台老舊的針車，還擺了兩具光無衣物的假人模特兒。直樹說，母親在生病之前都在家裡幫鄰里車衣服，賺一點小錢。以前住附近的那些馬來女孩都會上門來，讓母親縫製過年的新衣。

如今的老屋其實一片昏暗，厚重窗簾緊緊地攏上了，隔開午後的光和外面的聲音。我隱約聞到無處不在的一種消毒水和尿騷混雜出來的氣味。

莉莉卡，那或許是我第一次那麼靠近一具故障的身體。那情景非常怪異，我和直樹在客廳裡打電腦遊戲，胡扯笑鬧，旁若無人。但直樹的母親確然還躺在那裡，燈光照不到的那邊，每一次呼吸似乎都用盡了力，胸部在被單下明顯地起伏。因為插著喉管，呼吸時會發出一種「嘶——嘶——」的怪聲，那像是有人在我們的身後，重複不斷地嘆息。直樹刻意把電腦的聲量開得很大，似乎想用遊戲的聲光，掩蓋住屋子裡的原本凝滯的一切。

往後，我們日日沉迷在電腦遊戲和動畫的光影之中。我決心要把模擬城市2000破關，而直樹似乎更喜歡一款叫做「美少女夢工場」的遊戲。那是一種從九〇年代冒現出來的「少女養成」的類型電玩。你可以在那些日系大眼睛的卡通妹子之中選擇一個，而你必須將那個十歲的小女孩養育成亭亭玉立的少女。遊戲之中你可以為她安排衣裝、訓練課程或興趣，把她打扮成你想要的樣子——呃，等等，那不是很像那種可以換衣服的紙娃娃嗎？只是更變態而已啊。直樹說不是的，其實重點在於——

你其實只是在塑造你自己而已。

我想直樹說的並沒有錯。在遊戲和動畫的虛構之夢中，彷彿讓我和直樹真的相信了現實自有一道時間的隙縫，可以讓我們暫時超越到現實的前面。但我們盯著螢幕，各種各樣的想像之中，卻總是隱隱伴隨著一陣沉重的揮之不去的嘆息聲。

那時我幾乎天天都到直樹的家。藉口一起做功課，其實在客廳裡玩模擬城市，常常如此就耗去一個下午。老屋裡的時間和現實有著巨大的時差。一開始我就選擇了一個遙遠的年代，從一條公路、一幢公寓開始，曠時廢日地把一座巨大城市慢慢建構起來。這個遊戲最令人著迷的是，你其實也可以從一種神的角度，從全景的視角慢慢拉近鏡頭，看見這座城市的細節，看見路人和汽車在你創造的街道裡穿梭，彷彿這座城市是真的活的一樣。

而後來我才發現，這個遊戲的目的，似乎並不只是為了建造一座虛構的城市，而是在城市發展到最繁盛的時候，做為造物主的你，其實只要按一個鍵，就可以召喚出大洪水、地震，甚至是怪獸或外星飛碟，看著它們在城市橫行，放火燃燒那些高樓，把你建造出來的一切都毀滅掉……

所以許多年後，當我看見這座城市被一場瘟疫突如其來地侵襲，所有人都躲藏在居所裡，隔絕掉各種的接觸和關係，而街道空無一人的時候，就想起了少年時玩過的「模擬城市2000」，以及那被按鍵暫停，無限延長的無法繼續下去的時間。

這個世界或許早已一遍一遍地毀滅過了，莉莉卡。妳將目睹死亡和誕生，像潮汐來去，像綠色的苔蘚，一整片枯萎死去卻只靠一枚孢子又可以整個族群復生再重來一遍。然而一定有什麼已經失去了。為何我們總如失憶之人，看著荒野上矗立的巨石柱，以及那些陶土上無法辨明的象形文字，而恍恍不知為何留下來的？

比如那些文明的碎屑，那些古老岩洞裡，自石器時代留下來的狩獵壁畫和手掌印。比如散逸了細節的千年故事，允許我們擅自增添更多的想像。比如《新世紀福音戰士》在一開始就揭示的末世場景，不知所為何來的戰鬥和犧牲。在熊熊燃燒的光焰裡，許多看不見的什麼，一下子就熄滅了。

但我仍記得我們出生而至成長的那個小鎮。那個小鎮並沒有如我們想像那樣，慢慢蛻變成一座城市。它更像是一個死去的蛹，時間停留在某一刻不再前進。那些才建造一半的大樓，那些猶掛著繁榮願景巨大海報的購物中心，還沒來得及建成，皆荒置在最顯眼的地點，慢慢變成廢墟。

我和直樹以前常常在老街上蹓躂，似乎騎著腳踏車就可以丈量整座小鎮的邊界。街上兩旁的那些中藥鋪、手錶店和洋貨店，以為永遠不會改變的，如今皆頹然老去。過了幾年，有些店面無人承租，從此空置，一道鐵鍊就鎖住了往日光景，再過了時日，竟有倔強的藤蔓從生鏽的門扉探出綠色的苗頭。相隔了時差，才可以看見推動齒輪的業力。而那已是我們離開小鎮多年以後的事了。

我記得那時我和直樹追看的動畫片，還是從街角那間叫做李貿易的租書店租借回來的。把VCD光碟片塞進電腦，可以聽見光碟高速旋轉的聲音。《新世紀福音戰士》一開始便預言了毀滅——二〇一五年六月二十二日，使徒來襲，人類瀕臨滅亡的邊緣。而少年們用盡力量一次又一次頂住了猛烈的攻擊。我和直樹曾經被那些巨人互相虐殺、城市傾倒的畫面所震撼。而直樹開始想像，我們終將面對的那樣的未來——

「二〇一五年的時候，我們到底幾歲？」

在那幽暗的屋子裡，螢幕的光流過我們的臉。動畫的片尾曲〈Fly Me To The Moon〉悠然唱起的時候，直樹突然轉過頭問了我這個問題。

「三十五歲啊。」我在心底數算了一下。

「幹，這麼老。」

「對啊，已經變成老人了。」

十五歲的我們那時確然對三十五歲這樣一個數字，一點概念都沒有。我們可以想像的大人身影，似乎都已經是頹萎老去的人了。三十五歲對我們來說，像是宇宙的邊界一樣遙遠，但直樹卻和我做了一個約定——

「喂，阿朔，使徒來襲的那天，我們要一起見證這一刻。」

不管那時身在何處，變成了什麼樣子，我們約好了，一定要一起看一看，整座城市被使徒毀滅的模樣。

而今天似乎一如往常，沒有什麼不一樣。我下了班就趕上擁擠的捷運，身上還是上班時穿的襯衫長褲。我站在行駛的捷運上，靠著車窗，想起的也只能是當時彼此年少的樣子，然而車窗的玻璃卻清楚地映照出一張疲倦的三十五歲的臉孔，重疊了過去和現在的自己。

我和所有人一起擠在封閉的車廂。車廂的人群如潮水湧進來又慢慢地散了出去。列車在地底穿梭，停停走走，泊靠在城市的中心。到站了，我搭上電梯從地心鑽出來，即是人潮熙攘的購物廣場。這裡是都心最高聳的地標，資本文明的摩天巨廈。從巨大的玻璃窗望出去，可以眺望一整片的城市夜景，彷彿站上了神的位置，像是少年時光玩過的電腦遊戲，俯瞰這座城市的燈火微縮成銀河星光，在腳下閃動，明明滅滅。我一個人站在那裡，看著遠方，尋索我亦不知道會不會出現的，使徒的到來。

就是今天啊。直樹，都過去了二十年，你還記得我們的約定嗎？

會不會只有我一個人記得啊，莉莉卡。

我記得有一次我和直樹在他家看《新世紀福音戰士》，那應該是第六集，屋島大作戰的時候。我們正看得精彩，卻聽見樓下直樹的父親在喊他。直樹用遙控器把畫面暫停，才聽清楚是他父親要他出去買東西。直樹對我說，必須要等他回來才可以繼續播。我說好啦，等你啦，就按下了暫停鍵，讓螢幕的畫面停留在靜止的一刻。

我一個人在老屋的客廳裡，無聊地翻弄茶几上的報紙。等了很久，直樹都沒有回來。當電視安靜之後，直樹母親呼吸的聲音就變得特別明顯。在整個空間裡，如風箱一樣充塞著「嘶——嘶——」的長音。我走向那擺在牆邊的床，看著那個陷入漫長之夢的女人。她看起來並不似直樹父親那麼蒼老，在額前繚亂的髮絲之下，長長的睫毛如羽葉，覆蓋著眼睛。而那雙眼珠似乎正在一場夢中，在眼皮之下不斷地滾動。

我看見她的手不知什麼時候從被子裡掉了出來。我想把被蓋好，提起了被單的一角，卻愕然發現在那張薄被底下的身體，原來什麼都沒有穿。

那是一具裸裎的身體，躺在床上，而且對這個世界毫無知覺。

莉莉卡，我不曾站在那麼近的距離，看著一副成年女人的軀體。像是不小心戳破了現實的薄膜，袒露眼前的景象，並不是3D電玩或成人影片那種一望即知的虛假感。我看見一雙大而垂扁的乳房，且肋骨因為瘦削而明顯地浮現出來，我甚至可以看見皮膚之下藍色的靜脈，以及，在視線最末端，像是海藻一樣，貼在肚臍下方的一團體毛。

我久久都沒有把手裡的被單放下。那被定格的畫面，一直到我聽見木梯的腳步聲咚咚響起，才又再開始流轉起來。

許多年以後，我似乎仍一直站在那裡，在購物廣場的服裝店門口，看著一個店員，正在為玻璃櫥窗裡的一個模特兒假人換衣。他就站在那明亮的燈光底下，無視我的注目，以及來來往往的路人，粗魯且用力地，把那個女人模特兒的衣服一件一件扯下來，任由那肉色的身體裸露在櫥窗裡……

我仍然在那裡等待直樹。

少年時不曾明白，以為什麼都不會改變，但是所有的諾言原來都會隨著時間變得愈來愈薄。不管怎樣，時間都會走到鈴聲響起的那一刻度。就是今天。今天使徒會出現嗎？我正站在這座繁華又破敗的模擬城市裡。我站在人群喧鬧的購物廣場之中。我站在搖晃行走的捷運上，被其他下班的搭客擠靠到門邊的玻璃窗，看著這座城市緩慢地自眼前流逝。列車走在高架的軌道，遠方的高樓大廈，那些巨大的辦公大樓、公寓和購物中心，那些橫跨過地面的高架公路，即是最典型的城市之景，在黃昏日光最後的餘暉底下，卻都變成一串平面的輪廓剪影。

十五歲的時候，我不曾想像過這樣的未來。中學畢業之後就離開了小鎮，到遠方的城市裡念書，之後就在這裡定居、生活，變成了捷運窗鏡上，晃動而模糊的其中一張臉孔。也許再拉近一點看才會發現，這樣景象原來都只是微縮成釐、鋸齒顆粒組成的畫素粒子。

少年時迷戀的那些動畫片、電影和電腦遊戲，一再為我們演示了一個一個不同的未來之景，那麼迷幻、頹敗而又真實——2001 太空漫遊、異形、銀翼殺手、AKIRA、攻殼機動隊……不知不覺，電影的未來時刻，那些標記了二十一世紀的年代，一再變成了現在，又一瞬間變成了過去。像是插在高速公路上的路標，原以為還很遙遠，一晃眼就已經落在身後，回頭也看不見了。

但那些預言都一一落了空不是嗎？其實什麼都沒有發生。

沒有空中飛竄的車子，沒有雷射槍和月球基地，沒有回到未來的時光機，甚至沒有人類踏足火星。那麼要如何去相信呢？眼前的城市景象，會一如我們曾經在螢幕上看見的，突然冒現出一個紫色的高瘦的裝甲巨人？那個紫色的巨人會以一百米衝刺的姿態狂奔，無視腳底的那些樓宇和高架橋，而將整座城市踩成稀巴爛……

其實我有點懊悔自己記起了和直樹的約定。早上虛浮的感覺延續了一整天，一如我在這座城市總是一種不甚踏實的感覺。

我一個人在擁擠的購物中心裡漫無目的地走著，心想這本來就是一個不甚牢靠的約定，像那艘漂浮在無垠星空之中的宇宙飛船，恍恍不知目的何處。眼前各種名牌的專櫃和門面，那些玻璃櫥窗之中，假人模特兒身上掛著折扣的紙板，燈光那麼明晃亮眼——

根本就不會有什麼使徒襲來。

我在人群之中漫無目的地走了一會，就想我應該回去了，迎面卻走來一群奇特的人。他們皆是年輕的男男女女，身上穿著動漫角色的衣裳。那些衣服都是精心剪裁、改造過的。超短的蓬蓬裙和白色褲襪，或者日本漫畫裡的那種校園水手服。還有人穿了一身鋼鐵人的鎧甲，比劃出發射激光的姿態，但仔細看那身上的行當其實都是用硬卡紙摺疊塗裝出來的。

那是一支延綿不絕的隊伍，在那購物商場之中格外地叫人矚目，而且隨著隊伍前進，閃光燈一路不斷地閃著。我不小心闖入了一場變裝的嘉年華嗎？還是商場主辦的什麼活動？我不由停下了腳步看著他們，而他們一點都無懼所有人投注的目光，並且還會應攝影師的要求，不斷擺出各種可愛的姿勢。

他們戴著顏色鮮豔的假髮，或者手裡扛著造型怪異的刀劍武器。當他們走近，你會發現在長長的假睫毛底下，他們連瞳仁亦可以換成別的顏色。濃妝的雙目，閃爍著你無法直視的妖嬈的光。

——恍若一群神祇降臨。

恍若我小時候在老街廟會裡，在那喧嚷而鞭炮亂響的情境之中，看見那些依附在凡人之身上的各路神明遊街。而眾人抬著錦花木轎，皆以一種恍惚而一路搖搖晃晃的迷醉姿態，走入這個破敗的人間。

莉莉卡，那是我的年代裡，一種叫做COSPLAY，可以把自己變成另一個人的方法。

從二十一世紀開始，日本動漫流行全世界，萌生了COSPLAYER的族群。少年們自成一種祕而不宣的團體。他們努力把自己打扮成鍾愛的動漫角色，而且講究一切細節。從頭髮的顏色而至護腕的材質。他們在人群之中，那麼自信地袒露自己的身體。但說來慚愧又哀傷，除了七龍珠賽亞人、美少女戰士、魔法少女小櫻這些老氣的角色之外，此刻即使他們站在我的面前，但我其實已經辨認不出那些時下最流行的動漫主角了。

但這不就是我們一直在嘗試的，讓自己消失的一種方式嗎？彷彿只要穿上某個角色的衣服，你就可以拋開原有的身分、名字和個性，換成另一張臉，完完全全地變成了另外一個人。

但是直樹，我們卻沒有趕上這個年代，眼前的皆是錯失。

在那突兀而怪異的隊伍裡，有一個美麗的少女正朝著我走來。她穿著一套藍白色的校園制服，領口繫著紅色的小緞帶，而水藍色的短裙下是一雙瓷白色的雙腿。女孩的短髮也是淡藍色的。她正在和身邊的朋友說笑。她走過了我的面前，似乎想起了什麼，又回過頭來，用一種嬌嗲的娃娃音說：「先生，不好意思，可不可以幫我們拍一張照片？」

我這時才看見，她擁有一雙紅色的瞳孔。我想起來了——

綾波零。是妳。

人造人。從玻璃培養槽出生的女兒。

未來世界的少女之神……

當年令我們目眩的想像和字眼，卻在這個年代變成如此浮泛，輕易地被一再複製出來。當我手裡拿著少女的手機（手機殼還是好可愛的亮晶粉紅色），拍下了她撐著下巴比「耶」的照片的那一刻，從那手機的取景框之中，我彷彿看見了多年以前相似的身影，自逝去的時間裡又回過了頭來。

莉莉卡，這就是我二十年以後再相遇了少女綾波零的情景。

那天，我沒有遇見直樹，卻看見了原本虛構的少女降生於現實。也或許，是我錯過了直樹。只是因為直樹如那些變妝的少年少女一樣，變成了我所不識得的樣子。一如我們已經褪下了校服，變成了我們曾經無從想像的大人。

我後來一個人搭著捷運回家。這座城市一切如昨，並沒有在我的眼前被巨型的使徒摧毀。然而車窗外那些高聳的公寓，卻因為幾年之後的一場大瘟疫，變成了一座一座空去的廢墟。或許就如那些預言，其實有什麼已經在這一刻啟動了。那無人知曉的時刻，齒輪開始喀啦喀啦運轉，而眼前所有的事物皆然倒數計時……

但我知道，只要在一切開始陷落之前按下暫停鍵，都可以再重來一次。

一如十五歲的我們躲在幽暗的客廳裡頭，偷看從租書店租回來的日本Ａ片。那還是需要通關密語，才能讓老闆從店裡深處掏出來的進口貨。掀開一道黑色的厚厚的布簾，像是進入了店鋪的密室，或是時空扭曲的黑洞，一排一排的成人影片VCD，拼湊成了一整牆的粉紅色。光碟封套上皆是我和直樹看不懂的日文，但只要走近一些，就可以看見那些欲蓋彌彰的女體，皆擺出誘惑的姿勢。

為了不讓樓下的父親聽見，直樹把耳機插在電腦上，分了一邊給我。我們手持著各自的耳筒，而頭靠得很近，像一條線把我們縫在一起。螢光幕晃動著肉色的裸身，間夾其實分不出來是哀號或歡愉的女人叫聲。而螢幕上的劇情已經播到後半段，女人被壓在男人的身體下，緊皺著眉頭呼喊。

我不住一直回頭去看身後，此刻正躺在床上的直樹的母親。

但直樹卻仍對著螢幕而目不轉睛。

「我其實不知道我媽是真的醒不來，還是只是不想醒來。」直樹說。

「也許她只是自己按下了暫停鍵而已。」

沒錯，莉莉卡，一如我們曾經玩過的每一種電腦遊戲，都設置了暫停的按鍵。只要按下PAUSE，時間就可以一直停止下去。所有的事物和動作，都會凝結在這一刻。

一如我曾經樂此不疲的模擬城市2000。你可以無限次數地暫停存檔，甚至一再回溯到城市毀滅之前的一刻。於是那些原本被洪水掩蓋的高樓，那些被幽浮雷射光燒爛的景物，皆像什麼也沒發生過一樣又重新聳立起來，所有居住在這座城市的人們，都以為剛剛只是做了一場夢——

只要再重新讀取上次存檔的時間，重現暫停的那一刻，就可以阻止這一切發生。

莉莉卡，時光將會重播一次，允許我們重新再做一次選擇。然而那不斷被我們重複了又重複的時間，會不會像是回播太多次的舊卡帶，磁帶變得愈來愈薄，最後終於失去了人類存錄的聲音，而只留下沙沙若夢的雪花噪聲？又或者，一如時間一再向我們證明的，即使徒勞地把石頭丟入湖中，一圈圈漣漪之後，湖水又會慢慢恢復成一面無瑕的鏡子……

就再一次，好嗎？

讓我們回到那幢老屋子裡，客廳仍開著小桌燈，在澄黃的光裡，十五歲的我坐在電腦前，正專注地建造一座虛構的城市，凝視著眼前的一切細節而忘卻了時間。我聽見直樹窸窸窣窣在我身後不知搞弄什麼弄了許久，但我沒空理他。直樹在我身後說：「喂，阿朔，你看我。」我連頭也沒回，只說：「什麼啦？」

「你看我啦。」

我轉過頭去，愕然發現直樹已經不見了。站在我面前的是一個平面如剪紙的少女。她穿著一件水藍色的校服套裙，而且一頭齊耳的短髮皆是水藍色的，在那幽暗的屋子裡似乎發出一種淡淡柔柔的螢光。她似乎想開口說些什麼，但我卻聽不見任何的字眼。我看著她，一雙紅色的瞳孔，那麼陌生又熟悉——

那不是綾波零嗎？

我一點都不明白，為什麼綾波零會出現在那個屋子的客廳裡。2D的動畫人物如何走進現實？而且那麼近的距離，我才發現她的臉非常蒼白，似乎從來沒有晒過陽光，讓她看起來像是一個平面的人。綾波零此刻就站在我一步之遙，她卻沒有再走近了。但我卻只能靜默地仰望著她，而不知道應該說些什麼。而我心底想的卻是，如果我此刻伸出手碰觸她的話，眼前那麼虛幻不真的身影，會不會像泡沫一樣，一瞬間就啵一下就消失？

非常緩慢地，她伸手將領口的紅色細緞帶，像是拆禮物上的蝴蝶結那樣，輕輕一扯就解開了。然後她把白色短袖襯衫的鈕釦，一顆一顆從上往下解開。而我終於看見衣服底下閃現的胸口，其實是白紙一樣的膚色……

可以了。

可以了，妳不必這麼做。

這時一陣用力踩著樓梯的腳步聲傳來，原本掩上的門簾，被誰掀了開。外面的光一下子就溢滿了幽暗的客廳，把一切都亮了起來。

直樹的父親從樓下走上來，闖進了客廳，在還沒有人知道將要發生什麼事的那一刻，他隨手拿起掛在椅子上的塑膠衣架，就往直樹的身上打。屋子遍地通亮，剛才的夢中幻景，似乎此刻才變回真實。我這時才清楚看見，那蹲伏在地上，正在用手臂抵抗著如雨鞭打的，原來並不是少女綾波零，而是直樹。

父親仍在不斷暴打著直樹，用顫抖的聲音問直樹：「你到底變成什麼樣子！」

我不曾看過直樹的父親如此暴怒，他一向是靜默而嚴肅的中年人，此刻卻換成了一張扭曲而青筋如蛇的臉，讓人懼怕。我聽見啪啪不絕的聲音，恍如在拍打著一個空無內容的布袋，但直樹的額頭正在流血，血從他半邊的臉汩汩流下來，好像永遠都不會停止。眼前的人影似乎都在激烈地晃動，我其實看不清楚直樹的表情，但我聽見他剛剛變粗的嗓音，嗚嗚地在哭，像是尖銳的什麼摩擦在玻璃上，一種粗礪而刺耳的聲音。

那塑膠衣架不堪如此擊打，在直樹的父親手中斷裂成了幾截。而盛怒的父親似乎仍然不肯罷休，舉起了書桌前的椅子，要砸向直樹。

停下來！

停下來，求求你。

整個屋子似乎正在傾斜，那屋子裡的所有事物都歪到了一邊。在那一團混亂之中，我伸手將原本玩到一半的「模擬城市 2000」，用滑鼠按下了暫停鍵。

原本正在川流不歇的畫面，一瞬間就停頓了。

整座城市也停頓了下來。街道上的車子、路人，閃爍的交通燈，以及被風吹晃的行道樹，皆凝固在暫停的那一刻。有一隻貓提起了牠的前腳，狐疑著久久不放下來。而在那個屋子裡，直樹的父親手裡仍扛著一張木椅子，卻凍結在那誇示的動作和表情之中。而直樹用手護著自己的頭。他的身體似乎變成羅丹石刻的雕像，石化的肌理，以及永恆抵禦著時間的扭曲的姿勢。而原本戴在他頭上的那頂淺色假髮，跌落在牆角，像受了傷的蜷縮著的一隻幼獸。

似乎連聲音都停止了。我再也聽不見直樹的哭喊，以及他的父親用力的喘氣聲。就連恆久躺臥在客廳裡的直樹的母親，也不再發出沉重的嘆息。

我再也聽不見任何的聲音。

一切都停了下來。時間於此不再前進。那無限延長的暫停時間裡，只有我可以自由地走在那框畫面裡，端詳著眼前的一切。那些原本無由修改的細節，如今允許我輕碰、觸摸。我在想著如何搬動或挪移眼前的現實。也許我應該拿走直樹父親手裡的椅子。也許我應該帶著直樹走出這個屋子，或者，我應該讓時間就這樣永恆地停在這一刻，而無須再分辨它是虛構的或是真實。

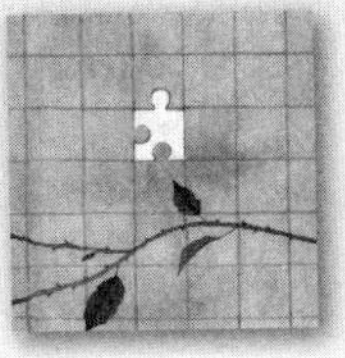

第六個房間

浴缸裡的維納斯

「啊！」

惠子突然背後一下刺痛，喊了一聲。美術課室裡所有細瑣的聲音，彷彿在惠子喊出那聲之後，一瞬間完全退遠。其實也不是因為劇痛，而是突如其來嚇了一跳，以為是被什麼東西咬了。惠子回過頭看，坐在後面的那個男生正在偷笑，手裡握著一枝故意削得很尖的鉛筆。剛才就是那男生用鉛筆戳她。

惠子這時才察覺，班上所有人都在看著她。原本在前面講課的小林老師也停了下來，轉過頭，問她怎麼了。惠子低下頭，什麼也沒有說。小林老師推了推眼鏡，看了看大家，又繼續上課了。鉛筆在畫紙上拉出線條的聲音，窗外吹過一陣風，把樹葉吹得沙沙作響。彷彿剛才惠子喊出的一聲只是秒針不期的震顫，齒輪只停頓了一下，整個世界又重新運轉起來。

「又是妳的啦。」

坐在後面的男生，笑著把一張摺了又摺的紙條丟給惠子。那紙團跌在畫紙上，上面歪歪斜斜寫著惠子的名字。惠子把那紙條打開，裡頭什麼也沒寫，只是用鉛筆塗成兩圈黑色。已經是第三張了。

三張紙條都一樣，被誰塗上了黑黑亮亮的一對圓圈，鉛筆的筆觸溢出邊緣，變成充滿鋸齒的形狀，像是黑洞那樣的一雙眼睛。

惠子望了望四周，沒有人接應她的目光。正是下午的美術課，同學的膝蓋頂著畫板，埋頭畫靜物素描。三、四十個人圍著一張小桌子。桌子上有幾個幾何石膏模型，擺在黑布上，還打了燈光，把白色石膏的亮暗，映照得更立體分明。

天氣又熱又悶，課室的外面有不知名的鳥類互相鳴叫。老舊的美術課室有明亮的玻璃百葉窗，但風總是吹不進來。古老的電風扇在頭頂上喀噠喀噠亂響，隨著葉片旋轉搖頭晃動。除此之外，可以清楚地聽見鉛筆在畫紙上摩擦，窸窸窣窣的聲音。

到底是誰呢，接二連三地把這樣不留字句的紙條傳給她。

惠子把紙條揉成一團，塞進裙子的口袋裡。她隱隱知道那紙張上黑色圓圈的暗示，以及無人認領的玩笑。惠子坐在靜物桌的前面。她今天特地早一點進課室，可以從容地找一個適合構圖的角度，不會被其他同學擋住。但她如今有些後悔，她似乎坐得太前面了，也許班上每個人都已經看到了。隔著薄薄的白色校服，其實什麼都掩藏不了——

惠子今天穿了一件黑色的內衣。

原本早上還套著體育外套，但是到了中午真的太熱了，惠子脫了外套，擱在椅背上。她一開始還沒有察覺身上的校服，從背後看真的太透了，浮現出深色的內衣肩帶。班上的女生有時會在校服之下再打底一件背心，但必須忍受三層衣物的悶熱感，即使這樣，仍隱約可以看出內衣的輪廓。那時候，女生的內衣都是白色或膚色的，不會再允許其他的顏色。因此惠子身上的那件黑色內衣，格外的顯眼，在整間課室裡，猶如一隻黑色山羊不小心闖進了綿羊的圍柵。

惠子低下頭，只盯著自己膝蓋上的畫紙。她才剛用鉛筆打了線稿，凌亂的線條擦掉了又畫過。圓柱體的光影是漸層的，必須花很多時間，從亮到暗把不同輕重的筆觸糅合在一起。還沒到下課時間，惠子聽見身後的男生們在低聲說著什麼笑話。他們交頭接耳，卻故意笑出聲來。惠子假裝不知道，鉛筆快速地來回在紙上塗抹著。她覺得自己其實並沒有做錯什麼，為何要難堪和委屈。

她只是覺得非常孤單。

畫畫其實也是一件孤單的事。雖然畫家死了很久，但我們依然可以從他們的畫作裡去理解那種孤單。小林老師說。

初三的美術老師從退休的老先生換成了小林老師，惠子才開始喜歡上美術課。小林老師會說很多美術史上那些畫家的故事，從此沉悶的美術課似乎也變得有趣了一些。初中仍在畫鉛筆素描，從石膏幾何物體，到蘋果和瓶子，要用不同號碼的鉛筆把它們一一描繪出來，沒有顏色，只有光影。

面對那些靜物，班上那些不自愛的男生總說：「又是靜物啊，好悶啊——」但惠子心底偷偷喜歡。她不曾告訴過任何人，她喜歡這樣凝視靜物桌上的事物，再把它們畫進紙上，那從無到有的過程。彷彿如此，終於可以自流逝的時間之中留住了什麼。為了寫實，畫畫的人必須捉住眼前靜物的所有細節——那些形狀幽微的不同，那些玻璃上的點點折光，細看之後皆慢慢浮現出來。

惠子也喜歡小林老師。小林老師才剛從美術學院畢業，戴一副細框的眼鏡，總是把襯衫塞得很整齊，乾乾淨淨的。他有一種其他老師已經沒有的熱忱和笑容。小林老師會讓班上的同學欣賞世界名畫的幻燈片。從蒙娜麗莎、戴珍珠耳環的少女，到一臉憂傷的梵谷……有幾次畫面閃現裸體的女人，那些討厭的男生就一起發出怪叫聲。但惠子卻想看清楚一點，那些留著幾百年前油彩筆觸的裸身，肌肉、乳房到髮絲的描繪，在攝影機發明之前，從畫家之手擬造的真實感，那種對「重現真實」的執著。此外，似乎還有一種她不太說得出、不很理解的什麼，待她要再仔細地看一看，那幻燈片卻忽暗一下，咔嚓一聲換成了下一張。

放學鈴聲終於響了，同學們都收拾了畫具，背上書包回家去了。惠子今天必須留下來做值日，她不急著離開，伸手把靜物檯的燈光捻熄了。

「白天不懂夜的，黑——」那些男生臨走出課室之前，還在惠子身後怪聲怪調地亂唱，偏偏要把那「黑」字故意拉得很長。

小林老師也看到了吧。惠子心想。

美術課室只有惠子一個人了。她把一張一張木椅子疊在課室的角落，然後拿了掃把，把地上那些橡皮擦碎屑，以及削了鉛筆的蝶翼一樣的木屑慢慢掃攏成一堆。此刻校園裡也沒什麼人了，遠遠有銅樂隊在練習步操，喊著口令。課室的桌上擺了幾個石膏頭像，凱撒大帝、大衛和維納斯。

小林老師曾經說過，這些雕像源自一千年前古希臘羅馬時期。一千年有多遠，那時的人類是什麼模樣，怎樣生活？說什麼語言？惠子沒有辦法想像。時間就這樣過去，只有那些靜止的雕像，抵住了風雨磨蝕，終究斷手斷腳地留存了下來。但不知為什麼，課室裡那些白色雕像們都是沒有瞳孔的，好似它們目睹過遠方和時光的消失，時間把它們的記憶都奪走了一樣。

惠子仔細端詳維納斯。維納斯有一頭卷髮，卷髮盤在頭頂上。那石膏雕像低頭看著什麼。不知是誰的髒手，在維納斯臉上留下了幾個灰色的指印。惠子想用抹布擦掉，卻好像不小心把原本的汙漬弄得更深了。

惠子想知道更多關於維納斯的故事，但今天小林老師沒有留在課室裡。

惠子輕輕關上了美術課室的門，上了鎖。也把幾何靜物，以及那些石膏雕像，鎖在傾斜的光裡。

放學回到家裡，整個屋子暗暗的，父親還沒有回來。惠子拉開了客廳的窗簾，讓傍晚的陽光照進來。對面的公寓很高，遮住了遠方的雲朵。今天的天空是粉紅色的。這樣的天色，惠子喜歡站在窗前，看著夕陽慢慢沉落到城市的背面。住在這麼高的地方，好似夕陽也可以看得久一點。時間慢慢過去，看去對面的公寓，都已經零零落落打亮了一窗一窗的燈光。

斜斜的陽光剛好照到客廳掛著的一幅畫。那是波提切利的《維納斯的誕生》，女神維納斯站在一個巨大的貝殼裡，一雙迷惘的眼睛，彷彿才剛剛從一場夢中醒來。她的長髮剛好遮住了乳房，手遮住自己的私處，而花神和風神都在迎接她的誕生。也許要再靠近一點，才看得出那幅畫其實是一幅很大的拼圖，由兩千枚小小的碎片組成的。也許沒有人察覺，那巨大的拼圖上不知為什麼缺了一枚，看似誰在那幅畫裡鑿出了一方小小的空洞。

窗外的陽光從維納斯的裸身上緩緩地滑走了。

波提切利的維納斯，和美術課室的那尊石膏雕像，是兩張完全不同的臉。惠子也想過，為什麼維納斯都長得不一樣。或許維納斯還有千百張不一樣的容貌，彷彿每個維納斯都擁有不一樣的故事。

惠子到浴室把校服脫下，對著鏡子，注視穿著黑色內衣的自己。下午被男生的筆尖刺了一下，似乎還有些刺痛感。惠子又轉身，想看背後有沒有被刺出傷口。她伸手向背後，黑色內衣肩帶的下面，卻徒勞地碰不到那處刺點。她想起下午在課室裡發生的事又沮喪起來。

但那件內衣其實並不是惠子的尺碼，它太大了。罩杯鬆鬆的，只能虛掩著惠子的乳房。那是母親忘記帶走的唯一事物。

母親離開的時候帶走了一切，卻忘了晾在陽台上的黑色內衣。惠子把那件內衣收了下來，塞在櫥櫃的最深處。有時她會偷偷地拿出來，伸手撫摸內衣上蕾絲的花紋。有時她會把母親的內衣湊在鼻子下聞一聞。然而內衣其實早已被清洗、晒乾了，只留下了洗衣精那種刻意而人工的香味。惠子已經忘記了母親身上的氣味。有時她連記憶中母親的樣子都有些模糊了，像是霧中鏡子，必須要伸手擦拭一下，才能重新清楚地看見那一張臉。

惠子反手把內衣解開，和穿過的校服一起丟進了髒衣桶裡。髒衣桶裡面還有父親待洗的衣服和褲子。惠子想了想，又把自己的內衣和校服從桶裡掏出來。不知從什麼時候開始，她把自己的衣物和父親的分開來洗。父親應該並不知道。母親離開之後，惠子負責清洗家裡的所有衣服，當然包括父親的衣褲。惠子轉過身，把校服和校裙丟在洗衣機裡面，按了開關，洗衣機注了水，轟轟轟地天旋地轉起來，像是一個巨大的漩渦，正把一切都吞噬掉。

公寓的浴室其實很窄，轉個身都要碰到這裡那裡。但浴室裡還是硬生生地塞了一個浴缸。惠子此刻光著上身，只穿著體育短褲。她蹲在浴缸裡，扭開了水喉，低頭搓洗著內衣。黑色的內衣上有細巧的鏤花，撫摸過去如柔軟的浮雕。罩杯之間還有一個小小的蝴蝶結，每一處都無不精緻。惠子輕柔而謹慎地，惟恐把內衣洗壞。她雙手捧著，沖去內衣上的泡沫，那件內衣在她的手上如黑色的茶蘼花。

溫水不斷從水喉裡流洩出來，慢慢就淹上腳趾，泡沫都蓋住了惠子的腳踝。大概浴缸的疏水孔又塞住了吧？惠子關了水喉，任由洗衣的髒水以一種很慢很慢的速度流失殆盡。她撥了撥累積在疏水孔旁邊的肥皂泡沫，看見一撮灰白的毛髮，堵住了洞孔。惠子知道，那不是自己的頭髮，那是從父親身上掉落下來的。

父親最近總是在掉髮，而浴缸也時不時就被塞住。惠子用食指和拇指鉗著那堆毛髮，毛髮吸了水而互相纏繞在一塊，垂在惠子的指尖，像是一隻已經死去的生物。她把那撮灰色的毛髮丟進浴室裡的垃圾桶。這麼多年了，浴室總有一種潮濕不散的氣味。而那個浴缸也早已從原本光潔發亮的純白色，變成了一種恍若什麼日積月累地沉澱下來，永遠都洗刷不去的淡黃。

惠子關了水龍頭。隔著浴室薄薄的門板，整個屋子仍然一片寂靜。

父親還沒回家。

惠子站在那泛黃的浴缸裡洗澡，洗衣機發出旋轉的噪音。她握著花灑沖洗自己的背，剛剛對著鏡子也沒有看見，這時卻從背後感覺到一處微微刺刺的痛。想是皮膚上那個被戳刺的傷口，被水浸濕了。輕輕的痛感，像是有什麼小小的蟲蟻正在啃咬自己。

溫熱的水氣漸漸把浴室的一切變得模糊，惠子抬起頭，覺得自己像迷失霧中一樣。水氣結在浴室的白色牆磚上，變成一顆一顆水滴。然而似乎太久沒人清洗，磁磚之間長出了黑色的汙垢。惠子記得小時候，在洗澡時，她會和父親在那面牆上，在磁磚縱橫的方格裡，用沾了肥皂泡沫的手指，玩圈和叉的井字遊戲。她和父親輪流在九宮格裡畫上圈圈和叉叉，父親永遠都先讓她。那是很簡單的遊戲，卻很難獲勝。她總是不服氣，要父親再來一局，沒完沒了。

水聲淅瀝。惠子有時候仍會想起以前的那段時光。

惠子從來沒有告訴過任何人，從沒有記憶的小時候開始，到十二歲那年，她都和父親一起洗澡。

那時候，惠子和父親一起坐在浴缸裡，坐在一池相連著兩人的水中。父親的髮，總是濕漉漉的，像退潮之後的海藻那樣，擱淺在遠遠的髮線上。浴缸裡的父親，彷彿不像日間的父親。裸裎的父親屈著身體坐在熱水裡，她可以清楚看見父親胸膛上，那些稀落的痣。父親脫下了眼鏡，眼尾的皺紋看起來更明顯了。在那霧氣氤氳的浴室裡，父親用一條毛巾用力刷著後頸，然後雙手搭在浴缸的邊上，長長地呵了一口氣。

十二歲的惠子屈著腿坐在浴缸的另一頭。父親轉身、舉手就掀起水波，漣漪蕩到她這邊，映照碎光滿臉。她的手指早已經泡得發皺，看著指腹都像是一顆顆乾癟的紅棗。從有記憶以來，她就這樣和父親一起洗澡。兩人在浴室裡花去半天時光，充滿呵呵笑聲。或者更早，她還在牙牙學語，看著浴缸裡的父親在浴缸裡歡快地打著肥皂，泡泡很快就浮滿了水面，那麼多，那麼地厚，父親隱沒在層層泡沫之中，讓她一度擔心父親終究會像肥皂那樣融掉。

小時候覺得大如泳池的浴缸，不知什麼時候變得那麼狹窄。

但父親似乎沒有察覺，這座房子到底改變了什麼。這幢公寓的房子，衛浴設計其實本來是沒有浴缸的。但新居裝修那時候，母親一直堅持在家一定要可以泡澡。「一個家怎麼可以沒有浴缸呢？」母親不能妥協。於是在原本就不大的浴室裡，父親只好硬生生把洗手台給敲掉，十分勉強地塞進了一個長方形的浴缸。

但如今父親已經極少提起母親。

惠子的童年印象，恍如浴室裡氤氳的水氣，母親漸漸退遠成一個模模糊糊的霧影。

但她還記得，小時候她曾經和母親一起在客廳玩拼圖。兩人坐在傾斜的光裡，惠子看著母親，而母親低著頭，專注地在那幅未完成的拼圖上。那時他們才剛搬到新的公寓，屋子空空的，說話都會有回音迴蕩。後來家裡慢慢增添了沙發、餐桌、櫥櫃……原本空白的牆，要掛上父親和母親的結婚照。結婚照裡頭的父親和母親，穿著筆挺的西裝和禮服，站在照相館的假樹和假草皮的樣板布景之中。那時候韓劇《冬季戀歌》流行了好一陣子，父親竟還圍著一條厚厚的圍巾。而濃厚妝容之下的母親，似乎努力撐開笑容。

父親把幾年前拍的那幅結婚照裱了框，母親卻說：「天天看著自己，那多沒意思。」隔日，母親和惠子就一起從百貨公司抱回來了一大盒拼圖。盒子上是一個裸身的女人站在一個巨大的貝殼上面。母親對惠子說：「妳看，維納斯女神漂不漂亮？」惠子並不認識畫裡的人物，但那盒拼圖對她來說如巨大的玩具。兩千片的拼圖嘩啦啦倒出來，堆成小山一樣，惠子高興地歡呼。

從那天開始，她和母親每天都坐在地上，埋首在那堆山丘一樣的拼圖碎片裡，像淘洗金砂一樣，不斷翻找，仔細端詳每一枚拼圖碎片。一枚枚碎片都長得很像——尤其是右上角的樹葉，以及花神的花裙——但仔細看，原來都是有些不同的。首先要拼出圖畫的邊緣，再慢慢地從邊框四周往內延伸。偶然找到幾個相連的，就先把它們拼好，再連接在那幅巨大的畫作之中。

惠子非常喜歡這個遊戲。原來每一枚碎片都有著自己的正確位置，不會重複，也不會有錯誤。只要從那些看似雜亂無章的碎片之中，找到彼此的關聯，如彩石補天，原本的一片空無就會慢慢補綴出天空、海浪和人的樣子。有時她甚至誤會了，那幅畫是由自己的手中創造出來的——而不是翻印自歐洲文藝復興時代，五百年前的一個畫家之作品。

許多年後，惠子在義大利的佛羅倫斯終於看到波提切利的原作，才知道那幅畫原來非常巨大，站在畫前而一眼都無法看完。所有的細節，包括油畫顏料歷經幾百年而龜裂的隙縫，皆讓惠子覺得自己恍如再往前一步，就可以走進畫中。

她記得小時候就曾經伸手觸摸過畫裡那些繁複的細節。年幼的惠子沉溺在那幅拼圖之中，她似乎樂此不疲。因為她知道，雖然曠日費時，但所有空缺的空洞都是可以彌補的，只是要花些時間把對的碎片找出來罷了。

當維納斯女神終於從虛無中浮現出來，都已經快過了三個月。

原本堆積如山的碎片，如今在盒子裡零零散散的。那幅一公尺長的拼圖，攤在地上，已經完成了十之八九。然而由惠子拼出來的部分愈來愈多，母親拼的卻愈來愈少。大部分時間母親只是坐在那裡。母親有時候會盤著腿坐在午後的客廳，望著地上那幅未完成的拼圖出神。惠子拿著一枚拼圖問母親，不知應該嵌在哪裡，叫了母親幾聲，母親才回過頭來，抱歉地微笑。母親摸著惠子的頭，順著頭髮又摸了好幾回。

「惠子喜不喜歡媽媽？」

「喜歡。」

母親想要抱一抱惠子，但惠子以為母親要搔她癢，咯咯笑著掙開了母親的懷抱。

那時候，惠子多麼期待把拼圖拼好的那一刻。但是那幅《維納斯的誕生》終於要完成的那一天，惠子才發現最後一塊拼圖不見了。

不見的那塊，就在維納斯的左下角，缺了一個顯眼的空洞。惠子心急，在客廳裡找來找去，盒子裡沒有，沙發底下、隙縫間也沒有。惠子翻找了整個客廳，她甚至擔心不小心掉進衣裙口袋，連衣櫃和浴室、廁所都找過了，就是唯獨缺了那一塊。公寓的房子並不大，為了尋找那小小的一塊拼圖，才覺得屋子看不見、搆不著的角落實在太多。惠子心底很難過，和母親花了那麼久的時間，如今那幅畫卻留下了一個洞口，好像永遠都沒有辦法填補回去了。

惠子沒有找到那最後一枚碎片。

母親離開了家。

母親離開家的那天，帶走了一切有關自己的事物。那些旅行紀念品、照片和衣服。只有浴缸帶不走，被永遠地鑲嵌在這個屋子內裡。沒有母親的屋子，日間總是攏著窗簾。父親如常一早就到公司上班，而惠子自己走到樓下搭校車。放學回來，惠子會從冰箱找些東西吃。她坐在客廳裡，把電視打開，任由卡通片的聲浪和晃動的炫光充滿屋子。

那幅拼圖終於還是框了起來，掛在為它留白的那面牆上。不仔細看，誰也不會發現缺了一小塊。惠子把窗簾霍啦一聲拉開，看著對面公寓的那些窗子。窗子裡有時有人，有時沒有。她耐心地等待父親下班回來。父親會和她一起洗澡，一如母親還在的時候那樣。

母親曾經笑他們：「感情這麼好，是不是前世的情人啊？」

父親輕輕揉著惠子的頭髮，推開了浴室的門。

那個浴缸像承載著一日潮汐。父親每天下班，總會先在浴缸裡放滿熱水，兩人洗了澡之後，那一缸混了泡沫的水，又慢慢地從疏水孔流掉了。潮起潮落，一日復又一日。

時間就這樣流失掉，惠子慢慢長高了。當惠子發現浴缸愈變愈小的同時，她發覺父親也變成了一個靜默的大人。

然而，像是履行著一種共同的儀式，即使母親不在了，一直到了小學六年級，她和父親每天仍一起擠在那浴缸之內洗澡。父親對著霧霧的鏡子說：「惠子，妳看。」惠子說：「看什麼？」父親說：「妳看，像不像畫裡的維納斯？」惠子看著鏡中模糊的自己，像融化掉一樣，站立在那個浴缸之中。如果她是維納斯，那浴缸就是浮在海面上的，那個巨大的貝殼。她想像，在霧中浴室，此刻有花神和風神在她的身邊，吹拂著她的髮梢，把美麗的小花不斷扔到水上，就像客廳掛著那幅畫一樣。

有時候她也錯覺了，那白瓷明亮的浴缸，就像是引渡她和父親的小船，雖然他們從來不知道這艘小船可以把裸身的兩人帶到哪裡去。

父親叫她轉過身來，為她洗頭。惠子背對著父親，她卻可以清楚感覺到父親的手在她的髮間、頭皮按撫過的觸感。順著髮絲，那雙手拂過她的脖子和肩背，她聽見父親輕輕地叫她：「惠。」她回過頭問，怎麼？父親要她緊閉眼睛，洗髮水的泡沫要跑進眼睛裡去了。她低著頭，卻仍睜眼看著自己像是菇菌冒起的乳首，以及那水面上，隨著波浪搖晃的臉的碎影。

她看著自己的裸身，總會想起母親。

母親穿著黑色的內衣。母親的內衣都是黑色的。

她曾經無意間看見，那不斷晃動的一抹黑色。那是父親如常上班的日子，母親陪她玩拼圖玩了一個上午。惠子躺在沙發上迷迷糊糊睡著了，從午睡夢中醒來的時候，母親不在身邊，地上是散落了一地的拼圖碎片。母親在哪裡呢？惠子看到母親的房間虛掩著。她從那狹窄的門縫間看進去，看見母親穿著黑色的內衣，被一個裸身的男人壓在床上。門縫很小，她看不見母親的臉，母親也沒有看見她。但母親的身體不斷地顫動著，似乎在忍受著什麼痛苦，發出壓抑的悶哼的聲音。

母親任由那個陌生的男人碰撞她，把床都搖晃得吱歪作響。男人的手伸進黑色內衣裡面，粗魯地捏揉母親的身體。惠子站在門外許久，彷彿中魔了而無法把目光移開。那時候，她只知道此刻絕對不能把房門推開。如果推開的話，那扇門就永遠不能再關上了。

那是她第一次看見母親的裸身。那件黑色的內衣，從肩膀滑落的肩帶，鏤花的蕾絲，晃動而不曾停止。

好像從那一天開始，惠子和父親一起洗澡的時候，總會想起母親晃動的身體。

剛剛上中學的時候，惠子仍穿著小學生那種棉質的白色背心。背心遮蓋著漸漸發育的少女胸部，像是薄薄的蛋殼，其實阻擋不住將要破殼而出的初生之物。班上的女生有的已經開始穿少女內衣了，半截式的，要從背後上扣的那種。從她們的白色校服看去，可以看見隱隱約約浮現出來的內衣肩帶，彷彿也是隱隱約約的一道分界，把女孩子區分成了兩個界線，蟲和蝶，成長和未成長之間的區別。而惠子還躲在蟲蛹之中，一點都不想出來。如果可以，惠子希望自己永遠不必長大。但是身體卻擁有著自己的意志。所以惠子習慣了駝著背，她想把從身體上凸顯的部分都遮掩起來。

父親並不知道這些。

父親也不知道，母親離開之後，惠子偷偷把母親穿過的那件黑色內衣藏了起來。

如果那一天她沒有把門鎖上的話……

那一天，惠子把自己鎖在浴室裡，脫了校服，把身上的小背心也褪下來。惠子看著鏡中的自己，微微隆起的乳房、那花苞未綻一樣的乳首。她嘗試穿上那件黑色內衣。那是她第一次把吊帶式的內衣穿在自己身上。她兩隻手繞到身後，對著鏡子，卻笨拙地怎樣都扣不上衣帶的小扣子。好不容易把內衣扣緊，但那件內衣似乎大了一號，掛在自己的身上，還有些鬆垮垮的。惠子把肩帶勒緊一些，她的乳房貼在柔軟的罩杯裡，像是有人懷抱著她一樣。

如同往日，惠子打開了熱水注入浴缸，水聲從浴室傳出來。霧氣慢慢地瀰漫了整個小小的浴室。惠子站在浴缸裡，有一瞬間，她分不出自己或母親在朦朧鏡中的疊影。

如同往日，父親會推開門走進浴室，在惠子面前，從容地脫掉身上的所有衣服，露出毛茸的胯下，霧氣裡一團黑黑的陰影。但那天不一樣。那一天，惠子把浴室的門鎖上了。她在浴室裡清楚聽見父親扭動喇叭鎖的聲音。她沒有為父親開門，父親也沒有敲門。從門底縫間，惠子看見父親的身影在門外站了一刻。不久，影子離開了門後，惠子聽見腳步走開的聲音，慢慢遠去了。

從此，浴室裡只有惠子一個人了。

惠子泡在浴缸裡，抱著膝，眼淚汩汩地流出來。她不是維納斯，也許一開始就不是。她只是拼圖裡缺掉的那塊碎片而已。

那幅畫裡誕生的維納斯，裸露在微風之中的身體接近一種永恆。時間彷彿被誰快轉了，跳過了所有成長的挫傷和細節——維納斯誕生的時候就是一個少女。她裸身站在貝殼裡，如一顆晶瑩而無瑕的珍珠，在風神吹拂的海面上，彷彿不曾擁有記憶，不曾知道她將要面對的命運。

但惠子知道，在她把自己的身體遮起來的那一刻，她就不再是父親的維納斯了。

惠子覺得非常孤單。

和父親一起洗澡的日子就這樣結束了。

隔著浴室房門，惠子聽見一串鑰匙搖晃的聲響，知道父親下班回來了。她並不想告訴父親今天下午發生的事。她穿了那件黑色的內衣去上課，結果惹來班上男生的嘲弄。什麼時候開始，她已經不會告訴父親這些。若有什麼委屈，惠子會把自己整個身體沉在浴缸的水裡，就什麼都聽不見了。耳裡只有嗡嗡低悶的聲音，惠子緩緩地呼一口氣，一串泡泡從鼻孔和嘴裡竄出來。

惠子洗好澡，從浴室走出來的時候，父親卻在沙發上睡著了。客廳的電視還開著，報紙上擱著父親的眼鏡。像是日間承受了太多疲累，睡著的父親呼吸很長，彷彿陷在很深的夢中。她輕輕叫喚父親，打斷了父親的鼾聲。但父親還是沒有醒來，惠子伸手搖了搖那副深陷夢中而沉重不已的身軀。

不知是否錯覺，父親好像愈來愈輕了。

許多年後，莉莉卡，如我們所能預知，這座城市將爆發一場巨大的瘟疫，住在公寓裡的人都把自己關在房間裡。時間像擱淺的鯨。惠子依然無處可去。她躺在床上，攏上了厚厚的窗簾而未知日夜。她偶爾仍會夢見晚年中風的父親，那副衰老的裸身，擱淺在浴缸裡的樣子。

父親在一缸混濁的水中雙手抱著膝，夢中安靜地看著她，什麼也沒說。如果那時候，沒有把浴室的門鎖上的話，父親也許現在仍然會為她梳理、吹乾濕淋淋的長髮，繫上孩子氣的雙馬尾，把她打扮成永遠的小女孩。父親會微笑而善良地說：「妳是我永遠的維納斯。」

她也曾想過，也許就這樣，自己真的可以變成一個永遠不必長大的人。

其實哪裡有永遠呢？

幾年以後，父親在某一天的下午頹然倒下，從醫院接回家裡已經是一副中風之後報廢的身體。惠子每天必須為中風的父親洗澡。她伸手探進浴缸，把塞子從通水孔拔起來，混濁的洗澡水還漂浮著幾朵泡沫，順著漩渦轉啊轉就流走了。浴室牆上的磁磚和鏡子蒙上了一層剛洗完熱水澡之後的霧氣。惠子坐在浴缸邊上，看著那一缸正在逐漸流失的水，伸手撩了擦，彷彿還留著父親的餘溫。不知什麼時候開始，父親洗過澡的水，汙濁如山洪黃泥，奶茶那樣的顏色，水面還泛著一層薄薄亮亮的油光。

每天給父親洗完澡之後，惠子都要把浴缸洗刷一遍，用一把塑膠刷子使勁地將那些沉澱在缸底的黏膩穢物刷走。總是一個人蹲在浴缸裡滿頭大汗洗刷的時候，看見自己的影子被日光燈拉在白色的方格磁磚上，心裡卻無比哀傷地知道，父親其實正在一點一點地融化掉。

父親癱在病榻上再也沒有力氣撐起身體了。剛從醫院搬回家的那段日子，惠子還努力地想把父親勸下床做復健運動，然而父親似乎陷入了一種自暴自棄的情境裡，竟連輪椅也不願意使用，一整天躺在床上，眼光光盯著天花板，任由時間虛擲而逝。

「你這樣，要怎樣好起來啦？」惠子有時失了耐性，一邊用力為父親擦臉，一邊負氣地對父親說。

父親似乎早已經在心底決定了什麼，以一種巨大的靜默和任性，拒絕了所有復健的方法和希望，日復一日任由惠子抱著上下床，重複著餵食、如廁、清洗身體的瑣碎步驟。

父親一聲不吭。

每一天早上，惠子盛好了熱水，先把裸身的父親安坐在浴缸裡，然後她捲起衣袖，也屈身踏進那缸死水之中。本來就狹小的浴缸硬塞了兩個人，顯得格外狹窄，幾無回身的餘地。父親駝著背，垂萎低頭。她用毛巾擦拭父親那布滿老人斑卻異常白皙的背脊，沿著肋骨下去是包裹著各種故障臟器的發皺皮囊，再下去，就是橫躺在灰色毛叢裡的，一隻垂死泛白的老屌。

她撫過父親身體的每處細節，像是在默讀時間留在粗糙樹皮上的密語。每一次洗澡都花去好久時間，當惠子抱著那具瘦削弱的軀體走出熱氣氳氤的浴室，總是自心底泛起一種虛浮的幻念，彷彿她正在懷抱的其實是一尾擱淺在沙灘上，嘴巴一張一闔呼吸困難的遠古腔棘魚——那種被時間遺忘在深邃的海底，歷經億萬年都不再進化或退化的史前魚類。

隨著時間過去，客廳掛著的那幅拼圖，一片一片剝落，卻也已經無人在意那些拼圖碎片的下落了。

一如父親也正在慢慢地融化。

每天惠子為父親洗身，都從父親身上抹出一缸褐黃黏稠的沉積物。那些從蒼老之軀褪下來的穢物，把原本白亮的浴缸都暈染成一層暗啞的泛黃色澤。她有時會恍惚錯覺，抱在手裡的父親身體彷彿每天都輕了一些。時日長久，愈覺得沉默的父親像是愈來愈輕盈了。一直到那天上午，惠子如往常一樣半蹲在浴缸裡幫父親擦拭身體，父親背對著她，一下一下地抖聳著肩膀。惠子以為浴缸的水太冷，伸手把熱水喉打開，回過頭，才發現父親像個委屈的孩子那樣，坐在浴缸裡嗚嗚地在哭。父親的臉皺成了一團，眼淚鼻涕從隙縫間漫湧出來。

惠子有些心急，起身想用毛巾替父親揩掉臉上的淚水，卻像不小心弄壞了還沒凝固定形的蠟像那樣，把父親的鼻子給抹下來了。

怎麼辦？父親正在融掉。

惠子伸手觸碰到的裸身皆如融蠟滴落。她只能無助地站在浴缸外面，看著父親屈就在浴缸的身體漸漸融解、崩坍，而至消失。也不知過了多久，一整缸濁水慢慢地流失，最後只剩下一堆灰灰白白的毛髮，堵塞在浴缸的疏通孔裡。

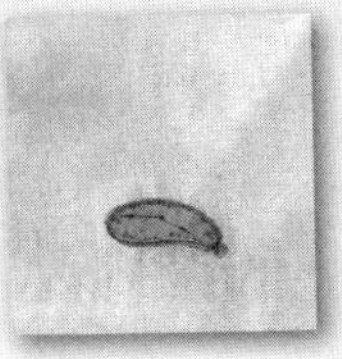

第七個房間

夏美的時鐘

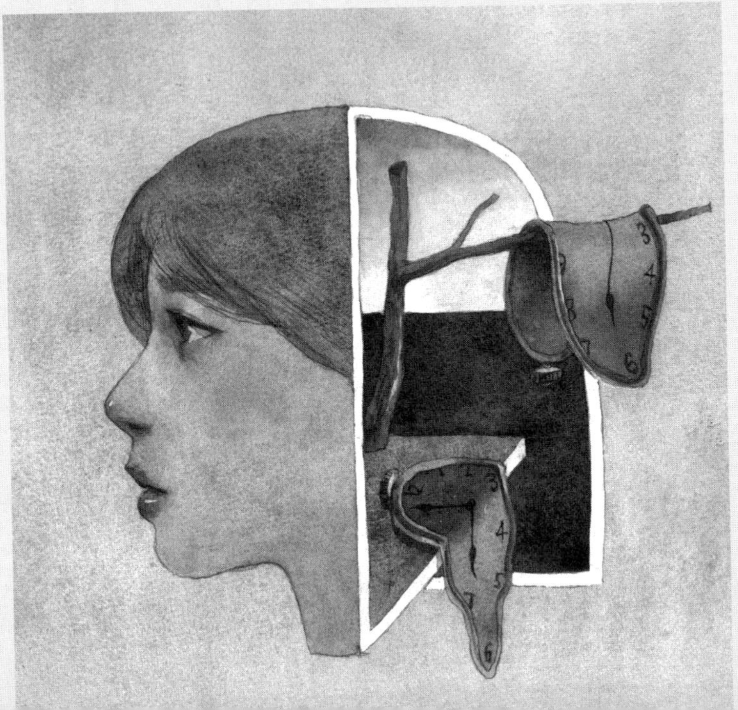

有什麼正緩緩流失，這讓他覺得，時間的轉速，在這個房間裡是不一樣的。

星野躺在夏美的床上，看著床頭上一串小LED燈，像是不合時宜的聖誕燈飾，又像是天空的星星那樣，不斷地在眼前閃爍著。夏美正在浴室裡洗澡。隔著一層玻璃門，他仍可以清楚聽見花灑的流水串串不歇。

那是一座時鐘旅館，門口掛著號碼的其中一個房間。外頭仍是下午，陽光普照的熱天。然而似乎為了掩飾更多窗外的細節，房間掩上隔光的窗簾，燈光也被刻意調暗了，一切都朦朧起來，彷彿有一種置身在幽暗洞穴中的錯覺。星野裸身躺在床上，此刻才覺得有些冷，卻找不到冷氣機的遙控器放在哪裡。他坐起身，看著腳邊的床單亂成一團，像是一座廢墟。他在凹陷的枕頭上發現了一根遺落的長髮。他恍恍仍有一種不踏實的感覺。

浴室傳來吱哦一聲，夏美把水掣關上了。夏美用毛巾包裹身體，從浴室走了出來，肩膀濕濕的，一頭長髮也沾了水，貼在背後。夏美對著梳妝檯的鏡子，打開了吹風機吹頭髮。星野坐在床上，卻隱約也可以感受到一絲暖風吹來，夾著洗髮水的人造香味。

「我們還有一點時間。」夏美把手機翻過來看，轉過頭對他說。

星野在吹風機轟轟的吹拂聲中其實聽不清楚夏美在說什麼。「還有時間。」夏美關掉了吹風機，又說了一遍。

對，之前都說好的——

「親，調情按摩、波推、有套吹簫、愛愛。全程六十分鐘激情享受。謝謝。」

星野的手機裡仍留著夏美回覆的訊息，以及隨後附上的兩張性感的照片。照片中的少女，穿著一件白色的校服，打扮成學生的樣子，卻伸手把領子而至胸口的兩枚鈕釦都解開了。然而現實中的夏美，此刻在鏡子裡的折影，卻和照片的樣子有些不一樣。這也難怪，現在手機的拍照APP，只要按一個鍵，就會自動把膚色調亮，去皺紋、去痣，放大眼瞳，縮尖下巴……結果讓每個人看起來都差不多，都像是一個假人。

他在手機裡一一掃過那些女孩子的照片。她們都把自己裝扮成慾望的商品。她們的身世被略化成名字、年齡、三圍和不同的國籍。

「我只是想要，呃，一個真人。」在預約的電話裡，星野說了自己唯一的要求。

瘟疫初始的時候，這座城市的時鐘旅館和摩鐵一度無人問津，蕭條、沉靜而至瀕臨倒閉。人人都害怕和陌生人的任何接觸，更何況是肉體和肉體的交接。後來不知什麼時候開始，業者以國外進口的矽膠娃娃做為招徠。在網站上寫著：衛生、乾淨，完全殺菌，阻絕任何病毒傳染——看起來多像是一則洗手液廣告。而原本網頁上的那些人類少女的照片，在一夕間都換成了矽膠娃娃的頭像。那些一比一仿真的假人，被穿上了人類的衣服，安放在一個一個房間裡面，避開了顧忌、道德和法律——

你看，雖然那麼逼真，但這些都只是成人的玩具罷了。

星野也曾經在不同的房間裡，像打開一個巨大的禮物那樣，解開那些矽膠娃娃領口的蝴蝶結，剝下她們身上的衣服，進入那些少女樣貌的人造之人。細看那些矽膠娃娃皆恍若真人，但她們精緻的臉上恆常帶著一種漠然的表情。她們不快樂，她們也不悲傷。她們彷彿脫離了現實，眼睛像是永遠看去很遠的地方。

他第一次和矽膠娃娃做的時候，想搬弄她們擺出不同姿勢，才愕然發現和想像中的不一樣，這些娃娃非常之重。他之前沒有想過，人類在床上的時候，會自然地用手腳支撐自己的重量，但她們不會。但她們也不會嘲笑你結束得太快，或者埋怨任何粗魯、不得體的動作。

她們任由你為所欲為。

在短短的時間裡，這些矽膠假人就迅速地不斷推陳出新。為了讓虛假更趨近真實，他們在那些柔軟的假人肌膚之上噴上昂貴的香水，且在體內看不見的某處裝上了簡陋的人工智能。這使得娃娃們在被擺弄成不同姿勢的時候，會同時在喉嚨深處發出：親愛的，好棒。快一點。不要停……這些簡單但不斷重複的句子。但即使如何地優化，星野仍分辨得出那帶著機械感的人造嗓音。他想起小時候（那已是上個世紀）有一種會說話的玩具人偶，只要拉一下背後的發條就會開口說：「我愛你」，那種恍若金屬摩擦的聲音。

明明知道眼前這一切都是虛假的，他還是一次一次打開門，進入了那些房間，不斷重複相同的動作。他一直想知道，所有的虛構最後能不能抵達真實呢？每次做完，在那矽膠柔軟的膣腔裡射出自己的精液之後，他仍會擁抱著那具無語回應、沒有溫度的少女軀體久久不放。他甚至開始和身邊的那具假人說話，告訴她生活的瑣事、煩惱，而至某些深藏心底的祕密。雖然預定的時間還沒到，但他躺在床上，卻不自覺一再去看那跳閃的電子時鐘。

他想裝作若無其事，但在那段安靜而疲倦的倒數時光裡，他總會感到一種巨大的空洞，占據了整個房間。

「我們還有時間。」夏美說：「雖然我們已經無處可去了。」

夏美吹乾了頭髮，爬上床，像一隻貓那樣，曲著背，把自己窩進了星野的懷裡。此刻，星野可以從鼻息和手指的觸覺，感受到另一個人類的呼吸，以及裸裎無遮的體溫。這是他久違的感覺了。雖然現在的矽膠娃娃已經進化到在膛內塞進發熱器，模擬出人類的溫度，但他清楚知道，那是不一樣的。也許不在於生物和死物的區別，而是源自同類之間，彼此共同擁有的某些屬於觸感的、嗅覺的，舌尖殘留的什麼。

房間裡的電視從剛才就一直開著，若有若無的聲量，閃動的光影拂過他們的肉身，他們的臉。電視上正在跳閃瘟疫確診者的數字，主播一臉嚴肅地面對鏡頭，而身後是不斷流動字幕的新聞畫面。螢幕裡的一群人穿著厚重的防護服，戴上鳥喙那樣的防護面罩，遠看而像一群烏鴉。軍隊已經在路口圍上了一圈一圈的鐵蒺藜，像是戰爭電影看到的那樣，代表危險和無法踰越。

然而在那個房間裡，星野和夏美彼此因為陌生而短暫無語的時刻裡，瘟疫似乎還在遙遠的地方。肉眼看不見的病毒，近乎虛構的隱喻，像一隻無形之手，拂過每個人的臉龐、深入了脾肺，而無人知曉。

星野任由夏美躺在身邊，有一搭沒一搭地聊天。他聽得出來，夏美的口音和本地人有些不一樣。柔柔懶懶的，而不是那麼起伏誇張的腔調。夏美告訴他，自己最不能忍受的是喝了拿鐵咖啡的客人——為什麼？你不知道哦？喝過咖啡和牛奶的嘴裡，會很久都殘留著一種非常噁心像是嘔吐過後的味道。夏美說，我真的沒辦法耶。最怕客人捧著星巴克的咖啡過來，又不能說什麼趕客的話，在床上的時候只好一直別過頭去，屏息著希望趕快把事情做完……

他微笑著輕撫夏美的頭髮，由髮而至卵石那樣的肩峰。雖然他知道，所有的故事都可能是編造出來的，包括「夏美」這個名字，甚至年齡和身世，在這個房間裡都是容許虛構的。但他卻非常享受此刻這種相擁卻毫無責任的關係，以及只為了打發時間而幾無意義的對話。

他知道夏美和他一樣，都不是真正屬於這座城市的人。他們只是在這城市裡租借了一個房間，在這個巨大的容器裡安放躺下的身體。夏美笑起來的時候，會微聳著肩膀。他們貼靠著彼此，像是兩柄疊在一起的湯勺。夏美的耳殼從長髮間露了出來，他忍不住伸手順著耳朵的輪廓摸到耳垂，那溫溫軟軟的部分，像是人類的身體獨有的，一種永遠無法模仿出來的觸感。

——這就是真實吧？星野心想。

也許，就是這麼一點細節的不同，就是真實和虛假之間的區別。

但他有時也分不出來，時間的過去和未來。一如這間時鐘旅館。夏美的生活就是在這個小小房間裡面，接客、吃飯和睡覺，永遠都不必走出房門。夏美總是把窗簾攏起來，彷彿這樣，這個房間就可以變成一個自轉的行星。這裡的時間的轉速和外面的世界並不一樣。時間只是電子跳閃的一分一秒。時間只是一再重複的光影。

「剛才我去便利店買東西，有個大叔竟然叫我表姐耶。」夏美抬起頭說：「我看起來有這麼老嗎？」

「他應該是認錯人了啦。」星野說。

夏美坐了起來。星野仍枕著自己的手臂，看著夏美線條柔和的裸裎的背。夏美盤腿坐在床沿，舉起雙手，把垂在背上的長髮熟練地綁成了一束馬尾。剛才做愛的時候也沒注意，這時星野才清楚地看見了，那原本掩蓋在長髮底下，一幅精緻的紋身。

那是一個時鐘的圖樣，鐘面刻寫著數字。但非常怪異的，那時鐘在夏美的背上失去了原有金屬的堅硬感，鐘面和指針皆軟化成扭曲的形狀，失去了時間的指涉。那幅紋身手工細緻而繁複，鏤刻在夏美白皙的皮膚上，浮起在頸椎之處，隨著夏美的一舉一動，柔軟地起伏。

「妳喜歡達利哦？」星野伸手撫摸著那時鐘的紋身，卻似乎觸摸到紋身底下，一些微微浮起的疙瘩。

「不知道耶。」夏美回過頭來，說，那是她以前去清邁玩的時候，讓一個老師傅紋上的紋身。當時只是覺得這軟糖融掉一樣的時鐘圖案挺特別的。

你知道嗎？星野說，有一個奇怪的畫家，留著一對如昆蟲觸鬚那樣的怪異鬍子，他的畫好像都是在描摹著夢境。比如大象長著瘦瘦長長的腿。比如時鐘，都變成軟趴趴的。像是未凝固的熔岩，可以扭曲成不同的形狀。所以時鐘失去了報時的意義，而變成一種軟軟甜甜的，好像可以一口吃掉的東西。

星野還想再說，他小時候一個人躲在百貨公司裡，讓所有大人都找不到的故事，夏美的手機這時發出了滴滴滴的鬧鐘聲音。

星野明白這是時間到了。像沙漏中的最後一顆沙子跌落彼端，留下巨大的虛無。時間在這個房間裡，是一種看不見而精準的存在。時鐘旅館的時間恆常以一種倒數的方式計算。而夏美的手機如時間之神的法器，掌控著每分每秒。短暫又漫長的六十分鐘已經過去了，故事和想像都到此結束。他起床，將一件一件衣物穿回身上，回過頭，夏美背對著他，反手扣上內衣的小扣子。他想了想，問夏美：「下個禮拜，妳還會在這裡嗎？」

夏美笑著，露出一雙虎牙。她拇指靠著耳邊，伸出小指，比了一個打電話的手勢，然後起身為他打開房門。夏美說，那你下次再告訴我多一點那個達利的故事。星野走出那個房間，突然想到什麼，回過頭，夏美卻已經把房門輕輕關上了。

走出時鐘旅館，星野才愕然發現，原本喧鬧的市街此刻只有他自己一個人，不知道所有人都去了哪裡。他獨自走在街上，像是不小心走進了一個虛構的都市場景。交叉路口也無一輛車子，而交通燈依舊依著固定的秒數由閃動的綠色轉成紅色。路上空蕩蕩的，失去了都市應有的聲音。但不知為什麼，他孤獨地站在十字路口，仍執意遵守交通規則，等待綠燈，等待可以通行的時刻到來。

莉莉卡，然而一如妳所看見的，疫情來得太快。病毒潛伏在空氣中的飛沫和彼此交換的體液之中，以等比級數的瘋狂速率在人類之間傳染開來。幾個星期之後，城市淪陷，街巷各處已經被黃色的封條封印起來。所有的市民都困陷在各自的房間裡再也無法出去。沒有人再回到那座時鐘旅館。那些貼著門號的房間之中，一個一個仿真矽膠娃娃仍安好地平躺在床上，睜大著雙眼，就這樣被人類遺忘在旅館裡面。也沒有人發現，其中的一個房間，還留下了唯一的人類。

夏美一直待在那個房間。當她終於察覺自己一個人被遺棄在這裡的時候，她已經再也無法走出這座旅館了。國界封閉。車站、機場此刻空無一人。而整個城市拉滿了警戒線，分割了疫區和安全地帶，分割了真實和虛構。而夏美就這樣被劃到了被遺忘的那一邊。

封城開始的那幾天，夏美一點一點地吃著房間小櫥櫃裡的那些薯片、泡麵和巧克力（原本標價都貴得要死），每天用電水壺接水煮開。她一直讓電視開著，收看報導疫情的新聞，或者電影台不斷重播的老舊電影。湯姆·漢克斯主演的那部流落荒島的影片都已經看了五、六回，幾乎熟悉了每一句對白。她覺得自己也像是被遺棄在孤島上的受難者，但她連一顆可以假裝同類的排球都沒有。

也許有的。夏美曾經在無人知曉的時刻闖入了那些無人的房間裡，原本只想找些吃的，卻發現床上仍躺著一個矽膠少女。她走近了床邊，那是她第一次這麼靠近去端詳那些安靜的人偶。但不知道為什麼，原本那麼精緻可愛的少女之臉，此刻卻有一種疏離而陌生的表情，讓人不安。夏美匆匆退出了那個房間，關上了門。有一瞬間，她意識到自己是這座旅館唯一的人類。會不會有一天，當她終於被人發現的時候，自己的軀體已經枯萎、乾癟，而那些假人卻抵住了時間，仍在稚氣的臉上保留著永恆的笑容……

後來，夏美索性連電視也不開了，晃動的畫面似乎讓人更加煩躁。她一個人躺在床上，在那間旅館裡安靜地生存著，數算一天一天的過去。她知道整座旅館此刻空無一人，但卻不知什麼時候開始，她不時會聽見隔壁的房間傳來拉動椅子或馬桶抽水的聲音。這是每座旅館皆那麼相似的鬼故事嗎？她其實並不真的害怕，只是好像已經分不出到底是真實或是自己的幻覺了。

有時候她甚至會覺得，躺在床單上的自己，有一種愈來愈稀薄、漸漸變成透明的錯覺。這時候，夏美會用髮夾的尖端，用力地刺戳自己一下，彷彿要這樣，依靠那刺痛，才能回到現實。

夏美想起紋身的時候，當針尖不斷刺戳著自己，那時好像真的就沒有那麼害怕了。

那時夏美和朋友們去泰國清邁玩，朋友起鬨著敢不敢一起去紋身。她們一起走進了那間紋身店，裡面躺著紋身的客人，一個年老的紋身師傅正低頭工作。照明燈光底，他的手指捏著一個如鋼筆那樣的工器，在那副肉身上慢慢地刻劃著什麼。那機器發出了像是牙科診所裡補牙的可怕聲音。夏美覺得好奇又有些害怕，店裡的四面牆都掛滿了大大小小的瑰麗圖騰。惡鬼和神祇，骷髏和天使，皆並列在那間紋身店裡，彷彿這裡容納了世間的所有善惡。

當夏美脫去外衣伏在那張平床，撩開了長髮，露出了頸椎，皮膚上浮現一個一個如月球背面的隕石坑那樣的疤痕。和周圍的膚色不一樣，那些疤痕是暗紅色的，坑坑洞洞浮出了表面，摸起來是一種凹凹凸凸的觸感。那是夏美小時候的事。但她仍記得，喝酒的父親總是為了一些小事而震怒。憤怒的父親會剝掉她的上衣，用火紅的菸頭在她的肩背上燙出一枚一枚烙印……

「妳不要怕。」老師傅這樣對她說：「我會把這些傷痕掩蓋起來，不會再讓人看見。」

在那間異國的紋身小店裡，夏美伏在那燈光耀眼的床檯上，而漸漸習慣了，針尖不斷在皮膚上戳刺的延綿不絕的痛。針尖戳刺在她背後的烙疤上，彷彿只有痛楚可以掩蓋痛楚，只有傷痕可以掩蓋傷痕。

如今夏美躺在一個人的時鐘旅館裡，卻想起了這些過去的事。她拿起手機，翻看過去的那些文字訊息，都是和不同客人約定時間的對話，那麼枯燥乏味。原本精確無比的倒數時間，於此似乎變得如霧渙散，失去了度量的必要，一如手機裡那些刻意擺出性感姿勢的自己的照片，變成蒼白而無意義。

像是把瓶中信投進了大海，或者引擎失效的太空船拍出求救信號一樣，夏美用手機向通訊錄的所有人傳去了相同的訊息——

「救我。」

「救我。」
「救我。」
當星野的手機響起了訊息鈴聲，他知道夏美還滯留在那裡。那座時鐘旅館。那個他曾經待過六十分鐘的房間。
但此刻他不能回去了。他躺在一張白色的病床上，罩著呼吸器，無法開口說話。他的體內被輻射光照出各處暗影，皆是因病毒蠶食而纖維化的部分。病毒此刻正在慢慢以他的身軀為食。而他和所有病患一樣，都被置身在那個由體育館匆匆改建成的病院裡。一張一張病床排列成巨大的矩陣，而四周皆拉起了隔絕空氣流動的透明塑料布。
那座時鐘旅館後來被發現是瘟疫的起始，核爆的原爆點，或者被打開了一道隙縫的潘朵拉盒子。逾期逗留的異鄉之人，從遠方帶來了第一枚病毒，於此繁殖、分裂，充塞在空氣之中，終於滿溢出來，像是匯集的雨點最後都流向了城市的各處。沒有人再願意回去那裡，任由那座旅館空置，慢慢毀壞。
沒有人知道，只有夏美還在那裡，成為了最後一個留守在時鐘旅館的人。
當星野回到時鐘旅館，時間像是被快轉過，眼前的一切已然變成了一座巨大的廢墟。
這裡原本是私鐘小姐們聚集的所在。陌生的男子會叩開特定號碼的房門，然後他們會在各自的房間裡，一起淋浴、做愛、再淋浴，而後低頭離開。一切都有步驟可循，省卻了情感進退攻守的部分。

許多年過去，時鐘旅館早已失去了原來的樣子，破敗而孤立在城市的暗影之中。已經多久了呢？當星野再一次走進那座旅館，自己的身體亦殘破如眼前的廢墟。旅館的電梯早已壞去，他沿著破落的階梯艱難地走上樓，廉價的朱紅地毯吸去了他的腳步聲。整座旅館潮濕而悶熱。他目睹所有事物都正在腐朽。不知名的植物盤踞了門窗，長出長長的鬚根。有一隻巨大的老鼠從牆縫鑽出來，又逃進了黑暗的角落。

星野吃力地攀爬了一層又一層樓，終於來到掛著門號的其中一扇房門之前。他伸手想要推開房門，但那門框浸過雨水而發脹，絲毫不動。他在塵埃之中咳嗽不止，用盡了力氣把門頂開，眼前的房間破敗不堪，如一尾擱淺的鯨的骨骸。原本完好的桌椅、梳妝檯皆然腐朽、搖搖欲墜；天花板湮出巨大的水漬，長出了黑色的黴菌。

夏美不在這裡。

她的床鋪凹陷成一個身體的輪廓，上面卻平躺著一個裸身的矽膠娃娃。那個矽膠少女有著一張柔美的臉，卻不帶著任何表情。星野走近看，想要仔細尋找原屬於夏美身上的那些細節。那臂頭上的痣，以及白瓷那樣的耳朵。他輕聲呼喚：「夏美。」但那個人造之少女仍微張著嘴，睜大著雙眼，一眨也不眨。

星野抬起了那具沉重的矽膠人偶，撩起人偶的長髮，露出白皙的背。沒錯，那矽膠人偶的背後，此刻仍然印著一幅扭曲時鐘的紋身。

有一瞬間，星野錯覺了夏美身上的時鐘開始轉動。由緩慢而至飛快，時間變成洪流，從夏美的身體每一處流洩出來，一下子就灌滿了房間。那些原本盤踞房間的植物，一瞬枯榮。黑色的黴菌蔓延、吞蝕了地板和牆壁。夏美的床鋪也塌陷下來，她失重跌在星野的懷裡。她的一綹如瀑的長髮間夾了許多灰白的髮絲。原本少女那樣發光的肉身，此刻亦變得粗糙，長出細細的皺紋和斑點……

對了，莉莉卡，妳還記得嗎？原本躺在毗鄰房間之中的那些人造之人，最後都去了哪裡呢？

那些被裝上了人工智能的矽膠娃娃，承載著人類的情慾之夢，受過人類任意施予的蹂躪和暴力。她們那麼善於扮演各種角色，在單薄的記憶體裡面存放了人類的醜惡和想像。會不會在那漫長的時光裡，在無人打開的房間之中，她們悄悄地不斷進化。也許到最後，她們擁有了做夢的能力。人造人會不會夢見電子羊？一如那些科幻小說所預言的那樣，在無人知曉的時刻，記憶體之中某個位元綻開了星火。她們睜開眼睛，目睹著一切發生，會不會漸漸模糊了真實和虛構的分界，而終於解開了自由的封印？

那座旅館變成了永恆的廢墟，沒有人把它推倒、重建，也沒有人再為它賦予任何的意義。那些水泥之柱一點一點朽壞，露出偷工減料的填充物。據說，許多年以後，若有人走進那座荒蕪的時鐘旅館，走在房間毗鄰的破爛長廊上，仍不時會聽見一些細微窸窣的聲音。

也許只是因為老鼠橫行，跨過了那些矽膠娃娃的裸身，觸動了什麼。也許只是單純的熱脹冷縮的物理變化，那些人造的矽膠娃娃，在無人的安靜時刻裡，會自己發出：「好棒哦」、「好舒服」、「不要停」……那些模擬人類的聲音。

她們彷彿傀儡掙脫了扯線，在荒蕪的時間裡，人類遺棄的夢中，仍在無盡的交歡和繁衍。

第八個房間

地下突擊隊

莉莉卡，妳是否還記得，那種雙腳無法著地的感覺？

那無光深處，任妳如何在虛空中甩踢，伸長了手臂，都碰觸不著邊際，彷彿置身在凝膠之中，分不清左右上下的無重力感。像是電影裡，太空人被甩離了母船，拖著一條長長的牽引帶，如斷線紙鳶，一個人絕望地漂浮在無垠星空。而整座銀河的星星，清楚地倒映在反光的頭盔鏡面上。因為心底認清了接下來的命運，隔著厚重的玻璃，那個人的臉上卻浮現一種靜謐且安詳的表情。

是那樣的感覺嗎？或者只是，每個人都殘留在潛意識之深處的記憶——那幽深而溫暖的所在，胎兒漂浮在子宮的羊水之中，尚未學會以肺呼吸，而僅依靠一條臍帶牽連著整個世界。是以當我們終於長大成為孤獨的個體之後，低頭看著一漥無從見底的池水，仍感到無以名狀的引力，卻又搓揉了一種深切的對孤單與幽禁的恐懼。

或許因為這樣，我一生都沒有學會游泳。

我還記得初三的時候，學期結束之後班上用剩餘的班費搞了一次出遊，全班同學搭了巴士到山腰的游泳池去玩。在波光映照中，我看著他們歡快地跳入淺藍色池水，翻騰、拍打出閃耀著日光的水花，而我猶豫許久才決定下水，忍受著寒意，一身雞皮疙瘩慢慢踩入池中。那時的我很瘦，脫去上衣之後，裸露的胸口可以清楚看見肋骨。我靠在磁磚鋪陳的岸邊，腳踩不著地，浮沉在氯水味很重的泳池裡，領受著他們不斷激盪而來的浪潮。

只有我不會游泳。我那時心想，在學會游泳之前，或許我應該先學會憋氣。我扶著池邊的梯子，深深地吸了一口氣，把頭埋進水中。水一下子就灌進了耳鼻。我瞇著眼窺看池底，磁磚縱橫的線條像活的一樣在眼前扭曲交錯，以及不斷晃過的他們的腿。

我記得，在那充滿了各種雜音和氣泡的水中，像收訊不良的螢幕畫面，我看見直樹被幾個男同學壓在水面之下。他們按住直樹的頭，故意不讓他浮起來，伸手拉扯他的泳褲。他們開懷地笑著，彷彿他們此刻只是在玩弄一具癟掉的充氣人偶，任意地擺布他、戳刺他。似乎只有我在那水池裡，目睹直樹被那幾個強壯的男生惡意地欺負。一串串的泡泡從直樹的嘴巴和鼻孔不斷冒現出來。直樹無望而持續地吶喊著，聲音卻淹沒在沸騰的池水中。

他們終於把直樹的泳褲扯了下來，遠遠地拋去池的另一邊。那紅色泳褲像一件垃圾一樣漂浮在水面上，隨著浪花愈漂愈遠。而整個泳池裡大家依舊玩鬧著，似乎沒有人發現直樹此刻赤裸而困窘地置身在池水中。那些男生已經游走了，只留下直樹雙手遮掩著自己的下身，彷彿只能永遠地困在那裡。

直樹把自己的身體深深地藏在水中，只露出了一顆髮濕的頭。他突然轉過頭看我。而我卻逃開了他的注目，沉下水面，假裝什麼都沒有看見。

對了，莉莉卡，我好像忘了告訴妳，許多年後，我收到一則舊時高中同學的群組訊息，才知道了直樹已經死去的事。

在無人知曉的深夜裡，他獨自在房間裡結束了生命。過去的同學們在手機裡紛紛回訊：

RIP。RIP。RIP。RIP。RIP……像是不斷跳針的回音。但我認得之中幾個名字，以前明明那麼肆無忌憚地霸凌那些他們看不順眼的同學，如今好像沒有人會提起這些。

我要如何想像，和我同齡的直樹，原本一起同步的時鐘如今時差已經愈來愈遠？我又如何想像死亡之前的剎那時光？能不能將時間無窮無盡地分割成最小數，而讓死亡的那刻成為永不可能達到的物理學悖論？莉莉卡，我只能憂傷地告訴妳，在我曾經身處的年代，一個人死去常常就只是一封轉發又轉發的手機簡訊那樣毫無真實感。

但那天，大禁制期還沒結束的那個晚上，我明明還在電視裡看見了直樹的身影。

我記得我一個人在客廳裡看電視，那其實只是一個沉悶的綜藝節目，以偶像選秀之名，任由主持人惡意地把那些穿著清涼短裙的少女練習生，輪流被關在一個矗立的透明氣管之中。那巨大的管子底處有一個風口，噴出強力的風，而足以把整個人的重量托在半空。我們在螢幕之外，可以看見女孩因為強風之力而漂浮起來，像是高空跳傘，在降落傘張開之前必須四肢張開的那樣怪異的姿勢。

雖然繫了安全索，但那女孩卻因為突然腳不著地，在透明的管子裡失重翻滾而嚇得大叫起來。那鏡頭不斷切換到安裝在女孩子頭盔上的主觀攝影機，以讓電視觀眾體會那種極像是整個人被塞進洗衣機裡頭，頭下腳上不斷翻騰的驚恐。女孩已經哭花了妝容，而主持人和其他貧嘴的評審來賓都站在那透明的管子的外面，猶自歡樂而訕笑著說：「哎喲喂，走光囉，走光囉。」然而電視機外的我們，看到的其實也只是一顆草莓LOGO，遮住了原本是小褲褲露出來的部分。

我因為激烈搖晃的鏡頭而感到有些暈眩的不適。當拿起遙控器想把電視關掉的時候，那個被吹亂了一整個頭髮的女孩，已踉蹌走出了玻璃管，拿著麥克風，強笑著向鏡頭問好。我才突然發現，雖然化了妝，但那女孩卻沒完全遮掩住眼角的一道疤痕。那依稀見過的臉的輪廓，濃妝底下的眼眉，以及尷尬時搔著左邊太陽穴的樣子，讓我看了許久，心想那個女孩會不會就是我的中學同學直樹。

我以為此刻的直樹，穿著少女的服裝，變成了那選秀節目裡頭的其中一個練習生。那個少女化了妝，留了及肩的中長卷髮，且胸口上還貼了名卡「Naoko」。她擠身在那群日韓系美少女之間，雖然比她們高了半個頭，但若不仔細看，似乎也分不出臉和臉之間的微小區別——據說那些少女的精緻五官不免都經過人工塑形。她們在舞台上唱著節奏重複的快歌，毫不掩飾地劈開大腿，揮舞的百褶裙牊短到露出屁股蛋。而歌曲結束之後，她們定格在一個設計好的隊形，在近攝特寫的鏡頭裡，少女們因為剛剛激烈唱跳，猶微聳著肩而喘息著。

那原來只是一個過期多年的重播節目，卻不明白為何原本的歌唱選秀會切入一整段的整人環節。每一週，節目都會讓觀眾投選支持的少女練習生。而經過每一集的無情的淘汰賽，留下的最後一個女孩，將坐上舞台最頂端的水晶寶座，恍若化身只能讓人仰視的少女之神。

那即是我的那個年代，神祇的誕生。

那個電視選秀節目火紅了一陣，後來卻被爆出排位名單造假的醜聞。原來電視裡那些少女時而雀躍，時而委屈流淚的煽情畫面，都是按照電視腳本的安排搬演，但那都是之後的事了。

那一刻，我想告訴惠子，妳看，那個叫Naoko的練習生明明是我的中學同學咧。但整個屋子裡卻靜悄悄的，只有綜藝節目的浮誇音效，以及罐頭笑聲和掌聲。然而不知為什麼，此刻卻彷彿隔了一層厚厚的牆，又如我仍沉在水底，耳中皆是一種悶住的回音。

但我想說的另一個故事，卻是惠子曾經告訴我的。

莉莉卡，若妳疑惑惠子的模樣，我會說，過去的她和現在的妳長得一模一樣。妳擁有一張複製的臉，如鏡中倒影。

而妳出生那時，已是妻不在場的時光。或許妳已經忘了這些。妳已經遺忘了那種雙腳無法著地的感覺，一如人類永遠無法捉住初生的那段時間。一如我曾經見過妳浮沉在封閉的培養槽之中，像是一個嬰兒那樣蜷縮著自己的身體。妳那時候聽得見外面的聲音嗎？當他們經過妳的裸身，竟有人如觀賞熱帶魚那樣，輕叩著玻璃，以為妳會因此睜開眼睛。

但如果妳此刻睜開眼睛，時間將會回轉到很遠的過去。妳會先聽見一陣急促、慌亂的腳步聲，在無限曲折延長的救生梯不斷地迴盪。然後妳會看見，一個渺小的身影，像木棉花從木枝脫落，下一瞬間就從那一層一層高樓之間墜下……

惠子總是在這一刻就驚醒過來。

十五歲的惠子看著周遭，恍惚才確定了眼前仍是自己的房間。那陣子，她經常做夢。夢見自己自由落體那樣從高處墜下。總是重複相同的夢境。以為不再想起，原來仍然無法忘記那次經歷。那時候她灌了一肚子水，身體慢慢往下沉，那無重力、看不見且聽不見一切的處境，其實很像太空漂浮，而不察覺自己驚恐害怕。

今天從學校回來一身疲累，惠子從床上坐起來，天色都暗沉了。掀開窗簾，似乎剛剛下過了雨，窗子玻璃上仍結著一顆一顆的水珠。這陣子總是下雨。她在睡夢中沒有聽見下雨的聲音，大概離開地面太遠，公寓裡的雨聲也是不一樣的。

屋子裡仍靜悄悄的。父親似乎還沒有下班回來。惠子擔心公寓樓下那些沒人豢養的貓們淋雨挨餓，從床底摸出了一包貓餅乾。貓餅只剩下半包，開口用一條橡皮筋綁住，怕漏風受潮。惠子身上仍是上學的白色校服，但裙子一回家就脫下來，只穿著短短的體育褲。她在短褲口袋裡塞了家裡鑰匙，就趿了拖鞋，叭噠叭噠走下樓去。

公寓的地面濕漉漉的，雨水尚未乾去，在石灰地上留下了一灘一灘如巨人腳印的水漬。惠子的拖鞋很滑，好幾次差點滑倒。她小心跨過那些水窪，對著雜草叢生的小徑輕聲呼喚：「喵，喵。」

惠子蹲下打開了貓糧，把一撮小餅乾倒在報紙上。她聽見身後似乎有人，回過頭去，看見是隔壁鄰居的孩子星仔。星仔躲在柱子後面，探頭探腦，問她在做什麼。惠子說，餵貓啊。小孩又問惠子，哪裡有貓？惠子說，要等一下，而且也可能是貓看到了你，就不出來。

夕陽把他們蹲著的身影都拉長。公寓後面的窄巷緊鄰著另一座還沒建好就廢置的建築物。深藍色的工地圍籬，長長地隔著幽暗的另一邊，但抬頭仍然可以看見那些裸露出來的磚牆、鋼筋和水泥階梯，都是灰色的。像是一座樓的骨架，尚未填充外殼和顏色。這座樓怎麼就一直擱置在這裡呢？一邊是光亮的樓層，一邊像是月亮背面的影子。再遠一點，即是住宅區的盡頭，這座城市的邊緣，一片綠色蒼蒼的叢林。

惠子的房間窗戶正對著空置的廢樓，看出去總覺得陰陰森森的。傍晚在小公園裡散步的老人們，信誓旦旦，說聽見過對面的廢樓有軍人操練、答數的聲音，一如那些情節都大同小異的鬼故事，毫無新意。但有一次，惠子在窗邊好似真的看見對面毫無遮掩的窗格上，有個人影站著。她不敢再多看，就把窗簾緊緊拉上了。

公寓樓下有好多貓，這是惠子在母親離開之後，唯一覺得開心的事。

那些貓日間就躲在柱子後面睡覺，或者伏身在兒童遊樂場的草叢之中。夜裡有時會聽見貓打架，尖銳的叫聲把睡著的人都吵醒。這裡的住戶大都不喜歡貓。如果看見貓，他們會跺腳揮手把貓趕走。他們說貓會偷偷鑽進屋子，偷吃廚房的食物。但平時那些貓住在哪裡呢？惠子也想過，也許為了避開人類的滋擾，入夜就棲息在那工地圍籬之後，那幽暗無光的另一邊。

惠子想養貓，說了好幾次，但父親不給。雖然如此，惠子會偷偷瞞住父親，到樓下餵貓。

常常放學之後，惠子就蹲在樓下許久，看貓吃東西，和貓說話。那些貓咪會避開粗魯、暴躁的人類，卻任由惠子輕輕撫摸牠們的頸背，從體內深處發出一種咕嚕嚕的低音。惠子為那些無人認養的野貓咪取名，黑白貓名叫 Oreo，大黃貓叫奶茶，彷彿這裡所有的貓都是她擁有的一樣。

「喵，喵。出來吃飯啊。」

惠子把貓餅一撮一撮備好，等待貓咪出現。遠遠看去，她和星仔兩個蹲著的身影，就夾在兩座高樓的隙縫之中。他們踩著自己的影子，模仿著貓的叫聲。天色欲暗未暗，陽光在天空的盡頭渲染出粉紅色。星仔是隔壁鄰居，念小學四年級，還帶了一支星戰光劍造型的手電筒，大刺刺插在腰間。惠子覺得十分幼稚，但又覺得星仔總是一個人，沒有玩伴，就由著星仔這樣跟著她。

貓咪好似真的認得惠子。從看不見的虛無處，一隻跟著一隻踮著腳步走出來。星仔高興說：「好可愛啊。」惠子責怪他說話太大聲，嚇了貓。一開始那些貓還防備著星仔，狐疑看他許久，後來有一隻稚齡的小花貓主動去蹭星仔的手。星仔說，原來貓咪是軟軟的。貓們低頭專心吃著地上的小餅乾，發出小小的咀嚼的聲音。惠子數算腳跟下的貓，向星仔一一介紹，數著數著，卻說，怎麼不見了軟糖和茶粿？

不想隔了幾天，又少了幾隻貓。

惠子開始有些擔憂，不知是否傳染病，還是發生了什麼事。她也曾經聽大人說過，以前對面的空地開始建樓時，工人寮裡頭那些印尼人和孟加拉人，會把路上無主的狗和貓捉來吃。怎麼吃？剝了皮剁塊煮咖哩啊。惠子原不相信，認為那是大人故意嚇她，此刻想起，心底卻有些惶惶的。

星仔說：「不如我們去找找不見的貓咪。如果生病的話，就要帶牠們去看醫生。」

但天色已經慢慢暗下來，趁著還有一些光，惠子和星仔沿著高聳的工地圍籬，呼喊貓的名字。那綿延的高牆，彈出一聲一聲回音。牆下長滿了及膝的野草，也無人整理。尖尖的草葉，和那些會黏人的刺籽，劃過惠子的小腿，有一種微微刺刺的感覺。但星仔似乎處在高昂的情緒之中，他搶在惠子的前面，彷彿想像自己正在探險一樣，即使還有天光，仍打開他的光劍手電筒四處亂照。

不曾想過那圍牆竟然這麼長，惠子走著走著，也不知道最後會不會有一個盡頭。再走下去，或許就是公寓後面，那一片不曾踏足過的叢林。惠子想，也許應該折返回家，卻看見星仔站在遠遠的那端，用力揮手，向她說：「快來看，這裡有一個洞！」

惠子走上前去，看星仔用手電筒的光指著鐵皮圍牆底，一處生鏽破損的地方，變成一個三角形的洞口。惠子想，或許那些貓咪就是從這個通道，穿過了牆，來來回回在這兩座樓層之間。只是那洞口的另一邊被茅草遮住，惠子彎下腰，卻什麼也看不見。惠子伸手接過星仔的手電筒，往洞口照，似乎晃過一雙明亮星火，如貓在夜裡碧綠的眼睛。

「貓在那邊啊。」

惠子矮身鑽進了那狹窄的洞口，星仔也緊跟著。如此就穿過了一層膜，到了影子的那一邊。

眼前一片荒蕪，那些裸露出來的柱子，那些空置的窗格，時間像是停頓在某一刻，什麼都未完成就已被匆匆遺棄；又像科幻電影中的末日場景，核爆之後一切都已蒸發，徒留一個巨大的骨架。走進那廢樓裡，幾束細細的日光穿過柱梁的間隙照下來，光裡都是漂浮的塵埃。

突然聽見一聲貓叫，惠子看去，一隻虎斑色的貓，併著腳蹲坐在階梯上，也在看她，然後又轉身從容地走下樓梯。逃生梯一直伸向地表之下，再看不見下面有什麼，只看見一段聳起蜷曲的貓尾巴，在他們前面緩緩而優雅地搖晃著，像是一個問號，又像是一個鉤子的形狀。

虎斑貓踩著水泥的階梯，一縱一跳地，消失在地下的樓層了。

要不要跟下去？惠子有些猶豫，倒是星仔躍躍欲試。他們依偎彼此，一步一步走下那座廢樓的階梯。地表以下漸漸幾無日光晒進來，竟有一些寒意，只有惠子手中一支小小的玩具手電筒，在幽暗中如一根刺探的銀針。整個地下的黑暗，此刻在微弱燈光下，變成一種深厚的灰色，像是在濃濃霧中，只能緩慢地前行。

長長的梯階，處處是水窪，似乎可以一直往下延伸到看不見的深處。走下幾階，腳底拖鞋總是打滑，再看剛才那隻虎斑貓已經不見了。惠子開始隱約聞到一種生果熟爛的氣味，或者因為空氣凝滯太久，那種老房子混雜著黴味和濕氣的怪味道。

他們扶著牆走下去，燈光晃到牆上，才看見不知是誰用深色的漆寫上了很多大字。惠子想，或許是附近那些馬來仔的塗鴉。他們都趁深夜無人的時候，用噴漆在荒蕪的牆上寫字亂畫。但再看又不是，因為牆上都是中文字，大大地寫著：「馬列主義萬歲」、「革命救國」、「解放人民」、「打倒萬惡殖民帝國」……惠子認得這些字，卻不明白字的意義。黑色的漆從那些粗拙的筆劃滿溢出來，流成一條一條筆直的黑淚。那些怪異而重複的字，密密麻麻地充塞在牆的各處空白。彷彿是有人用了很長很長的時間，在這裡寫字。

樓層的地下到底有多深？惠子用電筒往下照看，竟愕然發現波光粼粼，搖晃的水，把燈光反射在惠子和星仔臉上。沒有人發現過，這座廢樓底處原來是一灘深水。大概是連日雨水都灌注到這裡，日積月累排放不出去，早已淹沒了底層的停車場——變成了一個巨大幽深的池。

星仔隨手從腳邊撿了一枚碎石，往水裡丟，許久才噗通一聲，激起一圈圈漣漪，也看不出到底有多深。

惠子往下望去，搖搖欲墜。眼底下墨色的水紋，輕柔而細密如一個巨大的漩渦，似乎有一種魔力，要把惠子拉下去。惠子不敢再往水底看去。她想算了，先和星仔一起回到有光的地面再說。正想伸手拉星仔往回走，在黑暗之中，卻突然有人喊了一句——

「第六突擊隊，立正，看——齊！」

那粗糙而宏亮的人聲，如鈍而渾厚的刀，劃破一整片寂靜。惠子嚇了一大跳，差點弄掉了手上的電筒。

不曾想過這時候會有人在這地底之下。惠子把電筒照去那聲音的方向，在厚重的黑色帷幕之前，浮出了一個瘦削且長的男人身影。那個男人手舉在眉上，直挺挺固定著一個軍人敬禮的動作。他穿著一衣草綠色。衣服鬆垮、破舊，皺皺爛爛的。頭上還戴了一頂和衣服同色的布帽，帽上綴著一顆紅星。

但在手電筒的燈光裡，男子的眼神空洞失焦，彷彿看著惠子和星仔，又像是穿透了他們，看去他們身後更遠的某處。微弱的光把他的身影拉長到牆上，彷彿看起來更高瘦了。

而更讓惠子驚異的是，此刻那個男人的身後，恍如魔術地，浮現出無數的光點，一顆一顆點亮了起來，像夜空繁星——竟然都是貓的眼睛。

「鬼啊！」

星仔先喊，惠子馬上拉著他的手就往上跑。剛才下來的時候不覺得，如今曲折的梯階似乎怎麼踩也踩不完。他們不敢往身後看，深怕那個鬼會追上來。星仔幾乎要哭出來了，他緊握著惠子的手一直跑。惠子轉頭看他，沒注意到下一個梯級，拖鞋踩進一灘水漥，腳就滑了一下，整個身體往後傾倒。

那廢樓的逃生梯還沒安上欄杆，惠子滑了跤，就從樓梯掉落下去。凝固在惠子眼簾最後的畫面，是跌坐在地上的星仔，正低頭一臉驚恐地看著她。她伸手而什麼也抓不住。星仔的臉愈來愈遠了。夢中墜跌的情景，似乎又再經歷一次——掠過眼前的所有事物，因為速度太快的緣故，皆變成了筆直的線條，如身處蟲洞的入口，不由自主地只能一直往下掉落……

惠子不知道自己騰空在那無垠的灰暗裡，到底經過了多少時間。當她聽見一聲巨響，激起一朵巨大的浪花，已經掉進了地底下的那池死水之中。她在水中用力地划動四肢，掀起一串串的氣泡，卻止不住身體下沉。

當她奮力睜開眼睛，從水底深處泛起的微光，看見鋼骨水泥的巨柱的輪廓。那是這座廢樓的地下停車場吧，此刻卻像是電視中挖掘沉船或海底古蹟的那些紀錄片，那些石柱被許多藤壺、珊瑚和海藻層層覆蓋，而失去了原有的稜角，看起來一切都軟軟綿綿的。且奇怪的是，惠子此刻覺得自己並不因為憋氣而難受，彷彿她本來就可以在水底呼吸一樣。

但她仍一直地往下沉，漸漸看不見那些人造的建築物，然而水中並不似想像中的荒蕪一片，反而漂浮、滋長著各種生物。惠子甚至看見一整群如梭的魚群，密密麻麻地從她的身邊游過。也有幾隻體型較大的魚類，緩慢而優雅地擺動著身軀，恍若無視她的存在。那非常像是，她置身在水族館的玻璃箱，而那麼清楚地看著那些魚類的鱗片上閃動折光。然而下一刻，那些魚都突然向四處飛快竄逃，她回頭愕然看見，擁有巨鰭的長頸獸，挪動著巨大的身軀，正在捕食那些魚群。她看見各種她所無法叫出名字、身形奇異、顏色豔麗的水中物種，而心底恍恍泛起一個念頭——

原來這就是死後的世界啊。

惠子心想，也許只是因為自己其實已經死了，而不自覺走進了那幻夢的死蔭幽谷。水底的世界竟然遼闊而無有盡頭。隨著惠子陷落愈來愈深處，已漸漸不若剛才物種繁盛的喧騰，而鸚鵡螺、鱟、三葉蟲那些古老的甲殼類，從化石的拓印之中抽身而出。牠們在水中孵化、交尾、死亡，彷彿生生滅滅都是轉眼瞬間的事。

而混濁的水中慢慢浮現出各種半透明、發出螢光的微小生物，恍無目的地蠕動著無定狀的觸手，互相包覆、吞噬著彼此……

惠子一個人漂浮在那裡，緩緩地閉上了眼睛。

所以，那其實只是以一種時光倒退的方向，倒轉了億萬年間不斷誕生和消亡的整個地球生物史？

莉莉卡，或許妳是對的。我們終將回到這裡，從倒立的金字塔，回溯至錐角的原點。但請別擔心，十五歲的惠子終究會被救起來。我們可以看見星仔喘著氣，滿臉是淚，跑出了那幢荒棄的大樓，大聲地叫喚大人。當人們衝進廢樓，皆驚訝地底竟有一方深淵。有人自告奮勇躍入水中，匆忙把惠子撈起。救護車的紅色警示燈閃照著整幢公寓，許多住戶都撩起窗簾，不知樓下到底發生了什麼事。

回過頭看，天色已經完全暗了下來，剛剛停歇的雨水好像又要落下來。

這件事過了一年，惠子隔著窗，天天要忍受工地施工敲打、鑽牆的聲音，目睹對面荒棄的廢樓被重新改建成一幢光鮮明亮的新式公寓。

像是原本停滯多年的時間，嘎啦嘎啦地，複雜的齒輪又被轉動起來。她看著長長的機械吊臂，來來回回地為那座公寓添磚加瓦。那些戴著黃色工地帽的建築工人忙忙碌碌了好一陣子。後來公寓蓋好了，也慢慢住進了人。藍色的鐵皮圍籬終於也被拆掉了，從此再也沒有光亮和幽冥、過去和未來的分界。

惠子仍住在那幢公寓。有時候，她會躲在窗簾後面，偷看對面的公寓，那一格一格明亮的窗口，以及在之中生活的人們，卻總有一種不太真實的錯覺。只有她知道，她曾經走進那光的背面。只有她知道，那裡面曾經那麼荒涼而幽暗，地下停車場原是一漥深邃巨大的池水。

想起那時候，他們為了救人而闖進了廢棄公寓的底層，才愕然發現了地底下不知從什麼時候開始，住著一個馬共突擊隊員。社區裡的大人們議論紛紛了好一陣子，說起來都覺得十分匪夷所思。

要到那時，惠子和星仔才確定自己沒有撞鬼，那天看見的真的是一個人。

那些湧入公寓的記者，舉著相機不斷拍攝廢樓的照片，卻對惠子差點溺水的事似乎一點興趣都沒有。他們訪問樓下的那些無聊老人。原本都把鬼故事說得繪聲繪影的老人們，看見記者的鏡頭對著自己卻都結巴起來。後來報紙標題是這樣寫的：「被遺忘的最後一個馬共突擊隊」。「最後一個」四字還刻意用立體特效強調出來。一九八九年，馬來亞共產黨和馬國政府簽下《合艾協議》，結束了長達四十年的武裝游擊抗爭。那些被稱為「山老鼠」的馬共成員，那些長期困頓且漸漸頹萎、老去的突擊隊，零零散散地從隱身的叢林之中走出來，交出了手上的卡賓槍和手榴彈。那原本是惠子錯身而過的歷史，如今時間卻似乎突然錯置，把一個落單的隊員遺留在一座荒棄的樓層底，那幽深無光的地下。

時間在那幽暗的地底下，慢慢鈣化，慢慢凝固成水泥塊那樣的固體。那個高瘦、挺直的男人身影還刻印在惠子的腦海中，像夜中燭光，吹熄之後仍會在眼皮底留下一星殘影。他什麼時候開始蝸居在這座城市的地底之下？他到底在地底生活了多久？他一個人如何掩藏那些生鏽的軍火彈藥，等待革命抗爭的時刻再一次到來？

沒有人問出答案。因為孤獨太久，那個突擊隊員從地下走出來之後，一接觸到日光，就迅速地從一個年輕人的模樣，變成了一個頹萎的老人。

新聞照片中的那個男子，低著頭，看起來已經六、七十歲了，但一雙眼睛依舊空空的。他無法明白眼前的現實，數算不了日期（他仍習慣用尖刀在牆上刻出日子的更迭），恍恍不知時間流逝的方式。但若無人在旁的時候，他會突然立正敬禮，用蒼老的嗓子，引吭高唱：「東方紅，太陽升，毛主席是我們的帶路人……」

那個突擊隊員已經不正常了，所有人都這樣想。

只有惠子猜想，他可能只是執意留在那個太過理想化和戲劇化的年代裡面，如一個人漂浮在地表之下，永遠都無法著地。惠子想起那些密密麻麻寫在牆壁上的字句，激情的筆劃，卻恍如一種喃喃自語。但是到了最後，那些革命的字眼和口號，終於也只剩下了字眼和口號而已。

而雨水仍不斷地落下。

玻璃上一枚一枚站不住腳的水滴，把灰色的雨景變成融化一樣。惠子總是望著窗外，看見幾個小孩子跑在雨中，在小公園裡歡快地嬉鬧。他們赤裸著身體在雨中玩耍，張開雙臂，互相追逐，任由雨水把頭髮淋塌。他們仰著頭，張大著口接雨。孩子們都好高興，一直到被父母斥喝回家，四周才安靜下來。

那群孩子之中卻已經不見星仔的身影。或許是因為幾個月前在百貨公司裡，星仔失蹤了幾天的那件事，後來也沒人知道為什麼，星仔跟著家人都搬走了。臨行前，惠子特地送給他一個天行者路克的樂高小人偶。小人手中還握著一柄螢光藍的光劍。星仔把小人收進了口袋，揮揮手就是道別了。

惠子仍撐著頭，望著這座被雨水困住的城市。星仔離開之後，她似乎更孤獨了。她已經許久未曾在公寓樓下看見貓咪。她不免擔心，如果大雨一直下不停的話，那些無人認養的貓該怎麼辦呢？

惠子想起那時，她和星仔在地底之下，看見過無數的貓眼，閃爍如天上繁星。

當那個藏匿在地底的突擊隊員被帶走之後，沒有人知道為什麼，那些原本在公寓深處棲居、繁衍，無所不在的貓族，一夜之間，竟然全部都隨之消失了。

彷彿為了再一次躲避什麼，所有的貓都踮著腳尖，踩著虛空，無聲無息地，遷徙到了這座城市的背光處，那無人可以伸手觸及的，更深更遠的地方。

第九個房間

諸神黃昏

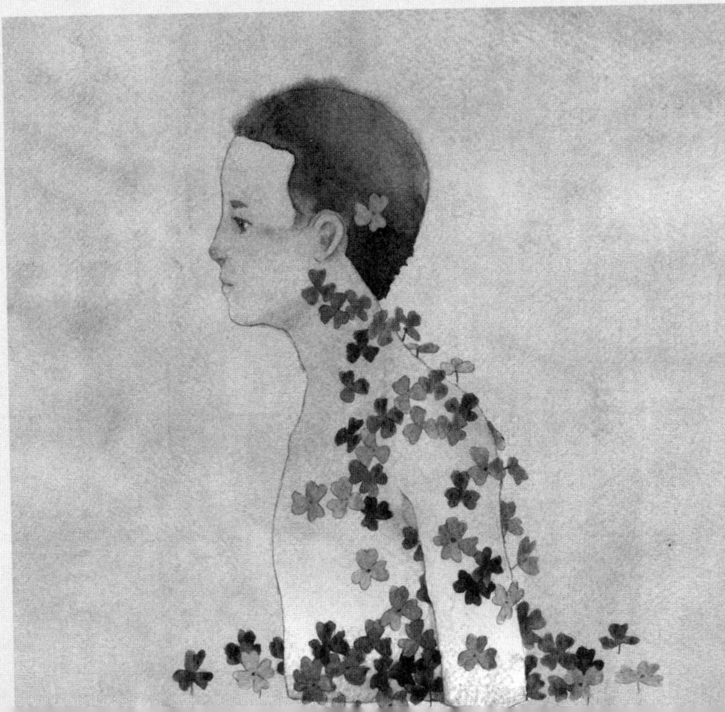

為什麼要那麼費力地，剔骨割肉，把自己變成另一個人呢？

阿魯老人想不通。

老花眼鏡流轉著光，阿魯老人推了推鏡框，仍盯著手機。已經是黃昏了，斜照的夕陽穿過玻璃窗，平鋪在地板上。老人沒有起身把窗簾拉上。他覺得讓屋子晒一晒也沒有什麼不好，而且再過一陣，陽光就會一下子被對面的公寓遮住了。阿魯老人坐在一張老舊的懶人椅上，獨自沉浸在一日餘暉之中。陽光沉落了，但天色未真正暗去，而是灰燼餘溫一樣的色調。手機螢幕兀自發出濛濛白光，像是那屋子裡唯一的出口。

阿魯老人在手機螢幕上劃了劃，切換成一個房間的畫面。那是隱藏攝像鏡頭記錄的此刻，以看不見的電波連接著阿魯老人的手機，刻記著一分一秒。

一幕靜滯的房間裡面，時間彷彿不曾流動，但仔細看，屏幕右上角嵌著一串計時的電子數字，一秒連接一秒地跳過。鏡頭以四十五度俯視著房間裡的一切——像是神明自雲端俯瞰人間眾生的角度。咳嗯，他清了清喉中濃痰，咂著嘴，看見兒子直樹還在房間裡面。那個房間籠罩在一片不自然的晃亮之中，所有細節因為像素不足而顯得模糊。

直樹背對著鏡頭，埋頭在一堆布料之中，不知在縫補什麼。

自從搬到這座老公寓，直樹就蝸居在房間裡而足不出戶，到底在幹什麼呢？阿魯老人始終不明白，把剛才的錄影畫面又再回轉了一次。恍惚一日將盡，但他的手機如時間的權杖，可以任意將眼前的一切重播、快轉，甚至可以召喚現實中逝去的昨日。

阿魯老人身上恆常一件鷹塔標的泛黃背心，寬鬆的條紋睡褲垂在腳跟上。他摘了眼鏡，任手機熄了。入夜之後的老舊公寓依舊有一些悶熱。白天日光晒進來，到了晚上仍餘熱不散。一如往日，他打開神檯抽屜，數算了一束香枝，為神檯上那些神情各異的神明上香，然後是列祖列宗，又蹲下身，把香插在五方五土的陶爐裡。

神檯上擺滿了各路神像，觀世音、大伯公、關帝爺、彌勒佛、三太子、泰國四面佛……大大小小的神仙的塑像，擠滿了客廳的神檯。太子爺的神像還多出了兩尊，皆腳踩風火輪、手執乾坤圈，而那張少年的臉被長久的香煙熏成墨色。這些神像都是以前父親不知從哪裡撿回來的，有些還缺手缺腳，破損的地方，露出內裡空心。

有一段時間，年邁的父親常常從外面撿回那些被人遺棄的神像，說是不忍心見無主神明受風吹雨淋。阿魯老人曾經見過父親在清晨從外面回來，在晨霧中浮現身影，雙手捧著一尊破敗的三太子瓷像。父親的目光渙散而遙遠。父親仍在找尋失蹤的哥哥。彷彿從那時開始，父親已經分不出現實和想像的邊界。

那些來歷不明的神像愈積愈多，原本都擺在老街的雜貨店裡，許多年後，阿魯老人繼承了那間雜貨店，也一併繼承了那些神像。兩年前從舊家搬來這座公寓，那些神像塞了兩個大的紙皮箱，他和直樹抱著紙箱，汗流浹背，走上五樓漫長無際的階梯，一步一晃蕩，神像們在箱子裡哐啷哐啷作響。

父親如今瑟縮在小小的神主牌裡頭。那寫了家族姓氏的薄板，將來也會是阿魯老人的歸宿。輕煙繚繞之中，狹小的屋子充滿了一股香火氣味。阿魯老人走到餐桌邊，斟了半杯茶水，站著喝完，把搪瓷杯子倒扣在托盤上。清早煮滾的茶過了半天早就涼透了，他把壺底剩茶倒去水槽，又把下午打包的飯菜在鑊裡蒸熱了。他勺了一半，留下一半。蒸過的菜餚綿爛而無味，他埋頭胡亂吃了。

客廳裡只有老人孤單身影，兒子直樹把自己藏在房間裡，要待深夜老人入睡，才會悄悄走出來，把老人特地留下的那些飯菜吃掉。兩人已經許久不曾對話。妻子過世之後，阿魯老人決定把生意慘澹的雜貨店收了，把住了幾十年的老店屋盤出去，換成了拖欠的醫藥費。他和兒子直樹一起搬來租賃的老公寓，但直樹卻幾乎一整天都躲在房間裡。他終於想了一個辦法，偷偷在房門的通風孔塞了一枚看不見的針孔攝像頭。從此他可以穿過房間的牆，從手機的螢幕上看見兒子的一舉一動。

阿魯老人坐在懶人椅上，看過八點華語新聞，卻看不下接著播映的連續劇，又打開了手機。從什麼時候開始的呢？每天晚上，阿魯老人就一個人坐在客廳裡，看著針孔攝像頭記錄的畫面而忘卻時間正自身後恍恍流失。那張懶人椅也是從老家搬過來的，曾經擺在店鋪裡多年，早已老舊不堪。屁股底下原本繃緊的塑膠繩日久都疲乏了，漸漸撐不住他的重量，一坐下去就深陷其中，爬不起來。他不由得要弓著背，隔著厚重的老花眼鏡，窺看兒子如一隻被豢養在玻璃箱裡的蟲蛹，安靜匍伏在枯葉堆中。或者，那其實更像是他和兒子直樹之間，一道跨越不過的時差。

阿魯老人習慣了在夜裡重播直樹白天的作息，窺看他日間在房間裡的一舉一動。如今他幾乎閉上眼都可以辨認兒子房間裡的所有事物，像一面撫摸過無數次的浮雕，清楚各處幽微的摺紋和光影。直樹房間總是凌亂無章，雜誌和漫畫書散落在地上。牆上貼滿了日本動漫的海報，床鋪總是皺褶如浪，被單揉成一團也沒鋪好。

房間一角還擺放著一台老式的針車，鏤花的鐵架、踏板。那是妻子遺留下來的，似乎是阿魯老人熟悉的唯一的事物。

阿魯老人和直樹永遠相隔著一道房間的牆，那樣無可觸及彼此的距離。

屋子裡的隔音並不好，阿魯老人在客廳裡不時可以聽見直樹在房間裡開著音樂，或者拖拉椅子的時候，椅腳刮到地板的聲音。那麼靠近，卻是他無法進入的結界。

這裡無法進入，莉莉卡。我們伸手卻無法扭動那長滿銅綠的喇叭鎖。有些房間，我們永遠都沒有辦法進入。任妳用全身的力量去撞擊房門，或者像神偷電影那樣用髮夾掏弄鑰匙孔，皆然徒勞無功。但如果等待周遭安靜下來，妳貼著牆壁，仍可以聽見窸窸窣窣的，如電波雜質的聲音，從房間裡面傳出來。

一如阿魯老人此刻想起，許多年以前，他也曾經如此側耳傾聽著隔壁房間的動靜。

那時父親為了阻止哥哥加入馬共游擊隊，而強行把哥哥鎖在隔壁的房間。那已是幾十年前的事了。但阿魯老人仍記得每天晚上，房間裡的哥哥，如一隻困獸一樣，大力搥打牆壁，發出讓人懼怕的嘶吼聲。阿魯老人那時只是少年，在夜裡用枕頭掩著自己的耳朵，仍無法遮蔽從隔壁房間滲入的聲音。哥哥就這樣在那老屋裡被關住了一整年。也許父親當初也沒想過，那個充滿了破綻、裂縫處處的房間，其實什麼也關不住。

那段日子，年老的父親常常陷入一段恍惚，要呼喊幾次才能把父親從茫茫虛空之中叫喚回來。也是那時候開始，父親一個人在清晨出外散步，從外面撿回來人家不要的神像。

阿魯老人至今仍不知道，哥哥後來去了哪裡。

許多年後，一場瘟疫蔓延到國境之南，阿魯老人從電視新聞上看見那些在對岸的島國工作的人，因為國境封閉而再也無法回家。他們隔著一道狹窄的海峽，遙望對岸的家人。為了能讓親人看見自己，他們穿上顏色鮮豔的衣服，站在海岸邊大力地揮手、呼喊。但那幕畫面裡，所謂的至親，因為距離的關係，其實也只是幾枚豆大的身影，遙遠得看不見彼此的臉孔和表情。

而直樹卻早在瘟疫之前，就選擇把自己困鎖在那狹小的房間裡。

阿魯老人總摸不透這個兒子心底在想些什麼，一對父子終像是陌路人。有時他隔著牆，忍不住開聲責罵直樹。直樹就把房裡的音樂開到最大聲量，鼓聲的節奏像是要把所有聲音都吞噬掉。

那個房間總是反鎖，且直樹以各種奇怪、繁複而匪夷所思的方法，阻擋著任何人的闖入。比如說，直樹會在內側的門和門框之間貼一張透明膠紙，假如膠紙被撕開的話，就代表有人進過他的房間。或者，用碎布堵住門底隙縫，不讓任何光影從房裡透露出來。那都是阿魯老人在直樹的房間裡裝上了隱藏式攝像機之後才知道的事。阿魯老人有些不憤，直樹防的是誰，屋子裡不就只有他們兩個人？

一開始卻是因為公寓裡進了賊，隔壁鄰居的門鎖整個被剪壞，阿魯老人才想到也許應該裝個防盜鈴什麼的。那個推銷員來了好幾次，挨家挨戶派廣告單。和直樹相仿的年紀，看起來十分幹練的年輕人，向他推銷各種防盜器材，羅列各式各樣的警鈴樣品、紅外線感應器和電子鎖。那推銷員一臉白淨，嘴巴又甜，一見到他，就Uncle、Uncle叫得好親密。

阿魯老人原有些敷衍地翻弄那疊商品型目，後來那年輕人向他介紹閉路電視系統的時候，他就不由自主被迷惑了。那人從紙箱裡掏出各式各樣的電眼鏡頭樣品，擺滿了一桌子。那些攝影頭恍如是一顆一顆妖異的眼睛，向他眨巴眨巴著。阿魯老人心底想起了什麼，欲言又止，好一會才開口問：「那麼，呃，這個裝在房間裡面是不是也可以？」

阿魯老人壓低了聲量像是和年輕人述說什麼心底祕密，但那年輕人瞄了他一眼，心照不宣似地賊笑。「有有有——」說著從公事包裡掏出了另一張廣告紙，Uncle你看看，最新研發的針孔鏡頭，紅外線夜視功能，一點二超大光圈。晚上關燈之後也拍得亮晶晶。絕對沒問題啦，看上看下都沒問題的啦。阿魯老人心底知道推銷員誤會了，也許把他想像成好色的房東，變態偷窺狂。唉，都這年紀了，但他知道自己其實也沒有什麼好辯駁的。

阿魯老人本來以為他可以藉由一隻隱藏的眼睛，任意進出直樹鎖上的房間，卻不想，直樹最終還是在他眼前消失。

針孔攝像機忠實記錄了直樹的一日起居。阿魯老人看著直樹起床了，伸長懶腰，一腳把被單踢在地上。直樹盤腿坐在床上一邊吃泡麵一邊看漫畫。有時候，他會看見直樹在房間裡用妻子的縫紉機在縫補著什麼，還不時回望那緊閉的房門。他看著那框螢幕之中的直樹，那雙眼睛、鼻子的輪廓，依稀留著妻子的一些影子。

他目不轉睛。

阿魯老人坐起身，想再看清楚一點，直樹那一刻卻突然轉頭望向了攝影機的鏡頭，嚇了他一跳，心虛放下手機。原以為終究還是被發現了，等了好一陣子，側耳傾聽隔牆的動靜，周遭仍然一片寂靜。也不知過了多久，他重新再打開螢幕，直樹仍坐在針車前，低頭勞作。

阿魯老人總是好奇而不解，卻不曾問過直樹什麼。在深夜裡他會聽見隔壁房間開門的聲音，知道直樹從房間裡走出來。他側耳聽著趿著拖鞋的腳步聲，像是一道虛線，從房間牽連到廚房。他聽見直樹掀開鍋蓋，拿出飯菜，碗盤輕碰的聲音。一面摺疊式的圓桌，擺在窄仄的廚房裡，他想像直樹此刻坐在那裡，筷子敲著瓷碗叮叮作響，日日如此，他才安心閉眼睡了。

即使睡著了也沒關係，那針孔攝像頭會為阿魯老人記錄他在夢中而錯失的一切。

他不曾打開那扇門，卻像是自己擁有一柄可以開啟祕密的鑰匙那樣。每天睡前，他會將那些白天經過的畫面再重播一次。許多重複、毫無變化的日常情節，都被他快轉而過。螢幕裡的身影，皆因他伸手調快了數倍的轉速，而恍如舊時默片那樣，有一種滑稽又陌生的喜感，迅速流逝而過。

阿魯老人凝視著那小小的螢光幕，也不知過了多久，屏幕上突然閃過一枚光點，他看了好一會，才明白有一隻誤闖進房間的飛蛾在鏡頭之前縈繞不去，把那框格裡凝固的空氣，微微攪動了起來。

他看得入了神。

久遠的記憶中，炎熱無雨的季節，也總是有夜蛾飛進那被遺棄的老店屋。據說蛾原本依著星光尋找方向，複眼可以辨認細微閃爍的光點，但人類的燈光卻讓牠們迷惑，而總是選擇了錯誤的方向。那些蛾本能地循著光線，從不同的隙縫間飛進屋子裡。那戰前的老店屋，木板縫間總是留下了太多破綻，無從阻擋牠們鑽身而入。而屋子外的野貓會歡快地撲向那些飛蛾，玩弄牠們，弄得一地都是從薄翅脫落的鱗粉。而翅膀受傷的蛾在地上盲目且無望地蠕動、竄逃，而貓會像嗑瓜子一樣把牠們一隻一隻吃掉……

有些倖存的飛蛾會從隙縫鑽去隔壁的房間，藏身在看不見的地方。牠們卑微地蟄居、交尾，然後死去。牠們困在房間裡，此生再也無法回到潮濕的樹林，只能在臨死前都不斷拍振翅膀，眨動著翅膀上的一雙紋眼。蛾的翅膀拍打出一種細微而絕望的聲音。那聲音吸引了少年的阿魯，他貼著牆板傾聽，卻聽見在房間裡哥哥在唱一首奇怪的歌：「東方紅，太陽升，毛主席是我們的帶路人……」

這都是過去的事了。

阿魯老人搔了搔頭皮，再看去手機螢幕，原本還在鏡頭前飛舞的光點，現在已經看不見了，也不知那小蟲子飛到哪裡去了。

那時，他並不知道那房間裡的時間，正以一種漸漸悖離現實的速度運轉著，像是一顆報廢的人造衛星，失去了引力，偏離原有的軌道愈來愈遠。

阿魯老人窺看直樹在房間裡，老是用那台老針車專注地縫製什麼。直樹腳踩著針車踏板，低著頭，雙手將布料往針口推。有時暫停下來，一手扶著縫紉機的轉輪，一手把剛縫好的線口，湊著燈光仔細檢查。直樹什麼時候學會了用針車？那房間裡堆了好幾包的衣線、碎布，卻是妻子以前給人車衣服的時候留下來的東西。直樹把那些線頭、剩料，東湊西湊，長長糾結的布團，看不出到底縫綴成了什麼。阿魯老人每天在客廳，隔著一面牆，總聽見老針車重新操作的聲音，一下一下，恆守著一種堅定又快速的節奏，彷彿妻子當年忙碌的餘音。

阿魯老人和妻子半輩子都在老街場度過。說是老街場，其實也就是一條筆直無華的街道，只留下了殘破的店屋和老人，小鎮裡的年輕人都離鄉背井到大城市打拚去了。街上的店屋一律都是戰前的建築，樓上房間，樓下營生。穿過五腳基一道一道的圓拱，白灰圓柱上仍鏤刻著那些褪色駁落的名字。華記冰室、欣榮、裕成……大部分都關門歇業了，徒留一扇鐵鏽閘門，日久漸漸被貼上了大耳窿、養寶男丹、水電抓漏的廣告貼紙，層層疊疊，怎麼樣也撕不掉了。

阿魯老人在這裡度過他的童年，而至成長的時光。那時父親仍把持著這間搖搖欲墜的老店鋪，而他和哥哥天天在騎樓底玩。一株喇叭花攀上了樓下的電線桿，開滿了紫色的花。他記得哥哥會從繁茂的樹葉間，找出一種叫做「豹虎」的蜘蛛。哥哥教他，蜘蛛會用絲把兩片葉子黏在一起，藏身在裡頭。他看著哥哥把手掌攏在一起，只留下一條縫，讓他從隙縫中窺看，一隻剛剛抓到的銀藍的蜘蛛。

他記得有一日，哥哥站在牽牛花樹下，揮手叫他來看。哥哥掀開樹葉，指著一根蜷曲的枝蔓。他看見一枚褐色的事物，像是蜷著的枯葉，卻有著怪異的斑紋，倒著懸掛在枝上。他問哥哥：「這是什麼？」

哥哥說：「這是蛹。」

他記得生物課本上的圖畫，毛蟲變成蝴蝶之前，會把自己用絲纏繞，變成一個蛹。他看過毛蟲，也看過蝴蝶。但奇怪的是，他卻從來沒有看過蛹。哥哥伸出手，把那個蛹從樹枝上摘了下來。他看著哥哥手心，小心翼翼地用指尖碰了碰，那蛹仍一動也不動，也不知是死的還是活的。

他們把蛹帶進了屋子，兩人躲在樓上的房間裡。哥哥把那個蛹平放在一張報紙上，湊著桌燈的光，用一枝鉛筆不斷戳刺它，哥哥回過頭，說：「你想不想看裡面有什麼？」他說好。哥哥拿出了美工刀，在光底下，輕輕地在蛹上劃破一條線。他伸過頭去看，這才看見蛹裡面真的是有東西的。

那蛹之中，尚未轉生成蝶的一團怪物，被哥哥從蛹裡面挖了出來。牠似乎從漫長黑暗的蟄伏時光突然被驚醒，卻愕然發現自己並沒有發育成原本應該有的樣子。

那蛹裡的小蟲，未成形的翅膀蜷縮成一團。牠的足還停留在毛蟲時期那樣肉質的樣子，不由自主地顫動著。那體內運轉的時間，或者命運，驟然被人類按停。那介於蟲與蝶之間的怪物，癱軟無力地躺在報紙上，仍不斷蠕動、爬行。牠拖著一坨從體內掉出來的內臟，在紙上拖出一道綠色的濕漉漉的線條……

阿魯和哥哥都知道，牠已經不能活了。

阿魯轉頭看著哥哥。哥哥的臉上，在燈光下，浮現一種迷惑、懊悔和喜悅糅雜出來的怪異神情。

這時他們聽見父親在叫喚他們，阿魯趕忙伸手把燈關了。

阿魯老人伸手把客廳的燈關了，對面公寓的燈光，卻從窗外斜斜地照進屋子。他藏身在窗簾的後面，看去對面一扇一扇明亮的窗。窗是一帖一帖的人類的生活。他知道在這擁擠的寓所，此刻的自己其實也正在被觀看著。

阿魯老人總是想起老家和哥哥。父親的雜貨店，如今已經不是記憶中的樣子了。有一次，他開車到老家去看，那排店屋還在，但所有的門窗皆被木板封死，只留下幾個小口，做成了燕屋。那是小鎮後來興起的行業，把破舊的老屋改建成燕子的居所。他們用喇叭播放燕子鳴叫的聲音，吸引燕子飛來造窩。原本人類的居所，此刻都擠滿了黑壓壓的燕子。而他們會把燕子的窩摘下來，洗去羽毛、汙漬，變成高貴的食材。老店屋如今只徒留一個過去的外貌，日積月累的鳥糞，把內裡屬於人類的形狀、記憶和氣味，都一點一點地掩蓋了。

有時候，當阿魯老人看著對面公寓，那平面生活之窗景，會在一瞬間覺得眼前這一切皆不會長久，終要頹然退逝在時間的浪潮裡。

父親大概也沒有想過，老家會變成這樣吧。父親的雜貨店間夾在一間大馬彩和理髮店之間，其實在最後的日子已蕭條慘澹。每逢開彩日之前才會有一些買萬字的人來光顧生意，拿瓶礦泉水、報紙或香菸什麼的。雜貨店門口頂上招牌「益順」銅黃色的兩字，已經被歲月熏成暗啞烏黑，卻是他從父親手中接過的沉重的事物。

阿魯老人回想自己懂事以來就已經在鋪子裡頭幫忙，後來漸漸也學懂了計帳、進貨出貨這些活兒了。年輕的他熟練地撥彈著沉木算盤，一上一，二上二，啲嗒價響，也不曾想過幾十年就在彈指間過去了。父親死了，小鎮上很多人都死了。他好像也順理成章地變成了一個雜貨店老闆，變成了另一個父親。

那段日子像晒在陽光之下的白毛巾，原本還軟軟濕濕地滴著水，日久就乾成一坨僵硬的、摸上去粗粗礪礪的團塊。那時妻子懷著直樹，仍天天伏坐在針車邊幫人車衣。而他在樓下的雜貨店裡忙碌，生活縱然平淡，也有著生機勃勃的笑聲和吵鬧。

妻子的肚子日漸隆起。他看見妻子低頭撫摸著自己的腹部，問她是不是不舒服。妻子說沒有啦。妻子告訴他，肚子尖生兒子，肚子圓就生女兒。她摸來摸去，都覺得會是一個女兒。妻子笑起來，臉上一邊的梨渦就會浮現出來。但阿魯沒有告訴妻子，自從妻子懷孕之後，他每天在上香的時候，都悄悄向諸神許願，求諸神保庇，讓這個家裡多一個兒子。

阿魯老人為神檯上那些眾神燒了大半輩子的香火，把神像的臉熏成炭黑。許多年後，他不住會想，也許當初不應該許下這個願望。

生下直樹之後，妻子的身體卻開始虛弱，日漸消瘦。襁褓中的兒子日夜沒來由地號哭至乾咳、吐奶。妻子抱著直樹，猶帶憐愛地說：「這孩子，一定是天上的星宿毋甘願降到人世啊。」幾年過去，妻子面黃憔悴，去街尾看了中醫，說是氣滯血瘀，喝了藥卻也沒見好轉，又拖了許多年，才說服妻子去市區看西醫，早過了醫效的時間，後來竟是連什麼廟裡的符水香灰也服了。有個跳乩的討了全家人的八字來看，拿著寫了直樹生辰的黃紙，閉著眼搖頭晃腦說，阮看這明明係查某囡仔的生辰啊……

「神明保庇。」即使離開了老屋，搬了家，每天入夜阿魯老人仍不忘給神龕上香，祈福求安。也許他只是覺得，妻子此刻仍會聽見他說的話——

「走啦，去看戲啦。」他說。

他記得那時候，妻子牽著年幼的直樹，一心期待去看盂蘭普渡的歌仔戲。

每年農曆七月，城鎮會請戲班來唱戲，那是小鎮最熱鬧的時光。他們在草場上架起一個高台，台上擺滿了三牲、水果、罐頭、香米那些瑣細的雜貨，插著龍旗和香枝，皆是祭品。那生豬一整隻趴躺著，口裡被塞了一顆橘子。小時候的直樹對眼前一切皆好奇，妻還把一支龍旗摘下來讓他玩。小孩揮舞著紙旗，卻疑惑地張望著那些巨大的紙紮牛馬、金山銀山，以及擺在高台最尾，那尊有兩層樓高大，伸展著獠牙的大士爺。

那時候，那些賣零食的小攤販皆不知從哪裡冒現出來，把草場圍成一圈，恍如喧嚷不眠的夜市。草地中央即是戲台。阿魯老人記得，那時他捧著兩片木薯大餅在看戲的觀眾之中找尋著妻，找了許久，才看見妻子在遠處揮手叫他。他走了過去。妻說，怎麼叫你都沒有聽見。他說，沒聽見啦，做戲太吵了。

但他記得那齣戲，哪吒鬧龍宮。正演到哪吒和蝦兵蟹將們打鬥。跑龍套的、扛大旗的，在台上晃動著不同的色彩，整個草場鑼鈸齊喧。年幼的兒子啃著一大片木薯餅，甜醬辣醬沾得一臉都是。那是他所記取的，人生中少許的溫暖時光。妻坐在他的身邊，怕他看不懂戲不耐煩，叨叨絮絮地告訴他誰是忠角誰是奸角。

妻指著戲台說，你看，哪吒最可憐哦。爸爸不相信自己的兒子。只是一個小孩子，他的爸爸追著他來打。最後還要剔骨割肉，把自己的肉身還給了父親母親，變成了仙，腳踩著風火輪，飛天去當太子爺了。

他看著戲台上那個身形最瘦小的哪吒，化著紅白厚重的濃妝，梳著兩個童子髻，揮舞著乾坤圈。正聽著妻子說著台上搬演的故事，那個哪吒在接連翻著筋斗的時候，突然踩了空，在台上跌了個踉蹌，引來觀眾的一陣驚呼。他看那臉上塗抹厚重脂粉的哪吒，又爬起身來，露出了不屬於角色的一個傻笑。

妻說，她看得出那個扮三太子的，其實是一個查某囡仔。

不知是否一整夜焚燒不盡的香燭嗆人，還是太入戲了，他轉過頭，看見妻子眼中含著光，又好像是要哭了一樣。

一陣風吹來，在黃昏的光裡，那一堆紙紮的金山銀山燒得更旺了，橙紅色的星火被捲到半空，像流星一樣一現而逝。灰燼輕輕飄落下來，落在他的頭上、肩膀，他也渾然不覺。

妻子過世那年，直樹才十五歲。葬禮上，阿魯老人和兒子在漫長繁瑣的儀式裡披麻戴孝，又跪又起，幾天捱夜下來，兒子都支撐不住了。送殯前一晚，他們在一團晃亮晃亮的火堆裡燒銀紙、燒紙紮的金童玉女、房子和汽車那些，火光拉扯著兩個人的身影，忽長又忽短。紙灰帶起的點點星火飛竄得老高，直樹被那迸起的火苗燙得跳腳，熊熊的濃煙嗆到眼淚鼻涕直淌，咽咽嗚嗚地揉著眼睛，淚流個不停。阿魯老人也不知道自己為何對兒子的軟弱暴怒起來，彷彿再壓制不住日日累積的暴躁和不安，連連好幾個巴掌摑在被焰火熏得通紅的少年的臉上。

沒有人看見，有一隻雙掌張開那麼大的巨蛾，在香火煙霧之中不斷高低翻飛，徘徊在那殯儀館裡，最後停留在一根柱子上，就定了下來，一動也不動，彷彿正俯看著木柱底下的人們。

彷彿妻子不在了，阿魯老人和直樹之間，就有一道永遠跨越不過的界線。

幾年之後，直樹終究也長大了，喉音沉了，唇上冒起青鬚，卻變得沉默而陌生。直樹的成績總在班上墊底，理化科目全都不及格。妻子過世之後，阿魯老人心底其實對直樹有一種無以名狀的歉疚，卻不知從何償還。直樹想買電腦他就買了，結果成日用來打遊戲、看動畫。偶爾發現直樹從櫃檯偷走了雜貨店裡的錢，他也不願當面責問。

後來才發現直樹迷上遊戲動漫裡那些虛構的角色。直樹把卡通海報貼滿了房間，那些卡通少女皆晶瑩大眼，裙襬極短，張揚地袒露出底褲，以及不合人體比例的胸脯和長腿。他從攝像機窺看那些女孩的面孔，日本動畫裡的人物卻一個也不認識。

有一次，阿魯老人甚至偷看見直樹穿上一套華麗而誇張的女生小洋裝，像是歌仔戲子那樣，直樹已然完完全全變成了他所不認得的樣子。

阿魯老人要到許久以後才學會用手機看 YouTube 上的短片，才知道其實很多人和直樹一樣。那些少年少女會極其用心地裁剪亮麗鮮豔的服飾，鉅細靡遺地考究各種道具的細節，把自己扮成動畫人物的樣子。彷彿只要套上變裝的行頭，就一瞬間擁有了想像世界裡的忍術和魔力。那些妝扮的人，穿著不屬於現實世界的裝束，不知怎麼地，阿魯老人心底覺得，他們像極了一群下凡的神祇，發著光而讓他不敢直視。

那原來是一種把自己變身成另一個人的方式。

阿魯老人看著直樹，那麼陌生而又遙遠。雖然阿魯老人還是不明白，為什麼直樹執意要把原本的自己消去，幻變成一個現實中不存在的角色。

如果妻子還在的話，也許直樹就不會變成這樣。

阿魯老人獨自在想，任由手機溢出的流光，在夜闇之中如一層薄膜那樣敷在他疲倦的臉上。

後來直樹也沒問過他，就擅自把那台塵封已久的針車從客廳拖到自己的房間裡。阿魯老人日日聽見針車運轉的聲音。他在手機螢幕裡看著直樹費時曠日在房間裡埋頭縫製什麼，專注且廢寢忘食，像是蟲類一樣開始吐出白絲，一層一層纏繞自身成厚厚的繭。他一直默默注視著直樹，彷彿所有的動作都像在顯微鏡底下被放大了，一切清晰無比，卻又無法伸手觸摸。在漫長如一灘死水的時間之中，他總是懷疑自己是不是又再不小心錯失了什麼，而讓那螢幕中的影像看起來愈來愈遙遠。

直樹最後還是自他的凝視中，恍恍地消失。

直樹消失的那一天，阿魯老人在夢中回到了破敗的老街店屋，一切都那麼讓人熟悉欲泣。

光芒晃眼的夢裡，他彷彿又回到過去的時光，他推開了房間的門，看見哥哥正在桌燈底下，握著美工刀，聚精會神地切割什麼。不可以啊！不可以！他想衝進房裡，卻發現自己在夢中只是原地踏步而已。哥哥似乎一點都沒有聽見他的喊聲。他看見哥哥用美工刀切開了自己。那綻開的裂縫間，並沒有一滴血液流出來，卻鑽出了一隻蛾，如破繭而出，接著是第二隻、第三隻，而後蛾群從哥哥身體的傷口湧現出來。牠們在房間裡找尋不到出口那樣，圍繞著燈光，紛亂地飛舞。牠們拍振著褐色翅膀上的紋眼，像是無數的眼睛不斷地眨動著……

但不對啊，那時候哥哥明明從隔壁的房間逃走之後，就再也沒有回來了。

阿魯老人就在這一刻驚醒過來，睜眼已是早晨。望去陽台有兩三隻烏鴉站在欄杆上，知道剛才都只是夢。隔著窗，他起身噓趕牠們，那群黑色的鳥類就拍著翅膀飛走了。洗刷過後，阿魯老人趿著拖鞋穿過未亮的客廳，經過直樹的房間，側頭看了一眼，就拉開陽台的布簾。清晨的太陽仍未完全升起。阿魯老人如常點了香，插在香爐裡。紫紅色的香腳，不知什麼時候已經快滿出來了。老人抬起頭，諸神的面貌仍沉沒在暗色裡。

清晨的公寓零零落落掛著幾盞燈。有人晨跑，以及隱隱約約從公園傳來的健身操音樂。阿魯老人走到廚房，往水槽咳一口痰，回身拿了水壺接水，打算泡茶。不知道直樹會睡到幾點。阿魯老人劃開了手機螢幕，卻愕然發現，直樹沒有在房間裡。只看見那單人床上，擺著一個巨大的什麼。那橢圓形的東西，駁雜的顏色，像是用許多毛線和碎布織成的巨蛹。

那是什麼？阿魯老人的臉貼靠著手機，想看仔細一點，但怎麼近看也都只是螢幕上粗礪的畫素粒子罷了。直樹去了哪裡呢？對了，只要阿魯老人按一按鍵，就可以無限地回轉時間，把時間回轉到直樹還在的那一刻。

螢幕裡的畫面開始倒流，一切都正以倒敘的方式後退。那倒走的速度太快了，以致畫面裡的一切都如蠟滴一般融化。螢幕沙沙的雪花之中，整個房間似乎正以一種快轉的方式急速地腐朽，月落星沉，枯榮往復。

直到阿魯老人按下播放鍵，直樹的房間才回到昨夜的時刻。老人看見直樹把一條很長很長的布條纏繞在自己的身上。那布條是用不同的布料，長長短短地接在一起的。不同的棉布、蕾絲、人造紡……似乎都是一些剩下來的裁料。在那幕畫面之中，直樹站立著，張開雙臂，像是陀螺一樣，不斷地旋轉。那布條就如同糾結的線慢慢捲回線軸，一點一點地把他纏繞起來。

阿魯老人盯著螢幕許久，看著直樹好像把自己變成了一具埃及木乃伊。而直樹仍未停止原地轉動，漸漸地，纏繞在他身上的布條愈來愈多、愈來愈厚重，似乎再也看不出人的身形，而變成了一個橢圓的形體。

阿魯老人看著那光景，心底卻浮出奇異的想像，像是直樹此刻像是一隻蛾努力地把自己塞回蛹中那樣。恍惚之間，直樹的全身已經沒入了那團糾纏的織布之中——

不見了。

怎麼會這樣消失呢？阿魯老人久久才回過神來，為了確定是不是自己看錯，還是攝像頭壞了，他重複回轉剛才的畫面，拇指急促地按著手機，不斷地回轉、重播，回轉、重播。螢幕的畫面抖動跳閃，他獨自在那些失速掠過的畫面裡翻找，如俯身淘洗河床砂礫，卻怎樣都找不到那抹自房間裡消失無蹤的影子。

阿魯老人走到直樹的房間門口，伸手扭動房門的喇叭鎖。門一下就應聲而開。原本以為終日深鎖的門，怎麼那麼輕易就打開了呢？彷彿不曾鎖上一樣。老人踏進房間裡，伸手把燈打開，日光燈管閃了閃才亮起，打亮了一整個房間的凌亂。

那個巨大的蛹占據了整張單人床。老人走近它，似乎比在螢幕中看還要巨大。它非常像是織布鳥用各種枝條編織拼湊出來的鳥巢，卻密密實實的，沒有一個入口。老人伸手撫摸巨蛹的表面，如百衲被一樣，不同的碎布縫補成布條，結實地纏在一塊，也找不到線頭在哪裡。

直樹躲在裡面嗎？阿魯老人靜默地一再巡望整個房間。一切的細節他都無比熟悉，那一刻的光度和所有事物停放的位置。沒錯啊，這是他每天從手機螢幕裡窺視的房間。眼前一切彷彿沒有任何不一樣，只是原本總是無法進入的房間，此刻卻因為身處之中，不似平日攝影機俯瞰的角度，而在他心底泛起一種像是焦距太過靠近的失焦感。

阿魯老人心底知道，一定是錯漏掉什麼了。彷彿因為時間不堪被他一再一再地回轉，而終於愈來愈模糊、掉幀，有什麼已經再無法召喚回來。

阿魯老人一再伸手撫過那個巨大的蛹，堅硬之中又有一種細緻柔軟的觸感，彷彿還留著直樹的體溫。

他坐在那個房間裡，愕然才想起自己此刻也已經走進了攝像機的鏡頭之中。

他想起過往直樹在螢幕裡生活的樣子，也想起了哥哥和父親。似乎所有眼前的一切都會消失，只有自己一個人，如太空人那樣失重漂浮在無垠的虛空裡。他彷彿明白了什麼，一種自現實脫離的寂寞。抬起頭，他看見半空中嵌著一枚毫不顯眼小圓點，發出紅色的微光，像是一整片遼闊的夜空，唯一的一顆星星。

他知道那是一枚攝像機的鏡頭，那閃爍的眼睛，照看眾生，彷彿還在記錄著眼前這已然或正在流逝的一切。

第十個房間

暗房的光

一切似乎都正在流逝不止。

惠子聽見身後的門被關上，來不及轉身，就已深陷在無垠的黑暗之中。

她睜大眼睛而一無所見，走了幾步，腳尖就踢倒了不知什麼，咕嚕嚕滾到牆角。她伸手如盲人，只能慢慢摸索走到門邊，想扭開門把，卻發現門已經鎖上了。她向門外喊：「開門。裡面有人啊。」隔著門板，卻聽見一串嬉笑和細碎的腳步聲漸漸遠去了。她知道他們故意把她鎖在裡面。一如他們在日間把包裝紙或喝完的飲料盒那些無用的垃圾偷偷放進她的抽屜和書包裡。以及在上課的時候，他們用橡皮筋彈射她的背後。她轉過頭看去，而課室裡的每個人都若無其事。

她像一種無殼的軟體動物，承受著各種戳刺，而無力反抗這一切。也不是不曾試過，但結果所有的反抗皆徒勞而可笑，變本加厲回到自己身上。如她被鎖在那狹小的暗房裡，呼喊而無人回應。她敲著門，發出砰砰響聲，在此刻無人的校園，卻如石子丟入水中，僅有圈圈漣漪那樣趨於無的回音。都已過了放學時分，所有人大概都回家了吧。況且這裡是走廊的最尾，誰也不會特地走過來。而她也只是因為值日，剛剛把美術課室打掃乾淨，想把掃帚放回去攝影社的暗房，卻被反鎖在黑暗之中。眼前一切都不見了。惠子摸到燈掣，開關了幾次也點不著燈光。小小的房間裡，黑色卻如一頭巨大的鯨，一口就把光都吞噬了。

是的，什麼也看不見。房間裡一線光都沒有，連門底隙縫都被軟墊封堵了。這裡不允許任何光線侵入，哪怕一點點的光，都被阻絕在門外。這個小隔間原是從美術室再隔出來的暗房，窄窄的只有七、八呎長，原本是給攝影社練習沖洗照片的地方，卻不知為什麼，慢慢被無關的雜物堆積，卻彷彿誰也不曾在意過。

惠子獨自蹲在黑暗中，此刻她連自己都看不見，彷彿幽魂一樣，困鎖在無垠的虛幻中。但她可以聽見自己呼吸的聲音，就試著深深地呼吸幾次。或許只有聲音和觸覺可以抵抗那什麼都看不見的黑暗。她雙手環抱著自己才能確定自己的存在，卻無法按捺從身體深處浮起的不安。原本也沒注意，只是一點點的焦躁、心跳變快，不壓著它，就慢慢擴散開來，從心底而浮現至生理的表面。手臂上細毛一一聳立起來。她抱著瘦削的臂膀而感到皮膚都是粗粗礪礪的雞皮疙瘩。像一個充滿裂縫的瓷器，她感到自己正在慢慢地碎掉。

又來了。她覺得想吐。

她覺得有什麼快要從身體裡面竄出來。她雙手摀著嘴，滿頭是汗，抵抗著那種想要嘔吐的感覺。

昨天上美術課的時候也是這樣。

那天畫人像素描，幾個同學輪流當模特兒。小林老師點了她的名字，讓她面對著全班同學，坐在眾人圍著的圓心之中。所有人都看著她。但惠子其實並不習慣這樣子被注目。她雙手垂著又放上膝蓋，不知應該擺出怎樣的姿勢。「妳坐著就好了。」小林老師的微笑讓她稍稍安心。但卻有個男生舉手故意問：「老師，畫模特兒不是要脫衣的咩？」而全班都鬨然笑了起來。惠子低下頭，耳根熱燙，雙手捏得更緊了。

老師阻止了玩笑，認真地向同學解說著臉部五官的比例位置。「你們好好觀察眉毛到鼻尖，鼻尖到下巴這兩個部分……」老師比劃著，看起來格外巨大的手，一再從惠子的面前晃過，掠動她額前髮絲，那麼靠近，有幾次指尖似乎都要碰到了惠子的臉。但惠子一動也不動。她想像自己此刻只是一個靜物，一個只有線條和光影的石膏像，任誰都可以凝視她，任意地把她拆解成一堆凌亂的線條。她只是眨了眨眼睛。

那天下午，她坐在那老舊的美術課室，聽見鉛筆劃過紙張的聲音，沙沙如雨聲，以及頭頂電風扇嘎啦作響，卻覺得胸口有些悶悶的。惠子不知道自己在別人的畫紙上，終究會變成什麼樣子。多半是醜的，歪七扭八而乖離真實的自己愈來愈遠。她坐在面對所有人的位子上，不能亂動，但仍轉著眼珠，跟隨著小林老師在課室裡走動的身影。老師有時會停下來，動手幫同學修改畫錯的線條，有時抬起頭看她，惠子連忙把目光移開了。

但那一整天惠子都覺得虛虛浮浮的。下課時間她吃過自己從家裡帶來的午餐，只是兩片草草而就的吐司夾罐頭鮪魚，其實一點胃口也沒有。吃了一半，嚼著乾硬的麵包，她就有點不想吃了。此刻她坐在美術課室裡，不知為什麼覺得暈眩，眼前的一切事物像是滴入水中的一滴濃墨，妖嬈攪混成一團。她突然覺得胃裡的鮪魚腥味從食道衝出來，接著是一股酸酸的燒灼感，嗆著喉嚨。她還沒有意識到什麼事，就吐了滿地。

課室似乎一瞬就安靜下來，連一點細微的聲音都聽不見了。所有人都定格在一秒鐘，之後又變成一陣騷動。原本坐得靠近她的同學，逃避什麼不潔之物那樣，都躲得遠遠的。她被圍觀的人圍在圓圈裡，坐在目光的圓心，用手背擦了擦嘴角，看著地上從自己口中吐出來的那灘嘔吐物。未被嚼爛的麵包塊和糜爛的鮪魚碎片，混雜在混濁的胃液之中。而頃刻整個美術課室都瀰漫著一種酸臭腐壞的氣味。

惠子急忙從口袋掏出面紙，抽出一張又一張紙巾，想把嘔吐出來的東西吸乾，但那灘穢物像是一個黑洞，把所有紙巾一下都融化掉了。她只好把掛在椅背上的體育外套拿下來，當成抹布，把地上的嘔吐物掩蓋起來。

惠子低著頭，不願意去看周圍任何人的臉。她不敢看小林老師。她知道，此刻所有人都掩著口鼻看她，而無人說話。

一如她蹲在那無光的房間裡，眼前只有一片漆黑。

她不知道時間，不知道自己已經被關在那暗房裡多久了。因為她開始有一種錯覺，彷彿極地的永夜，這個世界會一直這樣，一直黯淡無光下去。

莉莉卡，妳是否也經歷過那種黑暗？整個世界，毫無預警地，在一瞬之間陷入漆黑的情景。

呃，不是的，不是那場延綿太久的大瘟疫，而是更早之前，我在另一座城市裡，和我的大學朋友小艾一起目睹了一場災難。那些巨大的建築物在一夜之間傾倒，而人類被崩塌的水泥石塊壓在暗無天日的地底之下。

那些鏟泥機和怪手開上了瓦礫堆積的廢墟，一日一日，拯救員和救難犬依著微薄的聲響和氣味去挖掘倖存的人。然而隨著時間過去，腐臭的味道愈來愈濃，像一張看不見的網，卻籠罩了整座城市。原本以為關上門窗就可以阻絕那種味道，但腐壞的氣息卻從冷氣機的隙孔和自來水喉竄入了家家戶戶的角落，讓每個人的身上都像是依附了幽魂或是罪愆那樣揮抹不去的味道……

——莉莉卡，當我們談論災難的時候，其實我們在談論什麼？

我總會一再回想起多年以前的那個深夜，小艾在我身邊沉沉睡著，而我仍清醒，坐在小艾的床上不斷按動電視遙控器，任由螢光幕一再跳閃而留不下任何可供記憶的劇情。那時的深夜時光，有線電視台會放映白日不播的香港三級片，即使按了靜音，從電視機流洩的肉慾的光仍填滿了整個房間。忘了哪一台卻正在重播陳果的《香港製造》，讓我暫停了下來，沒頭沒尾地看著李燦森在城市裡不斷地奔跑，手持攝影機一路搖晃。有一瞬間，我以為是電影搖動了現實，而下一刻，萬物轟然晃動不止。整座城市在一瞬間全暗了下來。

小艾在激烈的晃動之中醒來，以為仍在夢中。房間此刻一點光都沒有，但可以聽見書櫥傾倒的巨響，壁鐘從牆上摔落下來。而那幢老舊的公寓，像被巨大的手擰著，自牆內發出一種悶悶的、金屬被扭曲那樣的怪聲。「是地震啊。」我們這時才知道驚恐，跳下了床，打開大門，逃出了屋子。我緊跟在小艾的身後，四層樓的梯階像是永遠都踩不完。我低頭才發現慌忙中穿了兩只顏色完全不同的拖鞋。

沒有人知道我和小艾此刻在一起。

沒有人知道我在小艾的房間裡過夜。我和小艾逃出了公寓，站在空無一人的馬路上而不知何去何從。深夜裡騎樓的店鋪皆拉上了鐵捲門，在一波一波的餘震裡，整條街的鐵門皆哐啷哐啷地亂響。那是九月的夏末，我們身處的城市似乎已經斷電，眼前的街道陷入了一種黯淡朦朧的霧色中。那些巨大的建築物徒留模糊的影子，所有色彩變成灰色。而原本光害的夜空，如今卻格外清晰起來，抬頭看見厚厚的積層雲充滿了讓人迷惑的細節。

站在夜暗之中的小艾，只穿著一件大號男裝T恤，遮住了下身，卻露出她一雙瘦削而白的腿。她抱著自己的肩膀，望著遠處，而閃爍避開了我的目光。我知道她在想什麼。不久之前，我們裸身躺在床上，我粗魯地壓著小艾，而小艾皺著眉頭說，怎麼辦，我們這樣會不會受到懲罰？而我喘息含糊地回她，不會的，不會的，不會的……而無法停止用力衝撞她的身體。

莉莉卡，如何告訴妳，那些災難的故事。

那些天降大火或大洪水之後而倖存的人類，看著世界一片荒蕪，抖著身體瑟縮在暗影之中，仍無可遏止地，一再重複那些貪歡、背叛和敗德。啊是，如何告訴妳，我那時背著小艾的男友，偷偷摸摸和小艾在一起，如背著光，身陷在一個永恆的暗室之中。

那時候，我總是到了深夜才騎著機車過來，而又必須在天亮之前匆匆離開。我總是把機車停在老遠，踮著腳步走去小艾的公寓，心虛地在樓下按響公寓的門鈴。鐵門打開的聲音，像是會把整個世界的人都驚醒。然而我總是不能自制地，一再走進了那原本就不屬於我的房間。我躺在小艾的床上，而無法不去想像我此刻只是影子那樣重疊了另一個人的體位，那樣扁平而稀薄。

即使這麼多年過去，我仍會一再想起，若因地震而坍陷的砂石在那一刻將我和小艾掩埋，經過多日，那些救難員把我們從厚重的水泥鋼筋之中，一點一點地挖掘出來的時候，他會不會愕然發現，我們在那漫長而凝滯的絕望時光裡，身軀已經腐敗、潰散，卻像是在絕境之中而演化錯誤的生物，不自覺地從身體長出了怪異的犄角和毛茸茸的羊蹄？

他會不會從我們若龐貝城那些被岩漿覆蓋之屍骸，那永恆凝固的相擁的姿勢，而發現我們的不可告人的祕密？

往後，我向其他人說起那場震災，總有一些情節像被脫落的沙石那樣永遠地掩蓋過去了。我說幹現在我只要看陳果的電影就會想起那次地震。我吹噓逃亡的經歷，只為了掩藏更多的事實。因為大停電，那城市變成了巨大的暗室。那些老舊的公寓，像達利的超現實畫作那樣軟軟地倒下了。但我從來不曾告訴過他們，災難發生的前一刻，我和小艾在偷來的時間裡仍貪歡無度地需索彼此，而不曾想過巨大的災禍隨之而至。

我只是告訴他們，我穿著一雙錯誤的拖鞋，一只藍色，一只紅色，站在那寂靜的街上。而非常奇怪的，整條街只有街角的便利店還亮著，在陷入一片黑暗的街上格外地顯眼，像是整個黑暗之中唯一的方舟，承載著整個世界唯一的光。

如趨光的飛蛾那樣，我不由自主地走向街尾，走進了那間明亮的便利店，而自動門打開的那刻竟然仍響起讓人熟悉欲泣的鈴聲。但整個便利店的內裡，卻像經歷了核爆。那些貨架如坍倒的骨牌那樣東歪西倒地疊成怪異的形狀，而原本整齊擺放在架上的東西此刻都摔落到地板。所有的玻璃瓶皆破碎一地，不同的飲料在地上混成一股褐色的濁流，沿著磁磚曲折漫延到我的腳邊。而那個值夜班的年輕店員，站在櫃檯後面，扶著牆，一臉茫然地回望著我。

——但我看見了那個女孩。

在便利店的角落，我看見了一個女孩蹲在那堆凌亂的貨品之中。她在凌晨時光仍穿著中學生的白色校服，在那框凌亂不堪的場景裡頭顯得格外突兀。然而似乎周遭皆無人知曉，只有我看見她。我看著她正在伸手將散落地上的那些巧克力、棒棒糖、護唇膏、養樂多那些小東西，不斷塞進自己的裙子兜裡。那校裙的兩個口袋都被她塞得鼓鼓的。

只有我看見，那個女孩子在偷東西。

她似乎也在這一刻察覺了我的目光，抬起頭望著我而無所畏懼。

但是，莉莉卡，好像有什麼被錯置了，而讓這一切看起來皆不真實。

若我們此刻把時間按停，將時鐘的指針扳回，黑夜會一瞬變成白晝，落日從參差的地平線重新升起。這座城市會回返到厄運來臨之前的時光。也許我們仍會看見那個叫做惠子的女孩，穿著一身校服，站在這間便利店裡面。像什麼事也沒發生過一樣，所有掉落一地的東西，都已經回歸到架子上。便利店恢復了它原本整齊、明亮的模樣。有人走了進來，自動門叮咚而響，店員心不在焉地喊了一聲歡迎光臨，一切都和往日沒什麼不一樣。

惠子站在那裡已經很久了，並沒有人特別去注意她。這個時間，總會有放學的中學生來到便利店裡買零食或飲料什麼的。惠子在一排一排貨架之間走著，不知已經重複走了幾遍。她走過那排擺著安全套的架子，放慢腳步，斜眼看去各種方形的小盒子，紅紅藍藍的，彷彿什麼甜食的包裝一樣。她不明白安全套為什麼會有這麼多的種類，也不知到底如何區別這個和那個的不同。她想起隔壁班的好友美月，曾經偷偷給她看那盒子裡頭的事物，竟是一片片的扁扁的鋁箔包。

「妳怎麼會有這個啦？」惠子問。

「從便利店拿的啊。」

惠子知道美月所謂「拿」的意思。她們在無人的課室裡，研究著那盒安全套。美月從盒子掏出其中一個小包，撕開它，擠出了一團什麼。一開始如橡皮筋一樣，美月捏著一端，卻愈拉愈長。兩人好奇又覺得好笑。美月說，哎呀，弄得手指都油油的，什麼鬼東西。惠子看著美月拎著那條半透明的事物，像是爬蟲類身上蛻下的一層皮。她湊近一點想看清楚，美月卻突然伸手把油滑的手指揩在惠子的衣袖上，惠子大叫著躲開了。

「妳很髒啦。妳走開。」惠子一面笑著一面用書包擋著自己。

「妳才髒咧。」美月說。

如今惠子亦有好友無從知曉的祕密。那心底祕密，像白裙上被化學劑烙下的一點汙漬，只能一整天一直遮遮掩掩著。惠子一個人待在便利店裡不知多久了。她抬頭看見一面圓形的鏡子。那圓鏡可以一覽整個店裡的情景。眼前的世界縮小成一個圈，而惠子站在那個圓形世界的中央。她從鏡中看見那個店員正俯身在收銀機下收拾什麼。惠子左右看了看，確認沒有人在看她，迅速地從眼前的那個架子上，取下了一盒什麼，趁無人知曉，把它塞進了校裙口袋裡面。

沒有人看見這些。沒有人看見惠子偷走了一盒安全套。

惠子走到收銀檯，隨便拿了一包喉糖放在櫃檯上。她從錢包掏出一張紙鈔，領受了發票和零錢。把零錢放進口袋的時候，指尖碰觸到了裙子底下那小方盒的存在。

惠子轉身要走出門口，那一瞬間，整個便利店卻突然陷入了黑暗。惠子那刻只想到停電了。但奇怪的是，原本外面應該白天晃亮的街道，隔著透明的玻璃門卻也是漆黑一片。明明未到晚上，天色卻一瞬黑了。怎麼會這樣呢？惠子正疑惑著，便利店的備用電源似乎就開始運轉了起來。她聽見電流滋滋流竄的聲音，而頭頂的日光燈管閃動了幾下，世界又回復明亮。所有的事物皆還在它們原有的位置。一輛車子開過門外的街道，遠處的交通燈交換著顏色——彷彿剛才只是因為暈眩而眼前發黑了一秒鐘，其實什麼都沒有發生過。

或許，或許最後還是被發現了吧——

只有惠子知道，只是因為她偷走了一個小盒子，卻像從一座巨大的機器裡面抽走了最重要的一枚零件，隨即整個運轉的馬達就哐啷哐啷亂響，機器不住抖動、搖晃，蒸汽噴發出尖銳的嘯聲，漸漸地，那些小螺絲鬆脫，沉重的齒輪一個一個掉出來，所有組件崩解、散落，才一下子，整個世界就隨之坍塌了。

「對不起，我沒有想到會變成這樣。」

小林老師這樣說的時候，惠子在暗房裡看著自己的身體浸泡在那盆顯影液之中，從虛無中慢慢地浮現出來。

那是惠子第一次和小林老師一起待在那暗房裡。房間之外的光被阻隔在門外，那狹小的空間，只開著一盞赤紅的安全燈，把眼前的一切都映照出一種異色而模糊的輪廓。這裡只允許紅色和黑色的存在。連惠子身上的白色校服也變成了一片血紅。惠子轉過頭看小林老師，老師正專注地調校放大機的焦距，眼鏡流過一抹折光，而看不清楚鏡片後面的雙眼。惠子站在那裡。在那個房間裡，因為太過狹窄，她只能和小林老師並肩站在一起。然而不知為什麼，惠子卻因為外面的一切都被隔絕了，而有了一絲安心的感覺。

——不能讓光進來。

只要一點點的光線照射，就會讓底片瞬間曝光。原本留在底片上的影子，會變成白茫茫的一片，什麼都不見了，彷彿它不曾留住過什麼一樣。老師是這樣告訴她的。

小林老師此刻正低著頭，把一張相紙浸入水槽之中，在紅色的燈光下，惠子可以看見原本空白的相紙，像施了魔術，慢慢地浮出暗影。稀薄的影子漸漸聚攏成實在的輪廓。那些讓光影現形的化學液體皆透明如水，而急制劑有一種非常刺鼻的酸味。她第一次看見沖洗照片的過程，仍不明白之中真正的原理，但老師卻像煉金術士那樣，熟練地操作著那些繁複的步驟，彷彿一切都了然於心。

主要還是時間，惠子，妳記得一定要看好時間。

老師交給了她一個計時器，讓她幫忙倒數時間。她把計時器捧在手中，心底有點緊張。因為時間以秒數倒數，只是多幾秒鐘，或者少幾秒鐘，照片暗影的濃淡就完全不一樣了。

她看著那張浸在水中的照片，是自己的模樣，從虛無而至定形，而臉上的纖毛細節如真。像是真的有一瞬的時間，或者某一部分的片狀的自己，已經如蝴蝶標本那樣被框在裡面了。

一如她那天看見小林老師在校園裡舉著相機在拍照。她循著鏡頭的方向看去，風鈴木的樹枝微微搖晃，卻還未到開花的季節，或再更遠一點，是學校依偎的半山，雲朵的影子很慢地掠過山坡。她不知道老師在拍什麼。她悄悄走到老師身後，老師也沒有察覺。她伸手想碰一下老師，又頓了頓，拍了老師的背包一下。老師才回過頭來，看是她，微笑著說，怎麼放學了還沒回家？

惠子問，老師你在拍什麼？小林老師把原本掛在脖子上的照相機取了下來，交給惠子，說，妳看一看。那架相機捧在手中，惠子才感覺到沉重的重量。她把相機轉過來，看去那鏡頭，像是俯看一口井，那鏡片深處流轉著各種顏色的光。

小林老師讓她把相機舉起來，眼睛湊近那小小的觀景窗。從狹小的取景框看出去的世界，似乎就有了邊界和定義。老師教她如何拉近焦距、對焦，她才看見了剛才小林老師看見的事物。那是隱蔽在樹葉枝椏間的一隻蝴蝶，若再把鏡頭拉近一點，就可以看見那隻蝴蝶緩緩開闔著一雙黃黑相間的翅膀，在陽光從葉隙間的照射下，像發出一種金黃色的流動的光。那隻蝴蝶在鏡頭之中，那麼張揚地袒露牠的斑紋，卻毫不知曉樹下的惠子在窺看著牠。

惠子把那架沉重的照相機還給老師。她想，許多肉眼看不見的，也許只有透過照相機才看得見吧。小林老師這時把鏡頭對著她。惠子望了望身後，以為老師又發現了什麼，卻聽見快門清脆的聲音，才知道老師是在拍她。

惠子慌忙把自己的臉掩蓋在雙手裡。

從那縫間看出去的世界，其實只是一片模糊，徒具渙散的輪廓而已。

莉莉卡，經過這麼久，也許妳已經發現了，任何把時光留住的方法都是虛妄的。一如我們打開了門，走進一個一個的房間，卻一再一再地錯失。早已經沒有人留在房間裡。那些房間裡也已經不是原本的樣子了。然而原本它又是什麼樣子的呢？

莉莉卡，妳知道嗎？人類史上的第一張照片卻因此而誕生。一八二六年，法國人尼埃普斯（Joseph Nicéphore Niépce）用了一個暗箱，讓光從小孔進入箱裡，靜置了八個小時，而終於讓光影永遠停留在一塊塗滿瀝青的蠟板上。

那張照片其實只是一幕窗景，一些屋頂的稜線，以及屋簷底下的影子。如今看來，那平凡而至粗拙的構圖之中，只留下模模糊糊的光霧而已。但從這張照片起始，人類就迷失在把時間留住的幻術。攝影術在兩百年來並沒有脫離把光顯影的原理。模仿人類眼球構造的玻璃鏡頭，只是讓人誤會了攝影即是真實。在照相機裡，時間可以切片成千分之一秒，或者更細微一點，而終將讓我們相信，我們可以如揮舞捕蝶的網那樣，將流動的時間抓住，抓住人類原本無從理解的，嗯，瞬間。

一如後來的大瘟疫年代，他們走進末日迫近的動物園裡，面容哀傷地逐一為那些即將死去的動物們照相。

他們穿過了牢籠的柵欄，舉起照相機，拍攝飼育在動物園裡的大象、長頸鹿、老虎、猴子、孔雀、馬來貘……而那些經過億萬年進化的歧路而變成樣貌各異的動物們，皆以一種疑惑不已的目光望著對準牠們的鏡頭。是的，這是最後的紀錄了。這些動物的照片，將會被一一編號，附上牠們各自的學名，而埋藏在地底的最深處。或許在很多年以後，地球歷經荒蕪而復又生機繁盛的某一天，未來的人會不小心揭開那密封的時光膠囊，而像當年我們挖掘出恐龍化石那樣，看著那些陳舊的照片，訝然發現原來在千萬年以前，一群怪異的生物曾經活在這個已經面目全非的地球上……

只是我們都來晚了。

莉莉卡，對不起，我也終將會消失在這時間之河道，像浮沫上的一點光，閃過而逝。但或許妳可以。妳可以是唯一的，看見永恆的人。雖然我也曾經誤解了時間，而以為眼前的一切皆不會消失。至少這些留下的照片、文字和記憶都可以是證據。但往後我們才知道，進入了照相機那精細構造的光線，終究也只是經過了折射而顛倒的影子而已。

或者，我們應該再回到厄運來臨之前的時光。

我曾經於無人在場的時刻，牽著小艾，偷偷走進了那幽暗的地下室。

那其實是大學美術系館的素描課室，卻怪異地建築在這座城市的擾攘市街之地底。那時我是美術系的大二生，幾乎每天都要待在暗無天光的課室裡，繼續未完成的素描功課，常常弄得滿手滿臉的汙黑碳粉。從地底走出外面的時候，恍惚都已日落。而學校附近的夜市才開始熱鬧起來，空氣中充滿了油炸燒烤的氣味，以及日韓系裝扮的少女們站在服飾小店的門口，嗲聲說進來看看哦、隨便看看哦……

我常常站在那裡而恍恍不知身在何處。彷彿因為置身在那間與塵世隔絕的素描課室裡太久，而失去了對時間的感知。妳可以想像嗎？那個地下的課室裡，擺放著許多巨大的白色雕像。那些石雕巨像，皆是藝術史的鉅作，從千年以前，希臘羅馬古典時期的石刻原作一比一翻模複製的——維納斯、摩西、大衛，以及開展著雙翼，卻永遠遺失了頭部而無人知曉面貌的勝利女神……它們皆袒露著裸身，凝固在一個永恆的姿態之中。它們皆曾是受膜拜的眾神，如今卻困陷在這地底的教室裡。

我其實只是想要向小艾炫耀而已。「妳一定要來看一看。」我對小艾說。而小艾一如我所預想的那樣，在我打開了那間教室的燈光，看見那群大大小小白色巨人一樣的雕像，自黑暗中浮現出來而驚訝不已。

我們站在眾神雕像的腳下，而只能一直仰著頭，看著那光影分明的巨大裸身。小艾忍不住伸手撫摸那雕像的幽微起伏，彷彿為了證實什麼。經過那麼漫長的時間，那些偉大的雕刻家皆已不復存在，但他們留下了這些刻作，留下了人類工藝文明的證據。即使有些雕像已經缺失了手腳、甚至頭部，但那些從堅硬的大理石鑿刻出來的巨像，卻驚人地表現出人類肌肉以及衣裳褶紋的柔軟。他們更像是掙脫了時間的枷鎖，而實現了永恆。

我和小艾如仰望無垠的星空而覺得自己此刻顯得多麼卑微、渺小。我們無法抑制身體湧出的躁動，而忍不住就在那些殘缺但恆久站立的眾神雕像之下，絕望而激昂地，互相親吻、撫摸，吮吸著彼此身體的溫度。

我們如同在眾神的腳下，誇張地跳起一支雙人的生殖之舞，褻瀆著時間的不朽。而那些巨像一貫靜止，低首垂目，用空白的瞳孔看著我們。小艾掩著自己的嘴，深怕發出的聲音驚動了誰。但我們的頭頂是嘈雜的夜市，其實無人會聽見那地底課室的任何動靜。眼前看見的一切，皆隨著我們蠕動的身體而不斷晃動，彷彿整個世界也隨之搖晃。

莉莉卡，如妳後來看見的，因為一場突如其來的地震，這座城市在一夜之間變成廢墟。而那些曾經躲過戰火和時間的巨大雕像，最終在激烈的搖晃之中傾倒。眾神互相碰撞而破裂、斷開，彼此的手腳交疊糾纏在一起，而更多精工雕琢的細節粉碎了一地，再分辨不出原處。

許多年後，當他們鑿開了那間素描教室的入口，在目睹那些雕像殘骸的當下，會不會誤會了這個掩藏在地底的房間，或許原來是一座祭滿了巨大神祇的古老廟宇？

他們會不會拿著一截手臂、一截小腿，或者端視著脫離出來的一邊乳房，而疑惑到底要如何才能拼湊出一個完整的身體？

如同惠子在暗房裡看見自己一截一截的身體，慢慢地，才從在白紙上顯影出來。

那只有一盞紅色小燈的暗房，掛著一張張剛剛從水槽撈出來的照片。那些黑白照片被夾在繩索上，仍一滴一滴垂落著水滴。從幽暗的燈光裡，可以隱約地看出，那被框在相片之中的，是身體各處的局部特寫——那是肩膀的曲線、腿與腿之間的隙縫、鎖骨至頸根的幽微暗影，以及如同銀河星系中央的一顆眼睛……

惠子知道，這些都是屬於自己的一部分。

她看著小林老師把一張一張照片張掛起來，等待晾乾。而此刻她卻有一種奇異的錯覺——彷彿她的手腳，她的身體，像那些變態驚悚的B級電影，被照相機如電鋸那樣切割成一塊一塊的。所見的局部，從身體脫離出來的這些，或許也因為變成了黑白色調，而有著非常熟悉又陌生的感覺。

其中一張照片，是一雙手。或者再看清楚一點，是惠子把自己的臉掩蓋在雙手裡的模樣。

惠子想起那天下午。同學們都已經收拾畫具離開了，她仍然坐在那間美術課室裡。此刻課室裡空蕩蕩的，但惠子卻仍坐在課室的中間，像她在課堂上當人像模特兒一樣，拘謹的姿態。小林老師把課室的門窗全都關上了，所以沒有人可以看見惠子，以及木凳子和畫架參差不齊地疊放在課室角落裡，只有那老舊的電風扇仍如常搖晃作響。

惠子坐在椅子上，低著頭，伸手把校服的鈕釦解開。第一顆鈕釦、第二顆……像是鬆開一顆顆的螺絲，緩慢地把自己一點一點拆解掉一樣。敞開的校服底下，是一片不曾被照晒而白皙若紙的膚色。她看了一眼擺在面前的照相機。那相機已經架在三腳架上面，那巨大的鏡頭像是一顆明晃的眼睛，對準著她，閃動著妖異的光芒。

而小林老師正站在照相機的後面。她沒有看見老師的臉，但知道老師正從鏡頭裡看著自己。而她像一隻被捕的蝶，被框在觀景窗之中，無法掙脫。她默默把脫下來的白色校服摺疊好，放在大腿上。此刻她身上只有一件黑色的內衣。她今天特地穿了這件內衣。內衣的蕾絲花邊如花萼托著她一雙孱幼的乳房。坐在電風扇底下，她覺得有一些涼意，皮膚泛起一陣顆粒。她反手到背後，摳弄了幾下，才拆開了內衣的扣子。

惠子抱著自己，用手臂遮掩著一副蒼白、瘦小的身體。

她望了望課室的百葉玻璃窗，薄薄的粉綠色的布簾。窗外有樹的影子如手影戲那樣映在上面，隨著吹拂的風微微晃動。會不會有人在這時候恰好經過這裡呢？其實當小林老師把照相機架在腳架上，低頭測光和調校焦距的時候，她獨自坐在椅子上，就已經有點後悔了。

三、二、一。看這邊。

她看著老師站在彼端，舉起了手。

只要把自己想像成一個靜物就可以了，惠子想。只要把自己變成一尊石膏雕像，光照底下，所有顏色皆盡褪去，僅留下白色。

這樣就可以了。

一如她曾經在美術課室裡積塵的畫冊上，看過那些石刻的眾神之像，張揚無懼地袒露著乳房，就連瞳孔都變成白色的。

小林老師曾向她說過書中故事，漫長的藝術史總如潮汐的起伏。然而惠子始終不懂，為何受膜拜的眾神會一夕間被人類遺棄。那些裸身的石像被隨隨便便地丟在愛琴海的沙灘上，任海水侵蝕，折手斷腳。

一如波提切利的那幅少女神維納斯，或者十五世紀那些厚重而綻出龜裂紋理的油畫，文藝復興畫家以暈染法堆疊幾十層的顏色，執意描繪出人體肌理幽微的明暗而至若隱若現的靜脈的透明感——他們皆相信，這即是趨近真實，或趨近神的唯一方法，然而卻在照相機發明出來之後，一切都顯得那麼徒勞而虛妄。

當惠子聽見照相機的快門閃動的聲音，仍會感到羞赧，不自覺地把臉掩蓋在自己的手心裡，像是伸手努力阻擋著水壩上的一道裂縫，然而隔著一道厚實之牆，時間仍如水銀一樣從她的指縫間汩汩流出來……

三、二、一。時間到了。

當惠子再一次睜開眼睛，仍身處在幽暗的小暗房之中，彷彿她始終都沒有走出過那個充滿化學藥劑酸味的房間。惠子拿著一個計時器，讀秒數算著時間的流逝。在那狹小的房間裡，小林老師教她沖洗照片的方法，示範了讓影像從無而顯影的過程。而倒滿了顯影液的水槽裡，浮現的都是她的一截一截的身體。

她在黑暗中說：「老師，時間到了。」

時間到了。惠子謹記著老師說過，必須在精密計算的時刻之內，把照片從顯影液之中打撈出來，再浸入急制劑裡面，讓原本流動的光暗和細節從此定形。

但小林老師卻似乎沒有聽見惠子的提醒。惠子在那紅光黯淡的房間裡，感覺到自己的手被拉住了。惠子以為老師因為光線太暗而捉錯什麼，卻發現老師並沒有放手，而仍緊緊箍著她的手腕。

沒有人伸手將時間按停。

沒有人伸手把那張浸在水中的照片撈起來，任由那張照片在水槽之中一直浸泡著。時間過了很久，或者在那個暗房裡，其實也不過是一分鐘，相紙上的銀鹽卻吸收了太多的顯影液，浮現在紙上的色調愈來愈深，愈來愈濃重。蔓延的暗影掩蓋了原本清晰的細節，吞沒了形狀和輪廓。最後白色的紙竟然變成了一整片的黑色。一切都消失了。那躺在水槽之中的照片，此刻像是一個方形的無底的洞口，把所有的光吸走了，把惠子想要呼喊的聲音吸走了，把時間如流沙一樣都咻咻咻地吸走了……

惠子在黑暗中，無法遏止地嘔吐。

像是從黑洞吸入的所有物質，包括光和時間，都會從臍帶相連的白洞再吐出來。

她一直吐，似乎快被自己吐出來的東西淹沒。包括了光，從她的口中，以及身體的所有隙孔之中流洩出來，把一切正在顯影的影像都一瞬間曝光成白茫茫的一片，恍如雪盲，什麼都看不見了。

第十一個房間

寶可夢老人

當我們再一次睜開眼睛，莉莉卡，妳看，那就是我們身處的星球。

那是宇宙探險隊在告別地球之前拍下的一張照片。透過太空梭的舷窗看去，地球只是一個半圓。像一顆聖誕玻璃球，裡頭盛裝著藍色的海洋，以及白色漩渦的雲層。圓球的下半部淹沒在無垠黑色的湖中，載浮載沉著。那一抹藍，好像就是宇宙之中唯一的顏色了。但我們終究無從看見更微小的細節，因為那艘太空梭已經離開地球愈來愈遠。他們正航向看不見的天際。

那是一道沒有回程的航線。依照預定的計畫，太空梭會登陸幾百光年以外的另一顆小行星。他們會在那裡，一片一片如拼圖那樣，組裝出一面巨大而無縫的防護罩，把整顆小行星包裹起來，隔絕熾烈的輻射線和小隕石。他們可以在這個透明的玻璃球裡，用儀器調節氣溫、雨水和陽光。然後他們會撒下種籽，讓植物在貧瘠的土壤生長，以及開始繁殖各種動物。是的，一如古老傳說的方舟，那艘太空梭裝載著各種生物的基因碼。地球萬物，此刻被壓縮、刻寫在小小的晶片之上。原本億萬年的進化縮短成朝夕，包括人類，都將從培養皿的單細胞，慢慢長成一個已設定好的形體，等待來臨的一刻，睜眼而甦醒。

當新生的人造之人從睡夢中掙扎而起，他們只會匍匐爬行，而尚未知曉以足奔跑的姿勢。他們舔舐地表上的青苔和露水，以藻為食。他們赤裸著身體，站在記憶的斷崖上，而無人把原本的故事接續下去。因為時間已經過去太久了。在生物繁衍遍地之前，第一批登陸星球的探險隊隊員已全數壽盡，安詳而逝。他們並排躺在玻璃之棺內，雙手懷抱胸前，而永不知曉自己將在許多年後，被後來殖民地的人們尊為創造之神。

莉莉卡，只有妳還留在瘟疫過境之後的地球上，向虛空的天際拍打著綿延不絕的電波，如潮汐投遞的玻璃瓶，而無人回應。

他們要如何穿過光年的距離，迎著太陽耀眼的光，而回返這座藍色的地球？

妳看見那個叫做默的少年，一個人坐在破敗公寓的天台上。日光仍刺眼，他伸手遮著眉頭，瞇眼望去遠處的風景。少年其實並不知道這段日子新聞不斷播報的那艘太空梭，以及踏上單程航道的宇宙探險隊，在漫長無光的星空之中航行，最後將會抵達何處。對他來說，這些都太遙遠了。即使眼前景物，於他都遙不可及。在瀰漫的沙塵中，海峽對面那些紅白相間的工業煙囪和高聳的樓層，像是龜背之上，插滿了參差不齊的利器。還有一座巨大的摩天輪，但因為太遠了，而看不清楚到底有沒有在旋轉。

已經到不了對岸了。

這就是南方以南，半島的盡頭。連接著半島和島之間的這座橋，說長不長，橫跨過一公里的海峽，如今卻像是受傷的獸尾，被炸塌了一口碩大的缺口，只剩下半截橋梁，癱躺在平靜的海水之上。

為了阻擋瘟疫的病毒，以及萬計的難民沿路南下，彼方的島，決絕地腰斬了這座從英殖民時代就連接著兩處陸地的石橋。雖然這已經不是第一遭，這座橋遭逢被切斷的命運。據說第二次世界大戰的時候，節節敗退的英國人，最後終於退守到島上。而日軍一路南下的腳踏車部隊，穿過叢林，進入了城市。戰火迫在眉睫，英國人在橋墩放置了炸藥，把唯一的通道攔腰折斷，卻徒勞地無能阻擋如蟻群擁而渡河的敵人，終究已棄無可棄。

但這些對少年默來說都太遠了。自他懂事以來，這座曾經承載著故事和繁華的南方邊城，已經變成了廢墟。少年默不曾經歷過戰爭，雖然他也聽過族裡的老三古繪聲繪影地說過雨林之中的馬共游擊隊，以及那隻從動物園逃脫之後杳無音訊的馬來虎，皆是如影如魅的傳說。但他真正從老三古身上學會的，卻是古老的狩獵的方法，如老三古所說，另一種把流動的時間按停的方式。

少年默站在公寓的天台上，注意著樓層下的一切風吹草動。他提起了那枝沉重的長槍，側過頭，閉著一隻眼睛。穿過槍的準星，看去眼前的世界，只是一片蒼蒼茫茫。

——寶可夢老人今天還沒有出現。

從準星看出去的視野，其實是非常狹小的。像是整個世界驟然縮窄，只剩下了你一個人。你必須屏住氣息，以防止肩膀到手腕的任何微顫。你要心底數算三秒，在兩秒和三秒之間的那一瞬間，扣動扳機。

少年默手中握著長槍，想起了老三古告訴他的話。

老三古的話總是帶著一股香菸的焦味，以及一種如大雨將至的沉重感。那年阿默才九歲，老三古第一次允許他拿槍。當老三古把槍交到他的手裡，他還可以感受到槍柄和木托的部分，留著老三古身上的餘溫。他學著老三古的姿勢，手托著槍柄，槍管伸向遠方。但槍很重，槍管一直在自己的手上搖晃不已。而獵槍準星的中心，是一頭幼小的野豬，正在低頭嚼食著什麼。牠棕色的短毛光潔，花斑在葉隙下閃動著光，偶爾抬起頭來，恍恍不知生命的終結輕易如吹滅一枚星火。

當游擊隊棄械投降，紛紛從森林走出來的時候，老三古卻偷偷地藏起了他傍身的長槍。那柄槍比少年默還老。如今他揹著老三古留下來的槍，日日走進無人的市街裡。安靜的街道上，被棄置的汽車壓在乾癟的輪子上，已無處可去。大遷徙之後的邊城，徒留一幢一幢空置的公寓，遠遠看去，如排列整齊的骨牌，彷彿安靜地等待巨人輕輕一推，就會接二連三砰然傾倒。

他留心聽著一切瑣細的動靜，但此刻整個街區靜悄悄的，毫無人類的聲音。偶爾有不知名的雀鳥發出尖銳的叫聲，此起彼落，像是交換著他所聽不懂的密語。即使他早已放輕腳步，但那些躲在暗處之中的動物老遠知道，揹著槍的少年恍如死神。

每個禮拜，少年默都要來到這裡，清除那些廢墟裡的獸類——大部分是貓和狗，以及不知從哪裡闖進了城市的野生走獸。這是市政廳派發下來的工作。隊長說，為了杜絕傳聞中的瘟疫，防堵死灰復燃，必須清掃這些無人看管的動物。但他不能使用毒藥和陷阱，以免腐壞的屍體滋長病菌。隊上給每人發下了一個口罩，和一雙塑膠手套。但不管口罩還是手套都妨礙獵人的工作，少年仍是赤手握著長槍，有時握久了，手汗把槍柄都浸濕。

眼前這些荒廢的公寓已經變成了鋼骨的叢林。這幅景色，常常讓少年默有一種身處於熱帶雨林的錯覺。曾經他的族在雨林裡繁衍、狩獵和遷徙。即使死後，他們的幽魂也會盤旋在樹的枝葉間。族靈卻不曾預警，這一大片一大片的森林在短短幾年之內都被開墾成油棕園，而後整個族群因為大瘟疫而迅速凋零。身為族中最出色的獵人，老三古在臨終的病榻上，常常突然開口說起族裡失傳的語言：「Cep bah hep。」

——到森林裡去。

族語裡，「hep」這個發音就是森林的意思。阿默卻覺得，森林其實一直都在，不曾真正消失過。一如眼前的城市已經被各種綠色的植物反噬。一開始是那些攀緣植物，落地生根，以光為食，迅速地爬滿了整個牆面，將蜷曲的綠色觸鬚伸入建築物的牆縫之間，把隙縫慢慢撐開。細密葉子互相交疊、覆蓋在原本的水泥鋼筋之上。在人類離開之後，它們彷彿掙脫了圈養和限制而不斷瘋長。葉子變得壯闊，而行道樹長成巨木。一整片的綠色，終於如一張網，輕柔地覆蓋住樓宇，把整座城市變得濕熱而柔軟——

變成孕育萬物的子宮。

此後動物們就在蔓藤之間勃勃生長、繁殖。比如說那些猴子、果子狸和四腳蛇，牠們原本被城市推擠到存亡邊緣，只能藏身在城市的暗影底，在渠道和垃圾堆裡卑微生存，卻常常在高速公路上被超速的汽車撞成一灘爛泥而無人收拾。如今牠們張揚地在市街上發出求偶的叫聲，像是經過了好幾世代的委屈和壓抑，終於又回到了基因記憶之深處，那座繁茂蒼翠的森林。

阿默走在這座望眼無人的市街裡，偶爾會被突如其來的巨大吼聲嚇一跳。是大象嗎？還是那隻無人看見過的馬來虎？他舉著槍防備四周，卻看不見任何巨獸的身影。他其實並不知道，這座已經變成了一片叢林的破敗之城，經過漫長歲月，到底在看不見的深處孕育出了什麼怪物。

老三古告訴他，在大瘟疫爆發前夕，動物園裡面的那些野獸，彷彿預知了災難，一整個月裡都毛毛躁躁的。有一隻成年的馬來虎，就在某個晚上，趁著夜色攀爬過高聳的欄杆，從圍牢逃走了。牠的腳步無聲，而身軀斑斕，就這樣消失在這座城市裡。

那時老三古也在派遣的捕獵隊之中，依靠著自己多年的狩獵經驗，他可以從淺顯的足印辨別各種走獸的行蹤。但那支提著槍的獵手們在這座城市裡卻一籌莫展。城市裡太多光害、噪音和混亂的氣味了。那隻逃走的虎以一身斑紋隱入城市駁雜的光影之中，再也不曾被人類找到。

而那座動物園，在大遷徙的時候也隨之被遺棄。人們離開了城市，市政廳的捕獵隊負責清理善後，為了避免再有猛獸因無人看管而逃走，他們舉槍打死了許多園裡的奇珍異獸。夜裡此起彼落的槍聲，撕開了整座城的寧靜。而那些一生困鎖在籠子裡的巨獸，在死亡之前，仍疑惑不解。牠們以透亮清澈的眼眸看著欄柵之外的人類。而那些人類皆因為徹夜屠殺太多生靈而眼眶深陷，如酒醉一樣手指顫抖、眼神無神而恍惚……

如今阿默仍握著那把不知纏繞多少幽魂的長槍。

他用槍殺狗。

在這座荒棄的邊城裡，狗一再生殖成群，在無人的空房子裡產下一窩窩的狗崽子。那些被人類遺棄於此的狗，不論品種，互相結集而成了一支末日的旺族。牠們學會了以群體圍捕、欺負其他落單的動物，似乎回返到了狼之祖先的狩獵方式。牠們恍如這市街之上的惡黨，但這裡的每一隻狗，都認得少年默的腳步聲。只要他揹著獵槍遠遠走來，牠們就會閃身躲進公寓的影子底，不再現身。

但一開始的時候並不是這樣的。一開始，那些棄狗聽見人類的腳步聲，都以為主人回來，會從各自的藏身之處歡快地飛奔出來。牠們被人類拋棄於此，竟還留著被豢養的依戀。但一聲槍響之後，牠們就會慌張而茫然地四處逃竄。少年默舉起獵槍，瞄準牠們奔逃的身影。而其他棄狗躲藏在看不見的某處，一起發出長長不歇的號聲。

整座城市都是狗，牠們在暗處不斷繁衍。牠們的哭聲像是鬼的長號，在那些空去的破落高樓之間，激盪著綿延不絕的回音。

老三古如果知道他用長槍殺狗，一定會非常生氣吧。

老三古十分愛狗。除了那柄古老的槍，還留下了一隻狗。那隻土狗誰都不能接近，除了老三古。然而老三古不在之後，阿默擔心老狗亂跑，就把狗拴在屋子門口。那個屋子還保留著老三古離去之前的模樣，彷彿時間一點都未走動，牆上的月曆已經過去好幾年，還有一張陳舊的百事可樂廣告海報，不知為什麼，海報卻是阿波羅十一號拍下的地球照片。那是人類第一次站在月球地表，看著孤獨的藍色星球。

屋子如今只剩下少年默和老狗。每次回家，還沒走到家門，那隻老狗就大力扯著鐵鍊，對著他狂吠。鐵鍊聲和狗吠吵鬧整條街。阿默心底覺得，老狗其實知道他在外頭所做的一切，屠殺牠的同類。往後阿默回家之前，都要特地繞個遠路，先到公共廁所去，打開水喉，用力搓手洗臉，像是要把身上所有死亡的氣息都洗掉一樣。

但狩獵的標準動作不都是一樣的嗎？舉槍、屏息、瞄準，數算三秒，扣動扳機。他只是複製了老三古的一切。當他舉起長槍，他就明白生命是如此易逝。死神掠取的其實是時間。每一聲槍響，都像在時間的牆上打了一個釘。

但此刻午後的時間才過去那麼一點。

少年默躲在樓層的影子之中。一個稱職的獵人，會把自己的身影、氣味和聲音都抹去。當他看見草叢葉尖微微晃動，舉起了槍，對準那遠處。那座廢棄城市的背景底，傳來一陣哐啷哐啷的響聲，從遠而近，草葉晃影之中緩緩走出了一輛腳踏車。

那輛腳踏車恍如行走於荒野的廢鐵，蹣跚前行，發出金屬互相摩擦的不絕的刺耳聲音。有一個身軀佝僂的老人，正用力地踩著那輛爛車。老人幾乎正用著全身的力量蹬著踏板，整個人都離開了坐墊。遠遠看去，隨著老人的雙腳交互晃動，那身影輕飄飄的，彷彿幽靈那樣讓人有一種恍恍惚惚、歪歪斜斜的錯覺。

少年默收起了他的獵槍，看了看腕錶。

寶可夢老人總是在這個時間出現。

那是他為老人暗取的綽號。那個老人每天會在固定的時間，騎著那輛破爛的腳踏車，從廢棄的住宅區現身，一路沿著海岸停停走走，最後總會騎到那座斷橋的盡頭，再折返回頭，守時如鐘重複著相同的路程。

寶可夢老人永遠都握著一台型號過時的手機，對著虛空而晃來晃去。他改裝了腳踏車的龍頭，多裝了一個支架，上面掛了十多架亮著螢幕的手機，像孔雀開屏那樣，閃爍著妖異的光，讓那破爛的腳踏車看起來反而充滿了一種科幻感。

但那些手機都十分老舊了，有些連玻璃螢幕都龜裂，大概都是老人在這段日子裡，到處從空置的屋子裡撿拾回來的吧。

少年默從影子中走了出來，噘著嘴唇，發出一聲尖銳的哨聲。那個老人聽見了，抬起頭，瞇著布滿皺紋的雙眼，向他揮了揮手。

第一次見到老人的時候，少年默以為他只是一個拾荒者。總是會有人不理那些警戒線的封條，偷偷走進這座封禁之城，走進那些被匆匆留下的屋子裡面，撿拾原本的住戶來不及帶走的東西。有時確然也可以幸運地找到過期的罐頭，以及剩餘的紅酒，但大部分的房間，其實都已經被植物完全侵占而再也走不進去了。

後來他才知道，老人每天風雨不改，獨自走來這裡，都是為了捕捉寶可夢。

那是一個已經過時許久的手機遊戲。據說在遙遠的過去，曾經在這座城市掀起一陣寶可夢狂潮。不分年齡、男女的寶可夢玩家，紛紛從房間裡走了出來，走到遊戲裡指定的戶外地點去。在那些定點，你可以用手機去捕獵那些其實在現實中看不見的怪獸們。透過一種叫做AR（Augmented Reality）的虛擬技術，你可以從手機螢幕裡，穿透眼前現實的鏡像，而得以看見那些統稱為「寶可夢」的可愛怪獸們現身眼前。

那些怪獸都擁有著自己的名字：皮卡丘、傑尼龜、妙娃花、小拉達……而至罕見的烈咬陸鯊和超級班基拉斯。你可以收集它們，累積寶石而讓它們進化。你也可以馴服那些形狀怪異的生物，如豢養寵物一樣，帶著它們到處蹓躂，帶著它們去對打其他的怪獸。

那遊戲其實是讓虛擬寵物走進人類現實生活的其中一次嘗試。從最早發明出來的電子雞開始，往後多年，科技不斷更新再更新，更多擬真的遊戲，一下子就汰換了前代的寶可夢。而那些一開始如雨後春筍冒現的捉怪玩家，又驟然退潮，轉身忙著追逐更新穎且更真實的人造虛影。

沒想到，竟然現在還有人在捕捉寶可夢。

少年默覺得十分不解。

「對啊，明明連遊戲公司都倒閉了，但你看，那些寶可夢卻全都還在這裡。」老人說。看去老人手中的手機螢幕，是這座城市的阡陌縱橫的3D地圖。雖然建築物皆盡朽壞，但仍可以在地圖中辨認出身處的位置。而眼前真實的景物皆被攝入了手機之中，此刻，手機震動了一下，從螢幕裡還真的跳出了一隻可愛的卡通小怪。少年默看著老人熟練地用手指劃過螢幕，就丟出了一個紅白色的球。流光一閃，球震顫了幾下，那隻小怪就被關在球裡了。

少年默不曾見識過寶可夢最輝煌的年代，但他看著老人聚精會神，恍如對周遭現實視若無睹的樣子，似乎有點明白了，這是一個沒有盡頭和結局的遊戲。阿默心想，老人手機裡面那些被定格、收服的幻獸們，和動物園那些被禁閉的野獸，其實並沒有多大的不同。都是源自人類自古以來的蒐集癖，把一切占為己有的妄念。

這時候，他就會覺得寶可夢老人和老三古的身影彷彿重疊了起來。他們其實都是在捕獵肉眼看不見的東西，必須透過手機的螢幕，或者獵槍的準星，它們才會顯現出來——

其實你仔細看，這些寶可夢都是死去的動物們變的。老人幽幽地說。

當你按下扳機，捻熄生命之燭光，那些生靈在你面前倒下，流淌滿地的血，抽搐而死去。但在同一時刻，牠們的幽魂亦開始遊蕩在這座荒棄的城市裡。你看不見牠們。你放下了槍，睜大眼睛，卻什麼也不會看見。那些狗和貓，那些從牆角探出頭來而不小心被你發現的小動物，你以為牠們就這樣死了，但其實你卻可以從手機的螢幕裡，發現剛剛死去的動物們，變成了3D圖形的模樣，化身成卡蒂狗、布魯托或向尾喵，在這市街上漫無目的地遊蕩、晃走……

少年默覺得老人也許孤獨太久，而開始說這些他聽不懂的話。

寶可夢老人卻說，你將來終會明白的。老人抹了抹額頭上的汗珠，蹬了一下踏板，攀上了腳踏車，繼續他未完的旅程。他高舉著手機，如古老神話裡收妖葫蘆那樣把那些猶在城市之中遊蕩的寶可夢一隻一隻收在自己的口袋之中。然而今天收完的寶可夢，明天又會浮現出來，也許永遠都沒有結束的一天。少年默望著老人的背影，慢慢地遠去，消失在塵霧中，卻隱約還迴蕩著廢鐵腳踏車嘰嘰歪歪的聲音。

怎麼可能呢？那些寶可夢難道都是動物的幽魂嗎？

但少年默卻記起了老三古曾經告訴他的，本族人相信，所有生靈在死後仍會恍恍地留在原地，不曾消散。有一次他和老三古在林中過夜，在蟲鳴不絕的晚上，他們坐在煤油燈的光圈之中，身後的影子拉得很長很長。老三古抽菸驅蚊，在焦臭的氣味裡，老三古說了一個關於馬共地道的故事。

所謂地道，就是馬共在樹林深處挖掘的地底隧道。那些隧道通常非常簡陋而狹小，僅容單人側身進入。地道連接不同大小的地坑，入口用枝葉隱蔽，內裡卻像是蛛網那樣，從整座雨林的地底蔓延到山下。某一年早來的雨季，有個年輕的游擊隊員抱著一個初生的嬰孩，匍匐鑽入那地道，偷偷下山。那個時期，那些被困陷在森林裡的游擊隊，活在飢餓和恐懼之中仍禁不住地在野地交媾，生下孩子。然而嬰孩的哭聲會把敵人引來，所以那些出生於雨林的小孩，尚未開眼看見世界，就都會被悄悄地遺棄到山下農家或原住民的屋子門口。嬰孩如幼貓幼犬那樣哀哀哭號，而祈望有人把他們領養。

但那天的雨下得太大了，年輕的游擊隊員在暗無日光的地道之中，抱著那個臉皺成一團的孩子，摸黑前行。雨水漸漸滲入地底，走了許久，他才發現自己忘了把入口掩上防雨的油布，只好先把嬰孩安頓在地坑裡，再折返回頭。原本只是打算馬上就回來，不料暴雨不停，發生了土石流，泥漿和斷樹阻斷了地道的入口。當游擊隊員再回到地坑，都已經是兩天之後了。

暴風雨摧殘過後，原本就脆弱不堪的隧道幾乎都是泥濘。那個游擊隊員好不容易用鏟子挖開了地道入口，掀開了入口的鐵蓋，慶幸裡頭沒有被雨水淹沒。他用手電筒探照幽暗的地坑，沒有看見小嬰孩，也沒有聽見泣聲，卻訝異地發現，一整個潮濕的地坑裡都密密地擠滿了一群躲避風雨的野豬崽子。暗影之中，一對一對晶亮的眼睛對著他閃閃發著礦石那樣的幽光。

在無人知曉的魔幻時刻，嬰孩化成野豬，時間化為蝶。莉莉卡，它們就這樣取代了原有的故事，並且就像藤蔓一樣，以一種緩慢而堅毅的方式，在字與字之間、在筆劃與筆劃之間，擠出交錯的細縫，慢慢長成了一座比原本房子構造更加繁複、更加無以破譯的廢墟。

莉莉卡，我們終於走到這裡。這座城市的邊境，延伸入海的斷橋上。

「這裡就是盡頭了嗎？」妳問。

橋像一段未完的句子，斷在未及意義的地方。但莉莉卡，我們已經無可前行，而只能倒回頭去，逆著時針，再看一次倒退的風景。

妳總是跟在我的身後，踩過留在草叢裡隱約凹陷的足跡。然而親愛的莉莉卡，我們為何一再走進廢墟之中？我們相繼闖入那些空置無人的房間、廢棄的痲瘋病院，或者，荒草蔓生的遊樂園。妳注視著那些人類曾經留下的細節。那靜止的旋轉木馬身上的漆色仍然鮮豔，卻已經一大片一大片被時間剝落。

在我身處的那個年代，電玩遊戲虛擬實境的末日場景，皆是喪屍或輻射變異人盤踞的流刑地。但吸引著我的其實並不是一瞬發生抑或經年如石磨的毀滅之力，而是各種各樣在時間壓輾之後倖存下來的事物。

那些鬼影幢幢的廢墟之中，為什麼永遠都怪異地還留著陌生但年代久遠的老照片、過時的月曆海報、咖啡印漬的杯子，甚至一桌散亂的麻將牌……是什麼原因讓人匆匆離棄此地？而那些過時的事物上，積厚的塵埃如火山灰，讓它們失去了原本的顏色，像是剝離於現實，但又那麼地形影分明。

我們走在這座城市，如走進史前文明的場景。就像龐貝之城從熔岩底被挖掘出來的時候，人們如此訝異於那些靜止、凝固的一切。莉莉卡，我總以為我們一再走進大遷徙之後的廢墟，其實更像走進生機勃然的陌生地——

遍地是瘋長的野生植物、鳩占鵲巢的小動物們，以及縈繞不去的幽魂。

偶爾妳會愕然發現，竟然還有人留守在那些公寓的房間裡，過著一天一天卻恍恍不知時日——那些逃亡一生而已經不想再逃的老人、雙眼空洞的白粉仔，以及隔世而繭居於此的無依少年……他們皆被棄置於此，在無光的房間裡，一如在遙遠而孤獨的小行星上，那些人類慢慢地進化抑或退化成一種畏光而蒼白的物種。他們的瞳孔變成灰白色，看著你卻如看穿你身後的物景。有一次，我們打開一扇朽壞的房門，看見那房間裡還住著一對孿生兄弟。他們如交配的蛇那樣蜷縮在床上，雙腿纏繞彼此，依著繁衍的本能，他們的手互相擼動著彼此胯下鼓脹的生殖之器……

我們每一次闖進那些房間都恍若夢中。

當少年默仍隱身在廢墟的影子底，拭擦著槍柄上的手汗，傾聽著叢林動靜的時候，寶可夢老人已經鑽進了這座城市的深處。他停步在一幢破敗不堪的公寓之前，從腳踏車上跨下來，撥開盤踞門口的蔓藤，走進了那幢公寓。

對老人來說，眼前的景物似乎仍保留了熟悉的輪廓。但他還是找了一下才找到樓梯口。口袋中的手機不時震動起來，老人喃喃自語——最近出現的寶可夢好像愈來愈多了。他弓著身子，踩在石灰的階梯，發出沉重的腳步音。梯子扶手長滿了鐵鏽和不知名的植物。一隻小石龍子從葉片之間探出頭來，又扭動著身體快速地躲起來了。大遷徙之後到現在，老人其實已經忘了，到底多久沒有回來了。

那是他和兒子直樹曾經住過的老公寓。透過手機螢幕，老人可以看見整座公寓盤踞了各種的寶可夢，恍如一個巨大的寶可夢之巢穴。像是迷路人跟隨著路上撒下的麵包屑，他一路抓怪而來到這裡，但眼前的一切，都只剩下殘垣敗瓦了。老人摸索到自己住過的門號，房門已經不知被誰打開，或者只是因為門軸腐朽而塌倒了。整個屋子內裡恍若經歷核爆，他已經無法辨認那些曾經被他遺棄於此的事物。他艱難地踩過地上厚厚的枯葉如身陷泥濘。他推開了一扇歪歪斜斜的門，而讓他訝異的是，兒子的房間似乎仍一切完好而毫無損壞。

那個房間似乎停留在多年之前的模樣。像是無形結界之內，所有的陳設、桌椅皆無人碰觸過，地上亂丟著過期的漫畫雜誌——它仍像是一個少年繭居許久的房間，但如一個被遺棄的蛹，裡面已經沒有人了。

老人走進了那個無垢而明亮的房間，這時口袋裡的每一台手機都開始震響起來。像是同時偵測到了什麼，手機一直震動而無法按停。老人拿出了一台手機來看，寶可夢遊戲畫面裡一個個光圈如同心圓的漣漪，不斷迴蕩、閃爍。

老人走到窗口，舉起了手機，從螢幕裡才看見了一個非常巨大的身影。

或者，那更像是一個碩大無朋的少女之軀體。巨大的少女穿著可愛的水藍色校服和白色的長褲襪，校服領口還打了一個紅色的蝴蝶結。那個少女站在窗外的廢墟之上，比樓層更高，而達雲端。她只是站著，一雙腿就從這裡跨到了海的那邊。且那腿際之上的裙襬好短，似乎只要再低下頭，就可以看見穿在內裡的小褲褲。

老人伸頭往窗外看了看，現實依然荒蕪一片，並沒有手機之中顯現的影像。窗外空無一物，什麼也沒有。那個巨大的少女似乎就和所有的寶可夢一樣，只存在於遊戲畫面裡，只能透過手機螢幕才看得到。但她長得太高了，老人舉高了手機，始終沒辦法從狹小的螢幕中看清楚她的面目。但可以看見的是，少女的背上，長著一對鮮豔藍色的蝶翼。那雙蝶翼緩緩地開闔著，上面的紋眼觀照著整個世界，而薄薄的粉翼上，映照出夕陽的折光，幻化如虹不同的色彩。

老人看了許久。那個巨如神祇的少女，矗立在整座城市的廢墟之上，彷彿只有他一個人看見。

老人放下了手機，扶著窗，對著窗外的虛空，號啕哭了起來。他的淚水滴在腳邊，一滴一滴落在地上，如施了咒語的甘露，頃刻就喚醒了沉睡已久的生命。一株一株淡綠色的幼芽抽長，在他的腳邊生長飛快，才過不久，就已經纏繞著老人的拖鞋，而至腳踝……

少年默在廢墟之中一直待到近晚，卻什麼也沒看到。

有時他也會懷疑，老三古說的都是真的嗎？

那些密道和游擊隊的故事，或許到最後，都只是一個杜撰的謊言罷了。當眼前的天色漸漸暗下來，城市的輪廓更模糊了。烏鴉群集歸來。牠們紛紛鑽入了那些公寓的窗口之中，仍不住地聒噪。也正是這個時候，晝伏夜出的獸類會慢慢地走出巢穴。今天的夕陽還沒完全落去，圓月就已經掛起來了。少年默打開了手電筒，一柱光伸向廢墟，拉出一個光圈。這是老三古教他的，在月圓的夜晚，當野獸看見燈光，會以為出現了兩個月亮而疑惑不已，呆立在原地。

少年默曾經就在那銀色月光的草地，篝火搖晃的光中，和老三古並肩坐在滿是蟲鳴的樹林。他們因為追逐著那隻馬來虎的蹤跡，闖進了叢林之深處，準備在林中過夜。那時候，他揮手驅趕著千百近身的蚊蟲，忘了為了什麼事和老三古慪氣，而憤憤地問老三古——

「你說這麼多，那你殺過人嗎？」

少年默似乎把老三古也惹怒了。老三古啐了一口痰，把菸蒂用力地彈入火堆，說：「我殺人你還沒開眼咧。」

然而像是說錯了什麼話，那天他們在樹林之中兜兜轉轉了一整夜仍空手而歸，那隻從動物園逃走的馬來虎早已無影無蹤。而後就是瘟疫蔓延的混亂時期，老三古此生再也沒有走進那座森林。

如今只剩下他自己一個人了。

此時少年默聽見獸踩著樹葉，碎步而來的聲音。

他舉起了槍。藉著月光，他隱約可以看見不遠處，草葉晃動，現出了一隻野豬。那隻野豬從廢墟之中走出來，在這片荒土之上埋頭覓食。阿默覺得自己已經隱藏得很好了。但野豬這時卻像是察覺了什麼，轉過頭，看了過來。阿默這時才發現，牠有一雙和人類非常相似的眼睛，此刻明晃、深邃，像是容納了整個宇宙的黑寶石。牠就站在長槍的準星之中，在少年默的注目之中。世界驟然縮小，縮小到彷彿只有他和那隻野豬。

阿默沒有扣下扳機，和九歲那年，他第一次握著長槍的時候一樣，他慢慢放下了槍管，任那隻粗壯的野豬，蹬著幼細的短腿，一步一步地離開眼前。

但這時一條巨大的灰影突然撲身出來。野豬迴避不及，牠的後腳就被一隻老虎牢牢咬住。野豬想掙脫，而老虎傾全身重量壓制著牠，虎爪已深深地嵌在厚實的身體之中。那隻野豬在夜裡發出尖銳而淒厲的叫聲，驚走了一群烏鴉。野豬徒勞地在利爪下不斷掙扎，扭動著頭。然而牠還不夠成年，尚未長出尖銳獠牙，無以抗敵。那隻野豬就這樣被老虎壓在泥地上，血流滿地，喘息愈來愈深且緩慢。

在牠尚未斷氣之前，老虎已經扯開牠的肚腹，腸臟都掉了出來，冒出一股熱氣。老虎啃咬著野豬的肉身，撕開棕色的皮毛底下露出了一片鮮嫩的紅色。野豬側躺在地上，睜大著眼睛，似乎仍看著遠方的阿默。牠的眼睛仍閃爍生命的微光，此刻卻毫無驚怖，彷彿早已預知了生命消逝的一刻，平靜如燭光熄滅。

少年默蹲在廢墟的暗影之中，緊握著長槍，卻一動也不動。

他第一次看見那頭逃亡多年的馬來虎。老三古終其一生追捕不獲的獵物，此刻就在眼前。如果老三古說的是真的，那麼這頭老虎藏匿在無人知曉的深處，也曾經目睹著整座城市被人類遺棄，而變成廢墟的過程。牠或許也曾經如此窺視著少年默、老三古和寶可夢老人，以及晃盪於此的一切生靈。而此刻老虎的一身斑紋格外華麗，隨著踱步而幻如斑斕躍動的焰火。

在月光下，那隻老虎低頭舔舐著身上和巨掌餘留的血汙。牠低吼了一聲，搖晃著尾巴，轉身走了。阿默看著牠的身影，慢慢走到了斷橋的盡頭。牠向著燈火明亮的對岸之島看了看，就縱身從斷橋躍入了海。阿默遠遠都還看得到，那頭老虎在海中慢慢地游向對岸。牠的身後牽起一道很長很長的波紋，映照著初上的月光。

阿默撐起僵硬的身體，站了起來，走出了城市的暗影，此刻才聽見了風吹過的聲音。

第十二個房間

房間的雨林

風吹過的聲音，似乎把捷運車廂裡那些細瑣的聲響都掩蓋了。

不知過了幾站，窗外的風景變得陌生，車廂也從擠迫變得寬敞。乘客稀稀落落坐在車廂各處，然而每個人都戴著口罩，不是低頭玩手機，就是睡覺。似乎沒有人抬起頭注意到惠子。列車轟然開進了地底，陽光驟然暗去，惠子的倒影就亮起來。她看著窗鏡的影子，非常清晰，卻有一種怪異的陌生感。一如她這個時刻，原本不該在這列捷運之上。像是為了確認什麼，她微微側了側頭，鏡中自己也和她一樣的動作。

惠子懷抱著一個嬰孩，像一個母親。

手裡的嬰孩被包裹在一條碎花披巾之中，隔著幾層布料，惠子仍可以感覺到那柔若無骨的身體，此刻依附在她手臂上的重量。剛才還有人起身讓座給她，大概看見她擠身在人群之中，無可依靠的困窘。她被當成是一個母親，這讓惠子一開始有點不習慣，卻又有些憂喜自心底如油花浮起。有一個多事的大嬸，甚至刻意坐到她的身邊，說：「妳的小孩好乖，都不吵不鬧。」惠子僅回以微笑點頭。她不知該說什麼，但所有人彷彿都對抱著孩子的母親有一種寬容。她坐在博愛座而心安理得。

她已經按捺下了之前不安。剛才過捷運票閘的時候，惠子才發現多了測量體溫的關卡。在瘟疫初綻的時期，體溫變成了一種分界，把這座城市的所有人類分成健康的人以及染病的人。那是一道看不見的紅線，攝氏三十七點五度，只要稍稍過了線，即使只是小數點之後的微小越界，就會馬上被劃進病患的那邊，阻隔在現實的外面。

惠子跟在人群後面排隊，突然警示聲嗶嗶作響不停。她親眼看見有一個穿著中學制服的女學生，頃刻被拉出了隊伍。一群黑衣人圍著那個女孩，要把她押走。那被鉗住了手臂的女孩不斷掙扎哭喊，淚眼中帶著巨大的恐懼。然而所有圍觀的人都避開得遠遠的，包括惠子。惠子站在遠處看著那群穿著黑色防護服的人壓制住那個女學生，像是一群烏鴉啄食著獵物。那些人戴著沿襲自十四世紀黑死病時代的防疫面罩，遮掩的臉只露出模糊的雙眼。那面罩突出長長尖尖的形狀，非常像是烏鴉的鳥喙。自疫情蔓延，城市裡無處不在這些讓人懼怕的黑色的鳥喙人。

「請站在這裡，我們需要測量一下體溫哦。」

有一瞬間，惠子在隊伍之中，覺得自己只是流水線上一個無生命的零件。鳥喙人守著捷運站的閘門口，對每個人重複著同一句話。輪到她了。一柄像是雷射槍的測溫器抵著她的額頭。她乖順地屈了屈膝蓋，伸手撥開額前劉海，聽見嗶的一聲。還好，這是代表過關了。

「等一等，還有妳的小孩。」

她才要走，又轉過身來，輕輕掀開了原本覆蓋在嬰兒臉上的披巾。懷抱裡的嬰兒仍然沒有醒來，緊閉著雙眼，小小的臉皺成一團。沒事的，只是測量體溫而已，沒有人會發現的。惠子終於安然過了閘門，捷運卻還沒進站，她這才感受到手臂上一直承擔的重量。惠子把小孩稍稍抬起來，換去左手，讓右手暫時歇一歇。

小孩並沒有因為這些動作而轉醒。這孩子彷彿一路都在沉睡，陷落悠長夢中。

嬰孩會不會做夢呢？也許會吧。惠子養貓。貓在沉睡的時候，會快速划動四肢，彷彿追趕什麼。連貓也會做夢，為什麼人類卻不曾記得嬰孩時代的任何記憶呢？為什麼所有人生的初始都一片模糊？

惠子想起自己懷孕的那段時光，時常會胡思亂想這些。回溯自己最初的記憶，大概是四歲的時候。因為那年還沒有搬家，記憶裡仍是老舊的屋子。年幼的惠子坐在一扇窗前玩洋娃娃，日光灑進房間，在地上鋪成明亮的方格。她就坐在光裡。那是一幅晃亮而帶著柔光濾鏡的情景。而她至今仍記得，那個洋娃娃的身體後面有一個小拉環，只要拉動它，洋娃娃就會發出：「媽媽，我愛妳」的聲音。

惠子曾經在那個房間裡，不斷扮演著一個母親。那恆常是一個人的孤獨時光，只有洋娃娃陪伴著她。那個洋娃娃一頭金色卷髮，有很長的睫毛。藍色的眼睛會因為搖晃而眨動。惠子抱著那個洋娃娃，用附贈的小奶瓶給娃娃餵奶。其實奶瓶裡也只是想像成牛奶的白開水而已。但如今回想起來，非常奇怪的，那些被灌進娃娃體內的水分，也沒有出口，從來不知道灌注到哪裡去了。

惠子為娃娃梳頭，跟娃娃說話。她是一位母親。她對這個單人的扮演遊戲樂此不疲。只要她願意，她可以拉一下拉環，那娃娃就會模仿人類的聲音回應她。

一如月台此刻不斷播放的廣播，那是一種介於人類和機械之間的嗓音。

惠子仍站在那裡。沒有人真正注意到捷運站的月台上擺了一排綠色盎然的盆栽。大概為了響應環境綠化，然而在白晃晃的日光燈照底下，卻有一種抽離自現實的違和感。她初看那些觀葉植物皆生長得異常茂盛，走近了摸摸那葉片，才發現那是塑膠做的假的植物。其實整個捷運站都是挖空了地底建造出來的，此刻所有人都擠身在地表之下，又如何期望這樣不見天日的地方能長出真正的植物呢？

她才這樣想著，列車就到站了，先是一股疾風，吹得她長髮凌亂。列車停靠在眼前，很快又即將往下一個站點。她跟著人群向前，走進了擁擠的車廂。許多人都提著大包小包，為將至的大禁制期做足囤糧的準備，恍如這是一節逃亡的末日列車。惠子原本也是到購物商場來採買家裡那些耗完的日常用品和食物，如今卻什麼也沒買到。列車的門，隨著一串警示聲緩緩闔上。她一手抱著嬰兒，一手拉著懸掛的吊環，隨著列車一下子開動而跌了一步。車鏡外面那些明晃的廣告板開始流動，從眼前一晃而逝，但惠子其實並不真正知道她到底要去哪裡。

總之，先離開這裡再說吧。

然而要怎樣才能在這座城市裡藏匿起來，不被任何人發現呢？她在列車裡，望著捷運的路線圖，一個一個站牌的名字，如星星串連起來的星座。那些不同顏色的軌道，亦更像是，一道一道縫縫補補的，這座城市身上交錯的傷疤。原本惠子也是在那傷疤上不斷來回的人。生活不過就是不斷重複的兩點一線。然而此刻她抱著一個孩子，卻感到無由的茫然。列車抵達了她日常下車的站點，但她卻沒有起身，仍坐在塑膠椅上，任由車門開了又闔上了。她抬頭看著那些熟悉的站名，卻不曾到過的地方。她想，若就這樣一直坐到最後一站，列車會把她帶到哪裡呢？

「為了女兒，我什麼都做了。」惠子憂傷地說。

初期懷孕的那段時光，惠子曾經為了肚子裡的孩子，不斷地吃藥、看醫生。她已經過了三十五歲，嗯，其實都快四十了，早過了懷孕的黃金時間。一道明確的分界線，她的身體就被視為風雨飄搖的破船，必須堵住各種漏洞，才能承載得了身體之內的另一個生命。

惠子從診所領回了一堆藥。一向怕痛的她，竟然學會了在家裡自己用針頭打針。針尖刺入肚子的那刻，仍要咬著牙，把透明的藥水注入身體裡面。原本以為很痛，後來竟然也適應了那種被螫咬的恐懼和痛楚。針尖在肚子上留下了一枚一枚紅色的細孔，好像被什麼蟲子咬過一樣。只是那些注入體內的藥物、激素和寄望，像小時候給洋娃娃餵水，不知最後流落到哪裡，也許已經融化成了身體和記憶的一部分。

惠子曾經是那麼執著地，希望擁有一個女兒。

她毅然簽下了各種不同的人工受孕的配套，注射一種催谷排卵的激素，然後她必須忍受一整個月的浮脹感，想像小腹底下有一個管線複雜的機器，無日無夜地製造出一顆一顆一顆一顆的卵。

惠子清楚知道這是一種透支，像是預先索取的時間。魔鬼交換，累積成債。原本依著身體的潮汐，每個月定時產生的卵，如今以一種快轉的速度量產出來。大量從濾泡浮出的卵，像鼓脹著腹部的青蛙，堆滿了自己的身體的每一處隙縫。有時，她甚至有一種這個身體好像已經不再屬於自己了，那樣憂傷而抽離的錯覺。

惠子歷經幾次短暫的懷孕，卻總是沒有任何徵兆地，那些催生之卵皆無法演化成形。它們長成了恍若蝌蚪那樣幼小纖弱的形狀，卻像那些被棄絕自演化之樹的生物，在某個無人知曉的時刻，停止了繼續生長。那些胚胎皆來不及長出手腳，就像玻璃魚缸裡死去的小魚那樣，翻肚漂浮在子宮裡面而慢慢變成灰色。而後來她才明白，身體這個容器，原來是有次限的。每一次藥劑的催谷都在消耗著身體的使用次數。

為什麼就是沒有辦法像正常的人一樣去生育一個小孩呢？

惠子心底氣餒而焦急。時間已經愈來愈少了。

時間已經愈來愈少了，莉莉卡。當我們走進擁擠的人群，總會有一種慢慢融化在人海之中的錯覺。如何以一種血緣的方式，像繫著一條紅線，把兩個分離的個體緊密牽連在一起？我們如何想像，從母體分裂出來的另一個生命，在每一個細胞之中，那像飄絮一樣看不見的雙螺旋體，隱藏著一串無法真正破譯的密語，脆弱而又那麼絕對，無可修改。它形塑了妳現在的樣子。

也許我們可以再想像一下，妳剛出生的時候，尚皺著一張猴臉，厭光而哭號不止，旁邊的人就煞有其事地說，啊幸好眼睛和鼻子長得跟媽媽一模一樣，眉毛有一點爸爸的感覺……恍若他們一開始就認定了我們之間無由解脫的關聯。

但我知道並不是這樣的。

不是這樣的。當這座城市毀滅之前，我匆匆將妳從巨大的培養槽打撈起來（伴隨著一種臭腥而混濁的液體流洩滿地），妳就已經是一個少女的模樣。乳房的形狀微微從身體浮出來，如果實未熟，以及腋下和陰部的纖毛，未曾修剪過，濕漉漉地緊貼著妳的肌膚。對不起，莉莉卡，我錯失了妳從嬰孩而至成長的過程。而妳未知一切，尚沉睡夢中，眼球在薄薄的眼皮底快轉地滾動。

——妳夢見了什麼？妳是否看見了時間長河的一瞬之光？

或許這就是人類文明發展至此，終於建構出來的複製時間的方式。那不是依託於影像和文字的複製法。那種古老且耗日費時的方法總是不免經過了人為的改造和虛構，而終究離開真實愈來愈遠。而妳誕生於精密的數據和科學的公式，一絲一毫都沒有差錯。妳依著母體留下的ＤＮＡ，被複製出了妳現在的樣貌、個性和思考的方式。所以妳無由修改每一次面對的命運選擇之岔路，必然要再一次經歷同樣的人生和記憶，以及時間軸上那已經重複了許多遍的毀滅時刻。

如同我們的時間總是一再一再重來。

所以我們還是要回到那節行駛的捷運車廂，嗯，或者我們必須把時間調得更早一點，回到那座擁擠的購物商場，以及那天明亮而抑鬱的午後。

午後惠子一個人來到這座購物商場。她拎著商場的塑膠菜籃，站在蔬果區的冷凍櫃前面，冰涼的冷氣從隙縫吹出來，似乎直透心窩。但架子上卻什麼也沒有了。或許還有的，就剩下了那些發黃脫落出來的菜葉，散散落落乾癟、發了芽的馬鈴薯，以及瓶瓶罐罐不能真正當作糧食的醬料和調味品。人們正在搶購一切可以搶購的東西。惠子心想，似乎還是來遲了。新聞已經連續報導了幾天，但她不曾想像原本乾淨明亮的購物商場，此刻凌亂、吵嚷而無序。收銀處站滿了排隊而焦躁不安的人。每個人的手推車裡都擠滿了高高欲墜的貨品，像是預知暴雨的螞蟻，要把商場裡的東西都搬空一樣。

原本並不是這樣的。原本這座巨大的購物商場就像人類文明最光亮而誇耀的展示之地。那些巨大的廣告光板和時尚潮牌的名字，那些生活精品店、健身中心、連鎖咖啡館、電影院、中西式餐廳、有機蔬果百貨……一層一層堆疊成了虛浮的消費巨塔。一切這麼浮華又這麼相似，讓她一度錯覺了這就是城市生活的全貌。

自從在這座城市定居下來，生活已經和購物商場分不開。搭捷運來這裡很方便，惠子會在這裡買衣服、吃飯、看電影。有時，她會為了犒賞自己而買大杯的台灣珍珠奶茶，一邊啜著吸管一邊坐在三樓的休憩椅上，俯瞰著那些溜冰的人，一直到整杯奶茶喝完。

商場的正中央是一座巨大的溜冰場，眼下那些在冰上疾行的人形寸縮成指尖大小，在那塊白色的冰上滑來滑去。有些人笨拙又膽怯地屈著身體，才邁開一步就跌坐在地，卻又那麼開心地笑著。偶爾也會見到，訓練有素的溜冰好手，像一隻燕子一樣在那些人群裡穿梭、跳躍、飛身旋轉，綁在腦後的馬尾高高地揚起，腳下的冰刀在冰塊上劃出一道一道半弧的軌跡。

惠子覺得那之中有一種撫過絲綢那樣的柔美。從樓上看去那座溜冰場，有時就像一個巨大無比的冰塊，所有人都在上面兜著圈子，恍如沒有終點一樣。她喜歡坐在那裡看著那些溜冰的人，卻不曾想過下去溜冰場，試一試讓整個身體失去平衡的感覺。

莉莉卡，我們如何想像呢，那座溜冰場後來在大瘟疫時期，變成了停放屍體的所在。他們用塑膠布把死去的病人包裹起來，就一個一個擺放在那巨大的冰塊上面，等待埋葬。瘟可以延長腐壞的時間。但許多年後，即使所有的屍體都搬走、焚化了，人們卻總是還可以在那個無人的溜冰場，看見那些滯留於此的幽魂，依舊冷得抖索，在冰塊上來回走著，從口鼻呼出一團一團的白氣……

在末日來臨之前，沒有人可以預知這些。一如惠子常常在商場的那些貨架之間徘徊，亦時常茫然忘記了自己真正想買的到底是什麼。

只是當她站在商場擺賣零食的貨架之前，看著超現實的一排排紫紅鮮豔的包裝，那些國外進口的薯片和巧克力，心底仍偶然會想起小時候老街上的那間雜貨店。她記得那間老店門口會擺著一整排的鐵方桶。方桶上有一塊玻璃，可以透視鐵桶內的那些零食和餅乾，誘惑經過的小童。

惠子記得只要走進那間老舊的雜貨店，就會有各種不同的氣味襲來。米粒的味道，是一種粉粉而微刺著鼻腔的氣味；蝦米或江魚仔的鹹腥，間夾著洗衣粉那種微微刺鼻的化學味……所有氣味搓揉成了一種記憶，純然屬於感官的，不知什麼時候已牢牢吸附在腦紋間，怎樣也擦拭不去。但奇怪的是，當她站在那明亮的商場裡，卻完全都聞不到一點記憶中的那些氣味。彷彿這裡並沒有擺售任何的記憶。後來她才發現，也許是因為這裡的所有東西，都用了一層層的保鮮薄膜隔絕密封起來了。所有東西都貼上賞味時限的日期——

像是不同時速運轉的時鐘，一切的事物都在這裡倒數計時。

莉莉卡，瘟疫在這座城市蔓延開來之後，所有人都躲藏在公寓裡面，透過緊閉的窗口仰望著日月的更迭，數算日漸吃完的罐頭和泡麵。沒有人再走進這座巨大的購物商場了。平日永遠找不到車位的地下停車場，如今只剩下一根一根矗立的巨柱，像是古老而神祕的巨石陣。妳若走在那裡，洞空的回音會一直蕩漾不絕。但非常怪異的，那段時日雖然商場裡頭的店面緊閉，走廊空蕩，然而所有的燈光卻依舊通明。像是所有人都忘記了把燈關掉。巨大的螢幕仍輪播著年中折扣的廣告，以及在櫥窗裡，那些站著的假人模特兒，還穿著當季的流行潮服，維持著永恆的姿勢。

一個人都沒有。

明亮的光照底下，這裡恍如就是人類文明的巨大的墳場。那些名牌店的皮製包包和鞋子，因為失去了冷氣吹拂，長時間暴露在潮濕悶熱的展示台上，而長滿了灰白的黴菌。這些黴菌日漸增生、蔓延，愈積愈厚，而慢慢覆蓋在那些牆壁、柱子之上，慢慢把整座商場都敷上了冬雪一樣的白色。

但一開始沒有人會預想到這些。我們若回到瘟疫末日之前，將會在商場的人群之中看見惠子。看見她幾乎是被推擠一樣，踉蹌走出了冷凍食品部。但她的購物袋裡空空的，什麼都沒有買到。

惠子低著頭，走向商場的廁所，洩氣地看見女廁門口也在排著長龍。

那些女人如湖畔的水鳥一樣，站成一列。她們的臉妝脫了粉，露出蛛網細紋。她們隱然有些不耐煩，卻仍努力保持著優雅，低頭玩弄手機。女廁旁邊是一個育嬰室，掛了一個母親抱著小嬰孩的圖示。那是商場貼心地讓媽媽們可以給寶寶換尿布或哺乳的小隔間。惠子不曾走進過那神祕的門後，無從想像裡頭是什麼樣子的。那扇門緊閉著，而無人在前面等候。她剛好站在那裡，正在認真考慮到下一層樓的廁所還是繼續等待下去，那一刻，育嬰室的門卻從裡面往外推開了。

一個少女從那扇門後露出來一張臉。少女的臉色很蒼白，清清秀秀的短髮，劉海卻都汗濕，緊貼在額前。那個女孩緊皺著眉頭，彷彿生病一樣。女孩和惠子對了一眼，就逃離她的注目，轉身走開了。惠子回過頭，看著少女扶著牆，拖著腳步慢慢走遠。但那幕情境裡似乎有少了什麼。她才想，少女一個人走出來，卻沒有帶著小孩。惠子看著育嬰室虛掩的門，心想裡頭應該也有廁所吧。

育嬰室的門縫間透出了暖色的光。惠子瞄了瞄裡面，牆壁和洗手台皆被塗成粉色，畫了卡通動物和樹木。但她聽見流水不歇的聲音，不斷從裡頭傳出來。怎麼竟連水都不關。她站在隊伍中，伸手可及那門，想了想，終究還是推了門進去。

地板都是水漬，讓惠子差點滑了一跤。她扶著洗手台走了幾步，先是聞到一股陌生又熟悉的腥臭氣味，像是小時候大人在廚房裡殺雞，被割喉的雞仍跑跳著把自己的血噴得到處都是的那種鐵鏽一樣的味道。水從洗手槽不斷流淌出來。惠子伸手想把水喉關緊，卻嚇了一跳。

那滿溢的水槽之中，載浮載沉著一個嬰孩。

是剛才那個少女的孩子嗎？剛才一進門並沒有看見，那個初生的女嬰沉在水面下。混著血液的水，是一種怪異的淡紅色，已經淹過了嬰孩的鼻嘴，幾枚氣泡掛在鼻孔上。那嬰孩一動也不動，肚子鼓鼓的，上面還牽著一條長長的臍帶。水裡小小的身體，稀疏幼細的頭髮像藻類一樣在水中漂蕩著。嬰孩的眼睛緊閉著，薄薄的嘴唇卻微微張開，像只是睡著，像不知自己已經降生於此，彷彿還沉溺在子宮羊水的夢中。

惠子慌慌張張伸手把那孩子從水中撈出來，不顧水滴濺了一身。她把嬰孩放在原本用來換尿片的小平台上，嬰孩身上還留著一層剝落如蛋膜的胎衣，臍帶垂掛半空。那孩子恍若無骨地癱軟躺著，頭歪過一邊，水從鼻孔和小嘴流出來。那柔軟的身體失去了溫度，摸起來冷冰冰的。她輕拍著嬰孩的胸脯，搓揉小小的手。

有一刻，惠子似乎感覺到那小手握緊了一下。或許並不是錯覺。她脫下了披巾，把嬰孩包裹起來，然後抱在懷裡。隔著披巾，惠子不斷來回擦著小孩的背，想用自己的體溫把小孩喚醒。但那懷裡軟綿綿的身體，似乎再沒有任何動靜。

「求求妳活下去——」

惠子把孩子抱得更緊了。

惠子在那小小的育嬰室裡，一直抱著那個冷冰的女嬰。有一瞬間，四周的景物柔柔地融化，坍塌下來，彷彿她又再一次回到了童年最初的那個房間。她一個人在窗下摟著洋娃娃，想像那是一個真的女兒（雖然她的歲數也沒有大那娃娃多少）。而她在那個房間裡扮演一個母親。四歲的她用一條小手巾敷在娃娃的額頭上，想像她自己正在照顧一個生病發燒的孩子。那個洋娃娃的雙眼半開半閉，微張開口。她說，小貝比，別擔心，妳會好起來的。

如今回想起來，那個單人劇場，總有一種處在真實與虛構邊緣的模糊柔光感。那個娃娃身上衣服的顏色和質感，金色的髮絲穿過指縫間的感覺，一切都那麼真實，歷歷在目。那是惠子此生珍惜的最初的記憶。雖然她知道她也只是在模仿大人的動作和語氣而已。她亦知道，只要不走出那個房間，她就可以在那段記憶之中一直扮演下去，一個永遠的母親。

但此刻惠子感覺到懷抱中那個被人遺棄的初生孩子，竟然遠遠比一個洋娃娃還要沉重。而且嬰兒的肌膚觸感，也和硬邦邦的塑膠完全不一樣。

原來一直都不曾知道，抱著一個真正的孩子是這樣的感覺。

惠子望了望育嬰室的四周，那狹小的育嬰室，刻意布置成孩子氣的氛圍，裝飾成一片雨林的模樣。牆上畫了整排的樹木。樹林裡有著各種卡通小動物，以及B for Bird、E for Elephant、M for Monkey……的英文單字。這是一座房間裡的雨林啊。這裡的一切，彷彿和整個時尚、華麗的商場都格格不入，只要關上門，就像是一個與眼前現實無關的結界。

但無人知曉此刻裡頭發生了什麼。育嬰室的房門緊緊關著，隔絕了外面的所有聲音。沒有人再伸手把房間的門打開。有一刻，惠子蹲在濕淋淋的磁磚地上，眼淚禁不住一直落下來。她看著水漬倒映著破碎的自己，心底祈求，她願意傾注自己的一切來交換懷裡那漸漸流失的生命。她也不知為什麼自己會這樣想。她一瞬就決定了，要把這個被遺棄的小孩，當成自己的女兒。

「所以，求求妳。求求妳一定要活下去。」

妳一定要活下去，莉莉卡。妳會是這個城市最後的倖存者，還是最後一個把燈光捻熄的人？我們難道必須這樣，一再把時間不斷地按停又重來？像那似乎永遠不會真正停下來的捷運列車，在軌道上不斷來回相同的路線。一切都只是在重複而已。一如妳此刻坐在那節車廂裡，就坐在惠子的對面，看著她仍抱著那個披巾層層裹住的孩子。

沒有人知道惠子懷裡的小孩，已經漸漸失去了溫熱，緊閉的眼睛像是沉陷長長的夢中。列車發出快速行駛的呼嘯，掩蓋了水滴一直從她的座位滴落下來的聲音。也沒有人注意到，那灰藍色的臍帶，不小心從懷裡掉出來一截。一枚一枚水滴，永無止境地，一直從嬰孩身體的各處溢漏，潮濕了惠子的衣裙。惠子彷彿感覺到那個孩子在她手中愈來愈輕了。

不知已經坐了多久，惠子已經無從數算列車在同一條航線上到底來回多少次了。從她坐上這趟捷運開始，她就不曾下車。列車重複一樣的路線，車窗的風景冒現又消失、消失又一下浮現出來，不斷地順行和倒敘。

搭客在不同的站點上車下車，在狹小的車廂裡互相推擠至難以呼吸，卻又在下一瞬間又完全退潮而去。惠子仍坐在同樣的座位。她坐得夠久了，久得可以察覺到行駛的列車一如時間的潮汐。她微微地隨著列車運行而晃動。捷運開出了隧道，窗外的景色從日光耀眼的午後，慢慢地暗去，一整片油畫暈染成紫紅色那般的晚霞，細碎的雲底下，城市變成長長如齒的剪影，一直到陽光完全落幕，那些樓宇的燈光一枚一枚亮起如天上星光。

終於來到今天最後一班車的終末時間，都已經是午夜了。列車放慢了速度，緩緩停靠在最後一站的月台上，就不再往回走了。所有車廂的門都敞開著，一個打瞌睡的男人這時才醒來，舉目四周，恍恍不知自己身在何處，低著頭走了。

惠子是這節車廂裡的最後一名乘客。此刻車廂一片寂靜，終究還是抵達了時間的終點，不得不下車。

惠子抱著小孩站了起來，小腿有些麻麻的，扶著鋼柱站了一陣，才走出車廂。跨出一步，踩上堅固的地面，卻有些虛虛浮浮的感覺。她望去周遭，皆然陌生。她不曾來過這個捷運站，只能依著出口的指示牌往前走。這樣的深夜時刻，巨大的捷運終站仍然一片通亮，卻沒有看見其他人，也不知剛才那個睡過站的男人走去哪裡了。惠子在捷運站裡尋找著出口，如置身地底迷宮，拐了個彎又拐了個彎。她的鞋跟在磁磚地板上不斷敲出腳步聲，像是時鐘行走的聲音，咯噠咯噠，在空蕩的捷運站裡格外清晰。

到底所有人都去了哪裡呢？惠子不曾知道午夜的捷運站竟然如此安靜。此刻卻只有她一個人。她走了很久，終於找到從地底伸向地面的電扶梯。那道電扶梯非常非常地長，幾乎看不見彼端。夜裡一切似乎都是靜止的。她原以為電扶梯已經關了電，心想一步一步走上去到底要多費力。走近一些，那電扶梯似乎感應了她的存在，先是馬達運轉的聲音，那長長的黑色梯級就突然動了起來。

惠子一踩上階梯就不由自主地被帶著往上升。那畫面被一道筆直的對角線分割成對倒的三角形，而她抱著一個嬰孩，從線的底端慢慢移向頂端。但電扶梯太長了，時間也一樣，一切都顯得那麼漫無止境。她站在電扶梯上想了很多事，任由自己被帶到未知的出口。

當惠子終於走出捷運站，卻愕然眼前的景物，已經全然不是自己所想像的樣子了。

惠子向前踏了一步，似乎以為自己走進了一座幽深的叢林。她的身後是捷運出口的燈光，眼前卻是一幅樹木和藤蔓繁複交錯的景象。茂密的樹葉似乎連天空也都遮蔽了，但現在是午夜時分，抬頭也僅是一片分辨不出方向的漆暗。但她可以清楚聽見蟲鳴間夾著不知什麼鳥獸的叫聲，在這座叢林之中此起彼落。

回過頭，捷運站出口的燈光似乎更遠了。惠子從來沒有來過這裡。這是捷運線的最後一站，也許列車已經把她帶到遠離城市的所在。然而在那些粗壯的植物枝葉層層覆蓋底下，又似乎可以辨識出一座城市的樣子——那是燈柱、安全島和廢棄的車子，此刻都寄生著密密麻麻的蕨類，遠處的公寓大樓亦然，像是原有的稜角皆被什麼削抹去，徒留了模模糊糊的樣子。

所以，她坐在列車的那段漫長時間裡，這座城市已經變成了一座雨林了嗎？

也許那更像是一個走不出來的夢境。一如那潮濕而水流不止的育嬰室，那牆上描繪的雨林之景，此刻仍深印在她的記憶之中。

惠子想起了其實自己早就身處在雨林之中。

她想起那一年她隨著父母搬家，初來到這座城市，卻因為在三個多小時車程的長途巴士上暈車而昏眩不止。當巴士拐了不知多少個彎，終於開進了繁華吵嚷的都心，她側過頭，隔著車窗，卻非常魔幻地看見一堵很長很長的圍牆上，畫著一幅雨林的景象，延綿到看不見的遠處。

那是她第一次進入這個城市，讓她訝異不已的情景。許久之後惠子才知道，那是一座巨大的監獄。那些雨林的壁畫是監獄的囚犯們在放風的時候，耗費了漫長時光，用漆料一筆一筆畫出來的。那圍牆上的熱帶叢林的景象，寫實而逼真，從樹幹的紋理而至樹葉的葉脈皆精心繪製出來。

然而那些灌木、樹藤、小溪和青苔滿布的石頭，卻是那麼和周遭大樓林立的景物格格不入。為什麼在城市最繁華的都心地帶，會矗立著一座監獄呢？為什麼那些失去自由之人，要在禁錮他們的圍牆上畫一座雨林？

惠子始終沒有得到任何答案。那座從英國殖民時期留下至今的監獄，已經一百多年，後來被空置許久，像一個歷史的痂，不討喜地占據在這城市最昂貴的地段。而隨著時間和風雨沖刷，牆上的壁畫一點一點地剝落，彷彿樹葉慢慢凋零，露出底下的粉藍的牆色。也沒有人知道那些囚犯後來去了哪裡。

每次經過那座巨大而廢棄的監獄，惠子都想從那門縫或窗孔窺看裡頭到底有什麼，卻什麼也看不到。再過了幾年，因為都更計畫，那座監獄連著壁畫的圍牆都被推倒，拆除殆盡。而滿目瘡痍的地方，重新換上了深藍色的工地圍牆，日夜添磚加瓦，砌成了嶄新宏偉的現代大樓。

惠子卻一直沒忘記那圍牆上的雨林壁畫，那繁茂的樹木，彷彿像一個預言。彷彿眼前的一切皆不長久，終究要消解、回歸到這片雨林之中。所有的事物，都將再一次被綠色的枝葉一點一點地圍困起來。

或許此刻惠子仍困陷在那房間的雨林而恍恍不知。或許她一直都沒有離開過那個育嬰室。但她手裡抱著一個冰冷的嬰孩，仍垂掛著一條連通這個世界的臍帶。她知道，即使是夢境，她也必須再往前走。

惠子不知走了多久，樹葉遮蔽星月。她撥開巨大的闊葉植物，而眼前的樹林景象似乎格外厚重，層層疊疊的濃綠色，像是肌理堆疊的油畫。草葉在她的小腿上劃了細細的刮痕，她的裙角黏滿了帶著尖刺的種籽。

眼前妖異的綠色，恍若行雲，似乎變幻不止，或者可以任意詮釋成各種意義：那些藤蔓如枯槁的人體，那些野芋的闊葉如貓的臉。她在那幽深的叢林中，看見羊齒螺旋的嫩芽如蜷縮的少年，樹皮如滿臉憂愁的老人。他們的身上皆敷滿青苔和雨露，如糾結斑斑的傷害和愛。

惠子開始覺得自己只是走在一個夢之集散的地方。那非常像是，住在公寓的時候，她掀開窗簾偷窺對面那座公寓，一整面窗子，在不同的房間之中凝固而木然的人類們。

惠子回過頭，已經找不回來時的路途了。她今天原只是想出門買點東西，什麼也沒有交代。家裡還有掛念的貓和人，但她似乎已經回不去了。她已經走了多久了呢？惠子自己也不知道。時間於此似乎是無效的。此刻，她聽見了風吹動樹葉的聲音，抬頭看見樹的針葉緩緩地晃動。她似乎隱約聽見了海潮的一陣一陣的聲音。

這裡是盡頭了嗎？

眼前的樹林間，出現了綠色的光點。惠子一開始以為是什麼動物的眼睛，然而卻不是。那忽明忽滅的光點，在她面前搖晃搖晃，徘徊不去。後來又冒現了第二顆、第三顆、第四顆……漸漸周圍都是點點明滅的光，一揮手那些光點亦隨著輕微的氣流而飛散，慢慢又聚攏在一起。有一枚光，輕輕停靠在裹著嬰孩的披巾上，照亮了一小寸的方圓，她這才看清楚了，那是一隻螢火蟲。那昆蟲的尾巴閃爍著一小點淡綠色的微光。微光如呼吸的頻率，重複地亮起又消失，就如此貼著她而不再飛走了。

惠子在那一刻停下了腳步，輕輕地掀開暗紅色的披巾，對著尚在沉睡的女兒說：「妳看。」

她指向的遠方，夜闇幽深的樹林之中，千千萬萬的螢火蟲在飛舞著，像是繁星閃動，像是許久未見的晴朗夜空，鋪著一條蜿蜒而耀眼的銀河。

莉莉卡，妳看，一如許多年以後，我們並肩站在這裡，看著毫無城市光害的夜空，而錯覺了星星離我們太近，近得要掉落下來一樣。

我們的眼前是遼闊的海，身後是一整片的防風林，針葉隨著風而緩緩地晃動，發出一種呼應著海浪的沙沙聲。這裡是半島的最南端，臨海的岬角。這裡就是我小時候，父親曾經想帶我來而終究沒有抵達的，世界的盡頭。

我記得，許多年以前，父親開車載著我，迷失在地圖上的轉角。地圖的標記和現實的景物再也疊合不起來。天空已經慢慢暗下來了，父親似乎終於放棄了他的堅持，頹然把車停在公路旁。從車窗外，可以看見樹木遮蔽之後面，有一片海。海的顏色是一種灰褐色。我們下了車，傍晚的海風吹亂了頭髮。父親蹲在潮濕的草地上抽菸，任由我一個人在海水退潮的爛泥地上玩耍，追著海灘上的那些小螃蟹。那些小螃蟹遇見任何動靜，都會快速地竄逃，遁入泥地上的密密麻麻的孔洞裡。

我記得，我踩在溫熱而腥臭的海灘爛泥裡，發現了一種奇怪的生物。牠們零零落落地趴在泥地上，像是擱淺在岸上的魚，瞪大著雙眼，鼓鼓地吹脹著牠們的鰓膀。牠們划動胸鰭笨拙地寸進前行。我叫父親來看，叫了好幾聲，父親才走過來，低頭看了一眼，似乎一點都不稀奇地對我說，那是彈塗魚啦。

父親說，很久很久以前，這些醜陋的小魚從海水裡探出頭來，一步一步地試探海之彼端的陸地。牠們學習脫水而行，漸漸地，漸漸地，鰭變成腳，鰓換成肺，陸地上才開始有了各種動物。我疑惑而不可置信地看著父親。而父親望著遠處的海平線，吐出了一團嗆鼻的煙霧，說——

然後這些魚就變成了我們。

為什麼會和妳說起這些？莉莉卡，我原本想對妳說的，難道不是一個關於誕生的故事嗎？然而我們卻一再迷失在回憶的紋路之中。我以為我可以依循這些零星而鬆散的線索找回那些自生命中失散的人。但我們在這趟不斷逃亡、不斷兜圈子的旅程中，來到這片半島的終端，終究再無處可去了。

沿途上，我似乎也已經快把自己的故事說完了。一如車子終於還是耗盡了汽油，拋錨在鄉野的小路邊。我們把車子丟下，整理了最後的口糧、食水，揹在身上，徒步了許久，穿過了濃密的防風林，才來到這座岬角。岬角有一座巨大的燈塔，在無人的深夜裡仍回旋著光。光如一根銀針，重複刺向無垠的夜空。

莉莉卡，妳第一次看見這片遼闊的海。

這是我僅能給妳的，最美的風景。

海浪在星空下重複拍打相同的節奏，遠處有新月映照的波光。妳似乎對眼前一切都感到好奇。妳攀過岸邊岩石，脫下了鞋子，試探地赤腳踩進了海水。海水尚留著白天曝晒之後的一絲餘溫，是一種讓人舒服的溫度。妳走進了海，像個孩子似的，歡快地伸手撥弄海水，把一整片的海水都撥成了粼光碎影。

我們連著幾天趕路，我已疲累不堪。我坐在岸邊，遠遠地看妳。莉莉卡，有一瞬間，我以為妳會一個人往海的深處愈走愈遠，矮身一躍，如一尾海豚那樣，背映著月光，消失在水平線之下。但妳只是站在那裡，海水齊腰，妳的身影變得遠遠的、小小的。此刻，在一整片的星空之下，我看見妳轉過身，用力地對我揮舞著雙手。

彷彿召喚著我，又彷彿在向我告別。

【後記】

看不見的女兒，以及看不見的父親

曾經有一段漫長的時間，像電視上不斷重播的影片，我和W總是並肩而坐，在那間明亮的診所裡等待叫號。那白色的場景，硬邦邦的塑膠椅上，坐著互不認識，卻似乎都漂浮在相同情境之中的人們——給公司請了半天假，仍穿著上班套裝打開筆電的女人；化了妝而抱著名牌包包的少婦，或者一對臃胖的中年夫妻，無語而相依地打起瞌睡……似乎在那裡，每個人都等候了太長的時間，而常常掛著一種被磨蝕的，空洞、抽離的表情。我總是擅自把那幕情境想像成科幻劇某些常見的場景，那巨大廢車場一樣的地方，棄置著那些瑕疵處處的機器人，戰損的、斷手缺腳的報廢品——

那些候診的人皆是不孕者。失去延續基因能力的人類，仍苦求各種人工的技法，奢望製造出一個生命。

不知為什麼，在我身處的年代，那樣的人真是太多了。

我總是在診所裡排號而至整個上午的時間都虛擲而逝。終於輪到我的時候，卻又因為坐得太久而整個人虛虛浮浮的，任由護士引領到那個隱蔽而狹小的房間裡——呃，是的，你必須一個人待在裡面，把尚留著體溫的白濁液體灌進塑膠小罐子裡，從一扇小暗窗，傳遞到另一頭看不見全景的實驗室裡。

如今回想起來，那些小房間並排而像時鐘旅館的排列方式，而且隔音其實並不好，我會聽見護士在門外閒聊午飯要吃什麼，或者隔壁房間的另一個人扭開水喉洗手的聲音。而我獨自被留在那個房間裡面，坐在幽暗燈光底下，看著小電視機播放著消音的歐美Ａ片（呃，為了讓你比較容易進入狀況？）。總是在那幽暗的時刻，我會想起少年時候的自己，也曾經如此孤單地，把自己反鎖在跟弟弟共用的睡房，企圖把整個世界鎖在門外；或是一個人蹲在學校汙髒的廁所隔間裡，盯著牆上莫名其妙五爪劃過的褐色屎痕，無望而貪戀地，重複相同的動作——

那隨即就嘩啦啦跟著馬桶水一齊沖掉的，或者在衛生紙上乾涸成鼻涕化石那樣的，無效的時光。

一如房間裡那扇小暗窗的後面，科幻電影般的實驗室裡，冒著冰霧的低溫冰箱塞滿了一排一排試管，裡頭皆是陷入了永凍休眠的人類之卵。它們在某個時刻停止了細胞分裂，停留在初生萌發的一刻——那似乎是人類以執念發明出來的，將時間按停的其中一種方法。我亦忍不住想像那些看不見的細胞核之中，皆攜帶著螺旋狀的一句密語，如書頁裡夾著一張留言字條，等待有人把它揭曉。

但我始終沒有成為一個父親。

多年以前曾經在小說中任意搬弄的情節，一對年輕的夫妻陷入無限寂靜的時光，如今卻像是該死的預言。那些小說情節彷彿穿透了一層看不見的薄膜而滲透到現實中來。現實中的我，後來站在簡陋的醫院病床邊，目睹醫生用鉗型鋏從W之膣中夾出了血淋淋之肉塊，那未及成形即夭折的人類胎兒。或許從那一刻開始，我和W都覺得無法再這樣繼續了。不想再重來，那些按表操課的步驟，永遠不能理解的縮寫英文名詞，以及那月曆上畫滿的圈圈叉叉……那一段孵夢的旅程，經歷了好幾年，就這樣結束了。

這段虛無之旅程，我知道W其實承受的傷痛，遠遠比我多了太多。

但有時候我仍會獨自想像，比如在臉書上看見同輩朋友們哂娃的照片，或者無意間在跳轉電視台的時候看到的那些電視劇或電影——請回答1988、是枝裕和的海街日記，或蘇菲亞．柯波拉的*Somewhere*……那樣的時候，我會偷偷想像，如果我有一個女兒的話，我將如何向她描述我身處的，這個紊亂又燦爛的世界？會由我教她認字，握筆寫下自己的姓名嗎？或者，我會將我所知道的一切知識和技藝，一點一點地告訴她？

但有什麼總是在這裡就斷裂了。

一如我沉默的父親，曾經在多年以前，下班的午後，仍穿著汗臭的襯衫而興致勃勃地要教我打乒乓球。我的記憶裡此刻仍可以聽見乒乓球彈跳的聲音。想起那時的父親，應該就是我現在的歲數吧。而我在那情境中還是少年。我們各據著乒乓桌的兩端，握著球拍，互相扣擊著那刁鑽的白色小球，發出一種節奏重複而清脆的聲響。但那時的我，其實並不耐煩那永無止境的基礎練習，只期盼打球的時間早一點過去。而我的父親，卻總帶著一種想掩飾起來，但似乎是當時的我所不能理解的疲憊感。

我始終沒有從父親身上繼承乒乓球的各種技巧。更多珍貴的經驗，已經隨著時光而恍恍失傳。如果我真的擁有一個女兒的話，我可以告訴她什麼而不令她覺得無聊而厭煩呢？然而我努力從少年記憶中考古挖掘出來的，似乎也只能是日本動畫片、古老的電腦遊戲，和那些褪色消失的老街之景。那些曾經任我虛擲的時間此刻皆如玻璃碎片，如河上之光閃閃爍爍。

那些時間留下的細節瑣碎而無用，不曾看懂它們在未來所指涉的意義。一如一座城市地圖縮影般的電路板，或者大學時的藝用解剖學課本，必須一一死背皮膚之下的肌束和骨頭的名字，卻無從明白生命運轉的方式。

後來我才明白，我以為我在小說裡虛構出了一個女兒，或許，其實我只是貪戀於扮演著想像的父親——可以任意切換著不同角色的，複數的父親。

我也曾經想過，若在科幻故事那樣的平行時空裡，一切皆如預想那樣，真的有一個女兒在過去的一刻哇哇誕生，那我會不會如同那些忙著生兒育女的朋友們，成日被淹沒在把屎把尿、餵奶、換尿片，長期嚴重睡眠不足的恍惚之中，而終於決定放棄繼續寫完這耗費時日而漫漫無期，且似乎也換不了多少實質回報的小說。

所以這本小說的完成，其實有點像是鋼之煉金術士的等價交換——以看不見的女兒，換取了一個情節零散的故事。

如你知道，後來瘟疫來襲。末日隱喻的現實的各種細節，因為身陷其中，而顯得太過切身和巨大，也不免就這樣滲進了小說裡——城裡之人傾巢而出搶購糧食和衛生紙，然而明亮又現代感的購物商場卻又在下一刻就空無一人。每個人在隔離時期禁鎖於房間裡，凝視著孤獨，側耳傾聽隔壁房間的聲音。以及漫長無邊的孤單時刻，面對巨大災難的各種想像和恐懼……

我在瘟疫失控的國度，把自己關在房間裡面變成無比合理的事。如吐絲作繭之蟲類，我每天在固定的時間裡寫字，一天卻只能以一千多字的進度匍匐而行。每每是日光傾斜而知當下的時刻，望出窗外，是對面的另一扇窗，相隔很近。窗子裡是一家印度人，有時他們為了通風，會把窗子打開一道縫，我就會聽見和筆下的小說情節格格不入的印度歌曲。那一陣子，不知為什麼，在浮躁而寂靜的城市頂上，天空常常出現異常絢麗的夕陽和雲彩。

我有時不禁會想像眼前這一切，因為一場疾病而毀滅的模樣。

那些原本深藏在不同房間裡暗湧的故事，會不會像草地的石塊被突然掀開一樣，那些人類的貪婪、幻夢、敗德和美好，皆如突然裸露在日光底的蟲蟻，倉皇逃散，或者隱匿在更深的夢境皺褶之中。也許到最後，像傾斜的積木而無人可以扶持，這座城市就這樣無聲而絢爛地倒下了。我這時才有些不可告人的僥倖——親愛的，妳無須目睹我身處的這個世界，其實這樣也沒有什麼不好。

小說是虛構的，因瘟疫而不斷攀升的死亡數字是真實的。小說是虛構的，而孤獨必須是真實的。我在這段漫長的寫作過程，一直想像著我牽著一個看不見的女兒，可能已經是十二、三歲的少女模樣，會開始和我賭氣、抵抗，而我們兩人身處這座頹壞的無人之城亦如夢遊一樣。我開著一輛爛車，依著和所有人相反方向的路線，開展了我們的公路旅行……

或許我原來想寫的其實是一篇關於逃亡的故事，趕在一切消亡之前。

又或許，我只是在重複一段早已演練過的路程而已。

我記得父親過世之後，我曾經在一場夢中跟隨著他，回到他出生的鄉下。我對那處地方其實仍有著童年印象。那是一幢非常老舊的店屋，是我阿公留下的雜貨店。那裡恆常停留幽暗的光度，而且充滿著各種乾貨混雜起來的氣味。小時候，我對那雜貨店裡的一切都感到好奇，我會偷偷把整隻手臂埋進米袋裡而引來大人責罵。但那時的老店已是遲暮了。我長大之後就不曾再回去那裡。而現實之中，那間雜貨店在多年後的一天，被熊熊烈火吞噬，彼時已經沒有人住在裡面了。

夢中的我坐在父親的車上，從車窗看去那童年記憶的原址，如今卻只剩下被火熏成黑色的梁柱。木造的門窗、樓梯皆只剩下炭條。原本幽暗的店鋪，因為屋頂都沒了而充滿陽光——那裡真的什麼都沒有了。父親停下了車。我跟在父親的身後，踩進那座廢墟之中。在那荒蕪的情景裡，父親叨叨絮絮地告訴了我很多他留在這裡的往事。似乎是眼前的一切已皆然頹敗，而必須以更多的故事去充塞那空洞的現實。但我發現，在那處處破綻之中，比故事更早一步占據了全景的，卻是各種不同的荒草和蕨類。那些綠色的植物，在人類離棄的時間裡，它們無聲而堅毅地在這裡發芽、扎根，從零星的枝葉慢慢衍生出更多的枝葉，終於慢慢地把整個流失意義的空間占據成一座叢林。

我站在那失去了原有形狀的廢墟裡，不明白父親載著我回到這裡的原因。突然聽見細微而尖銳的叫聲，草叢的綠葉顫動，走出了幾隻蹣跚學步的幼貓。那些小貓各自擁有不同的毛色，眼睛都是灰色的。牠們似乎不曾見過人類，好奇而無懼，對著我和父親嗷叫，小小的肚子起伏如風箱。

父親蹲了下來，說：「看起來都還不到一個月大呢。」

那群貓崽似乎無有父母，好像本來就是從那座棄置的廢墟中孕育出來的。牠們彼此打鬧著，追撲著草叢之間閃現的小灰蝶。我在那框破敗又生氣盎然的情景之中，彷彿站在過去和未來的交界。回頭看父親，父親卻往更深處走去了。他的背影漸漸隱沒在草叢之中，像一枚枯黃的落葉，融進了一整片斑駁、深邃的綠色裡。

【導讀】

虛構的真實

◎施慧敏（馬華作家）

我想，我不是萬輝這本小說的理想讀者。整部小說裡為了加深情境而出現的元素，比如電腦遊戲、線上直播、偶像選秀節目、Cosplay、寶可夢手遊等等，我甚少接觸而未必能掌握其中的寓意；但他一以貫之緩慢的敘述節奏，日式的主人公名字，透過受創的情節，推進一個抒情隱喻、封閉自轉的風格世界，我卻又極為熟悉。

這本小說我視為之前的短篇〈無限寂靜的時光〉的承接與變異，因著篇幅拉長，採用了交替敘事和跳躍的非時序組合，結構前後呼應，顯然可見作者愈發純熟的技藝。原本塌毀房子中沉睡的妻，卻在滿目瘡痍的大疫之年離家出走；一如每個章節中的房間，或許也是《隔壁的房間》的續寫與覆蓋，阿魯已經衰老，死去的哥哥卻成為馬共突擊隊員，遺留在一座荒棄的大樓層底。不再拾荒的阿魯，也不再對流逝的人事喃喃自語：「我記得……」，他變成寶可夢老人，收服肉眼看不見的幻獸，最後還看到了巨如神祇的少女，可能是兒子直樹的變身。

因此可知，在寫作上，無論是題材或表述，萬輝大致建立了自己的敘述系統，而後在其中不斷地延伸／衍生。即使人到中年，生活結構改變，刻刀一樣的日常避無可避地劈下來，但在敘事上，他還是以交錯的軌跡鋪寫傷害，以魔幻來摹寫城市的末世景觀。換言之，多年來他的系統在面對「這個比哥斯拉怪獸還巨大的現實」之時，仍然不妥協地採取了一個能指相對於它的所指與所指物，始終不斷滑落與錯認的表達，這也意味著他直面的從來不是當下的政治社會的現實，而是在資本主義流行次文化中更能體現人心的「真實」。

小說從一場漫遊開始，逃亡般的父親帶著童年的「我」輾轉一家又一家廉價的旅館；中年的「我」又帶著一個現代科技的人造女兒，到訪一個又一個謎樣的房間，其實都是不言而喻的時光象徵，以及逃離／重返創傷的情境。當「我」穿梭在一個又一個被打開的房間，就是嘗試透過場景、時刻、細節，揭開被遮蔽的記憶，道出深藏的、尚未治癒的傷痛，有點類似於精神分析裡的Screen Memory的狀態。所以「我」不再強調「我記得」，而是猶豫地說出：「我其實沒有把握……」，「記憶總是不牢靠的」，同時一再質疑：「我們的記憶，是否也有虛擬與真實的疊影？」於是「我」回返現場，目睹命定的時刻：「我們那時並不能預知這些。」可是有些什麼已經無法召喚回來，反而在時光中蔓生、層疊、分岔出去，而變成「只要一開始就沒有辦法阻止」，無從修改並且逐步崩壞的現實。「我」只能絕望於：「沒有人伸手將時間按停。」甚至卑微乞求：「可不可以讓我們再重來一次？」「就再一次，好嗎？」誰也無法挪動時間的樞紐，將事件停格、往前、倒帶、放慢、快轉或暫停，回到關鍵的那一刻。

這就是小說中不斷詰問的「無人知曉的開端」，究竟貪歡、背叛、敗德和傷害是怎麼發生的？就只是一個小盒子的小螺絲，像蝴蝶的翅膀、骨牌的效應，一瞬間卻引起了地震，或者太空梭的爆炸。

「記憶變成破碎、變成廢墟。」

這個「無人知曉的開端」，在抒情化散文式的敘述裡，有著漫長的時間跨度。「我」預先敘述、回顧敘述、預先中的回顧敘述、回顧中的預先敘述、重敘與倒敘……「敘述時間」（Narrative Time）和「故事時間」（Story Time）的差異，正好用來為混亂的、緘默的「事件」賦予形體，突顯出由感官本能、複雜人性和社會結構形成的境遇，是以每一個當下、每一個片刻都沒有推翻過去的可能性。它已經發生了，就好像小說中撲錯火的飛蛾會被野貓吃掉，即便僥倖存活也會受困絕望；一如被挖了出來的蛹，再也不會發育成原本應該有的樣子；暗房裡光不能進來，照片顯影中的自己像蝴蝶被框在標本裡。傷害凝結成形，時間彷彿停下來，要不出走、要不躲藏、要不自毀，這就是故事中人們的共同命運。因此，時間看起來凝固了，像一個封閉的、「實質意義的繭」，能夠藏匿自己不受外界侵擾的（虛擬）空間；但其實宛若「模擬城市2000」的遊戲被按鍵暫停，「我」也很清楚「那不過是在無限延長無法繼續下去的時間」。

同時，小說中整體時間的表徵卻仍然不斷出現變化，從搥打牆壁的馬共哥哥到Cosplay的直樹，從神明的瓷像到攝像機的鏡頭，從動物園的野獸、寵物雞到寶可夢的幻獸，從持槍打仗的老三古到清除廢墟裡獸類的少年默；從生靈死後會留在原地，不會消散，到另一顆星球在複製地球，新生命誕生……當「我」在老屋的夢中，和夭折的小貝比與莉莉卡的最初相遇；當「我」帶著人造女兒超越現在的空間經驗，走在往昔的某處，讀者才恍然大悟，原來時間是一座古老循環的鐘，人們在晶片般的遺傳基因裡，銘刻了哀樂愛恨的靈魂密碼，於是傷害永劫回歸。

尤其，當預言落空，約定失效，使徒沒有來襲，世界末日也沒有真的發生，時間性終於真正揭示出來——它沒有界限。

「這個世界或許早已一遍一遍地毀滅過了」，小說裡的人們帶著愛的毀損和各自的傷疤走在人生的旅途，關係斷裂（棄與被棄）導致的生命不可復原的剝落感和遺失感，就是貓切掉的尾巴、惠子缺了一枚的拼圖，鑿出的一方小小空洞。那個空洞，更是星野進入的假人模特兒胯下的幽深小孔，他以為的唯一出口，等到鑽身出來，早已成了被遺忘在廢墟裡的鬼魂。

只有鬼魂不受時間限制，永遠存在，一直到遙遠的未來。這些怪誕的情節，某種程度而言，正是小說意義的黑洞——傷害是沒有時間性的無限後遺。所以夏美背上那一座扭曲變形的時鐘（《永恆的記憶》，*The Persistence of Memory*），彰顯了人與時間無休止的關係，它不是長度的數量概念，而是強度的心理概念。如此，記憶才會變成廢墟。

當廢墟變成遺址，後人如何考古，終有錯讀和擅自增添的想像，畢竟我們只是旁觀他人的苦痛。於此，小說裡的超驗別有深意，如果傷痛是不忍見的，或者，如果直面傷痛的時候想要擁抱傷痛，應當如何呢？

柏拉圖說過一個故事，有人看到一具屍體，好奇想探個究竟，卻又噁心，非常掙扎。因此，亞理斯多德借力使力，進一步說明模仿的好處，就是可用來迴避令人膽顫心驚的畫面。我斷章取義視為創作者的溫柔，這也是萬輝寫作的方式，太沉重的傷害，只有詩意和魔幻可以救贖。文中一旦觸及殘暴的死亡，如地道裡的馬共嬰兒成了一群野豬崽子、惠子溺水時看見的巨鰭長頸獸、慢慢融掉的父親、像蟲類一樣吐絲纏繞自己消失的直樹、蛾群從哥哥的傷口湧現出來……他就會透過一個幻視或妄想的徵狀（作者所描寫的主觀現實，即使是變形的超現實），打破理性世界中的時間，抵禦了殘酷的客觀現實；也透過這種虛實交界的隙縫，那些無可訴說、無可解決的創傷，不是掩藏，而以另一種光怪陸離的形式得以被看見、被理解，開啟了不同以往看待傷痛的路徑。

那麼，究竟作者說了什麼創傷？小說的背景是在瘟疫肆虐的時期，外在的現實與小說裡的禁制，隔離與封鎖幾乎完全切合。因此，對於人的處境、人我的關係、與世界的連結，更是反覆表達一種「玻璃」阻隔的無語狀態。

在城市漸漸廢棄之時，「我」為何要帶著人造女兒跨越空間的門檻，穿梭在時間的界線上？讀者如何在錯序的敘事中通往書寫的核心？顯然「少女」不僅僅是莉莉卡，同時也是惠子、夏美、阿櫻表姐、小艾，甚至於直樹。少女天真美好，畫裡的維納斯「如一顆晶瑩而無瑕的珍珠」、「裸露在微風之中的身體接近一種永恆」，可故事裡的少女們卻都是社會的畸零人，有隱痛，有挫傷的身體，遭受疾病、家暴、霸凌、性侵、展演、背叛，以及流失孩子。

她們要不被相機、針孔攝像頭、社會眼光、父權價值監督的凝視，要不乾脆在直播間把自己當成景觀。如傅柯所言，用不著武器，她們會在凝視的重壓之下變得卑微，變成自身的監視者。母親談起阿櫻表姐刻意壓低聲量、故意不答或要「我」住嘴；直樹被其他男生惡意作弄，「他遮掩下身困在那裡，我別開臉去」，顯然羞恥存在於注視之中，並且一直是恥感文化的內涵，人們服膺或無能反抗社會規訓，因此以畏縮和忽視的方式來應對其中的焦慮。

當老師指定惠子當人像模特兒，同學們圍繞她作畫，是更具體的觀看之眼，擁有權力的人最隱蔽，完全被剝奪權力的人卻有最大的能見度；這是少女們生命的癥結，最後只能把自己藏得更深，寧可與時間隔閡、斷裂，餘留空白。受創的女兒們也有一個受創的父親，阿魯老人、惠子的父親、甚至「我」都是被拒之門外的人。「女兒」與「父親」受苦的原因是相通的，都來自於人類共同的生存狀態和價值序列。

此外，傷害也源於政治和國家的暴力，直樹的伯父和老三古身為馬共的一分子，漫長年月的內耗與虛妄，在時差中成了荒謬的存在，成了被時代和歷史遺棄的人。瘟疫猖狂，小說以城市的應對措施——「受困的人們用麥克筆寫了求救的大字貼在玻璃窗上——Ｈ，Ｅ，Ｌ，Ｐ、疲倦、惶恐的眼睛、無助而徒然地揮手」做為阿櫻表姐被性侵的隱喻；為了防堵瘟疫死灰復燃，少年默使用老三古從森林帶出來的長槍，清掃無人看管的動物；捷運站測體溫的關卡，黑衣人環伺在側，何嘗沒有影射之意？「政府之眼」無所不在的「凝視」，確保了「管理」的法可以執行，但小說經由防疫制度來揭示背後的權力／暴力機制。

龐大世界的災難，說到底就是人生實難，因而坍塌成「我」心裡的廢墟。而「少女」如作者所言，是時間壓輾之後倖存下來的事物，是「我」糾結斑斑的傷害和愛的年月裡，對世界懷抱的僅存善意。即使「我」慶幸「人造女兒」沒有活在我的時代，實際上，她的存在已經證明了「我」從來沒有真正絕望過，所以那些詩意的文字才能化身為廢墟裡攀爬瘋長、蓬勃繁殖的動植物。尤其，一隻在月光下斑紋躍動、從斷橋縱身入海的馬來虎，它野性、帥氣地游到對岸去。《少年Pi的奇幻漂流》裡說：「有老虎的故事，是一個比較好的故事」，因此，一定有更多同代人比我看懂時間背面的寓意，更領會到虛構裡的真實。

國家圖書館預行編目資料

人工少女/龔萬輝著. -- 初版. -- 臺北市 : 寶瓶文化事業股份有限公司, 2022.06
面 ; 公分. -- (Island ; 317)

ISBN 978-986-406-297-3(平裝)

857.7 111007273

Island 317

人工少女

作者／龔萬輝

發行人／張寶琴
社長兼總編輯／朱亞君
副總編輯／張純玲
資深編輯／丁慧瑋
編輯／林婕伃
美術主編／林慧雯
校對／林婕伃・劉素芬・陳佩伶・龔萬輝
營銷部主任／林歆婕 業務專員／林裕翔 企劃專員／李祉萱
財務／莊玉萍
出版者／寶瓶文化事業股份有限公司
地址／台北市110信義區基隆路一段180號8樓
電話／(02) 27494988 傳真／(02) 27495072
郵政劃撥／19446403 寶瓶文化事業股份有限公司
印刷廠／世和印製企業有限公司
總經銷／大和書報圖書股份有限公司 電話／(02) 89902588
地址／新北市新莊區五工五路2號 傳真／(02) 22997900
E-mail／aquarius@udngroup.com

法律顧問／理律法律事務所陳長文律師、蔣大中律師
如有破損或裝訂錯誤，請寄回本公司更換
著作完成日期／二〇二二年
初版一刷日期／二〇二二年六月十日
ISBN／978-986-406-297-3
定價／四〇〇元

馬華長篇小說 創作發表專案

國藝會 NCAF PHISON 群聯電子股份有限公司 郭文德先生